BASTEI LÜBBE

Die SPACELORDS
im BASTEI-LÜBBE-Programm:

23 144 Buch 1: Hadrians Mond
23 147 Buch 2: St. Petersburg Zwei
23 149 Buch 3: Sandras Sternen-Stadt

Wolfgang Hohlbein

Johan Kerk

Spacelords

Sandaras Sternenstadt

BASTEI LÜBBE

BASTEI-LÜBBE-TASCHENBUCH
Band 23 149

Erste Auflage:
April 1994

Lektorat: Reinhard Rohn
Titelillustration: Arndt Drechsler
Umschlaggestaltung:
Quadro Grafik, Bensberg
Satz: KCS GmbH,
Buchholz/Hamburg
Druck und Verarbeitung:
Brodard & Taupin, La Flèche,
Frankreich
Printed in France

ISBN 3-404-23149-X

Der Preis dieses Bandes
versteht sich einschließlich der
gesetzlichen Mehrwertsteuer.

Synfile I

Große Fragen und kleine Aufmunterungen

»Name?«

Die Frage dröhnte hart und gewalttätig durch Sheryls Schädel, wie ein riesiger, metallener Gong, der direkt in ihrem Hirn angeschlagen wurde. Hätte die Stimme sie allein auf akustischem Weg erreicht – gleichgültig, in welch ohrenbetäubender Lautstärke auch immer –, es hätte kaum derart unerträglich sein könnten. Dabei sprach der Mann, der hinter dem Pult saß, weder besonders laut noch schneidend. Doch das mußte er auch gar nicht, denn die Elektroden an Sheryls Stirn peitschten jedes seiner Worte erbarmungslos durch ihr Bewußtsein, und das mit einer Wucht, die alles übrige Denken und Fühlen zerstampfte und es unmöglich machte, sich seinen Fragen zu entziehen oder zumindest mit dem bewußten Denken Zuflucht in irgendeinem weit abgelegenen Geisteswinkel zu suchen.

Seltsam, bislang hatte Sheryl immer geglaubt, daß die Hölle ein *Ort* wäre – gleichgültig ob nun realer oder metaphysischer Natur. Daß sie aus Geräuschen, Worten, Fragen bestehen könne, hätte sie nie für möglich gehalten.

Bis jetzt.

»Name – habe ich gefragt!« dröhnte die Stimme erneut durch ihr Bewußtsein, unerbittlich und mit einer Intensität, die Sheryl bei jedem einzelnen Wort, bei jeder Silbe, zusammenzucken ließ – selbst jetzt noch, nach den endlosen Stunden, die das Verhör nun andauerte. Oder waren es bereits Tage?

»Sch ... Sheryl.«

»Der *vollständige* Name!«

Sheryl verzog ihre ausgetrockneten, spröden Lippen zu einem humorlosen Grinsen. Sie waren nahezu das einzige, was sie überhaupt noch frei zu bewegen in der Lage war. Sie lag rücklings auf einer Art Trage, die zu Beginn des Verhörs in eine senkrechte Stellung hochgefahren worden war. Ihr schlanker, auf den ersten Blick zerbrechlich wirkender Körper und ihre Gliedmaßen wurden von breiten Klammern aus Plastmetall gehalten, die so eng anlagen, daß schon ein Muskelzucken den gesamten Bewegungsspielraum beanspruchte, der ihr zur Verfügung stand. Andere Metallreifen fesselten ihren Kopf bewegungslos auf der Unterlage, und dasselbe traf auch auf jeden einzelnen ihrer gespreizten Finger zu, an denen weitere Elektroden angebracht waren. Sprechen war alles, was sie in ihrer Lage noch tun konnte; und zugleich war es alles, was von ihr erwartet wurde.

Sie wünschte sich inständig, daß sie wenigstens die Augen hätte schließen können, nur einen Moment, um zumindest einen flüchtigen Augenblick lang in ein mattes, ruhiges Schwarz zu flüchten und dem grellen Licht zu entfliehen, das wie Feuer in ihren Sinnen loderte. Doch nicht einmal dieser Luxus war ihr vergönnt. Spezielle Klammern an ihren Lidern verhinderten, daß sie ihre Augen schließen konnte, und um ihre Pupillen vor dem Austrocknen zu schützen, gab dieselbe Apparatur von Zeit zu Zeit einen Tropfen Flüssigkeit ab. Sheryl wußte, daß es ganz vom Wohl und Wehe des Mannes hinter dem Pult abhing, ob ihr dieses Vorrecht auch weiterhin zugestanden wurde. Ohne die Flüssigkeit würde sie binnen kurzem erblinden. Und natürlich wußte er das ebensogut. Und auch, daß sie es wußte.

Oder aber – fragte sie sich jählings – war sie womöglich längst blind, ohne sich dessen überhaupt bewußt zu sein?

Anfangs, in den ersten Stunden des Verhörs, hatte sie ihren Raum und ihr Gegenüber noch klar und deutlich sehen können. Jetzt, Ewigkeiten später, war ihr einziges optisches Empfinden nur noch ein grelles Lichtmeer, das von drei gleißenden Sonnen gespeist wurde und ihre Netzhäute malträtierte. Aber – sah sie das wirklich, oder war es nur der letzte optische Eindruck, der sich auf ihre Netzhaut gebrannt hatte und den sie von nun an bis an ihr Lebensende vor Augen haben würde?

Selbst falls es so war, diesen Raum hatte sie sich so gut eingeprägt, daß sie ihn niemals vergessen würde. Die drei gleißenden Sonnen waren nichts anderes als Lampen, die neben dem Pult standen und auf sie gerichtet waren. Einfache Leuchtstrahler, eigentlich nicht einmal besonders stark, mittlerweile jedoch waren sie zu einer unerträglichen Schmerzquelle mutiert. Der Raum selbst war so trist und trostlos wie wohl jeder Verhörraum in diesem Spiralarm der Galaxis. Blanke Plastmetallwände, und in der Mitte des Raumes jene monströse Trage, auf die man sie geschnallt hatte. Ein paar Meter davon ein breites Pult, von dem aus sich sämtliche Funktionen steuern ließen. Zwischen ihm und der Wand gab es lediglich Platz für einen wuchtigen und ergonomisch geformten Sessel, der sich automatisch den Körperformen anpaßte und in dem sich sicherlich wunderbar sitzen ließ.

Und natürlich erinnerte sie sich auch an den Mann, der darin thronte. An ihn sogar am besten. Sie hatte sich jeden Zug seines Gesichts eingeprägt, jede seiner Bewegungen, jede seiner spärlichen Gesten, jede Art von Mimik, mit der er sein Wohlwollen und Mißfallen über ihre Antworten kundgab – und sie hatte all das hassen gelernt.

Außer ihr war er die einzige Person in diesem Raum. Die beiden brutalen Schläger, die sie aus ihrer Zelle mehr hierher geprügelt und getreten als gebracht hatten, waren verschwunden, nachdem sie auf die Trage geschnallt worden war, und bis jetzt auch nicht wieder aufgetaucht.

Von da an waren sie allein gewesen.

Er und sie. – und für sie war es die Hölle gewesen.

Er war vielleicht sechzig Jahre alt, mit einem leichten Hang zur Korpulenz, allerdings einer Korpulenz, wie sie mit den Jahren kam und die man Männern seines Alters deshalb vorbehaltlos verzieh. Sie schien ihm sogar noch etwas mehr Würde zu verleihen. Würde – was für ein unpassendes Wort im Zusammenhang mit solch einem sadistischen Schwein wie ihm! Die Falten in seinem Gesicht zeugten von Machtwillen und Durchsetzungsfähigkeit. An sich war das nicht zu verurteilen, doch zusammen mit der Kälte und Skrupellosigkeit, die aus seinen Augen sprach, wurde daraus eine gefährliche Mischung. Eine Mischung, aus der sich unter dem Strich Häme, Menschenverachtung und Grausamkeit ergab. Eine Mischung, von der Sheryl sich nichts sehnlicher wünschte, sie hätte sie niemals kennengelernt. Doch ihre derzeitige Lage, das war ihr nur allzu deutlich bewußt, bot keinen Raum für Wünsche.

Sein Name war Wosch. Sartorius Wosch. Sie hatte es aus einer beiläufigen Bemerkung einer der beiden Muskelprotze entnommen, aber das war auch schon alles, was sie konkret über ihn wußte. Er hingegen war da in der weitaus besseren Position. *Er* nämlich würde bald alles über sie wissen. Falls er es nicht schon längst tat.

Er trug keine Uniform, sondern Privatkleidung. Das machte es schwierig, seine Funktion und Stellung einzuschätzen. Er war kein Militär, dessen war sie sich recht sicher. Dennoch arbeitete sein Verstand mit geradezu militärischer Schärfe, glasklar und analytisch. Und er war kein einfacher Handlanger oder Scherge. Er war jemand, der tiefer in die ganzen Dinge involviert war, um deretwillen sie in dieser mißlichen Situation steckte. Dinge, von denen Sheryl allerdings nicht den blassesten Schimmer hatte. Gut, es ging um Geld, um Macht, Unmengen von Byranium und eine kosmische Verschwörung – soviel war ihr schon klar.

Aber darüber hinaus...?

Sie wußte ja nicht einmal, wo sie hier war oder warum man sie hergebracht hatte. Nein, das war nicht ganz richtig. Das Warum hatte sie sich längst zusammenreimen können. Man glaubte – und fürchtete –, sie könne mehr über die Verschwörung wissen. Und man wollte sich vergewissern, wieviel.

Leider schien ›so gut wie nichts‹ eine Antwort zu sein, die niemanden zufriedenstellte und die man ihr nicht einmal glaubte. Sartorius Wosch am allerwenigsten.

»Was ist?« Seine Stimme ließ sie erneut wie unter Peitschenhieben zusammenzucken. »Ich warte.«

Selbst wenn Sheryl ihn nicht mehr zu erkennen vermochte, glaubte sie dennoch genau zu wissen, wie er jetzt dort hinter dem Pult in seinem Sessel saß; in äußerlich vollkommen entspannt wirkender Haltung, als genieße er eine Holofilm-Aufführung, die eine Hand lässig in der Hüfte, die andere auf dem Pult, ganz dicht neben den Schaltern, mit denen er Sheryls Höllenqualen um einen tausendfachen Faktor steigern konnte. Sie hatte Mühe, sich seine letzte Frage ins Gedächtnis zurückzurufen. Wonach hatte er sie gefragt? Nach ihrer Gefangennahme? Nach den Ereignissen auf Hadrians Mond? Nach ihren ehemaligen Begleitern?

Sheryl fiel es zunehmend schwerer, sich zu konzentrieren. Immer öfter flossen ihre Gedanken ziellos umher, irrten torkelnd durch ihr Erinnerungen oder zerstoben wie feine Nebelfäden. Ihre Erschöpfung, ihre Schmerzen, ihr Hunger, ihr Durst und vor allem ihre Hoffnungslosigkeit gewannen immer mehr Oberhand über ihr bewußtes Denken. Es war genau der Punkt, zu dem Wosch sie hatte bringen wollen. Und an dem er sie längst hatte. Seit Stunden.

»Hören Sie . . .« Es erforderte unermeßliche Anstrengung, ihre Zunge, die wie ein ausgetrockneter, formloser Schwamm in ihrem Mund lag, dazu zu bringen, die Worte halbwegs verständlich zu formulieren. An das heisere Krächzen ihrer Stimme, die so gar nicht mehr klang wie ihre eigene, hatte sie sich mittlerweile gewöhnt. Ihr gesamter Mund war so trocken wie altes, brüchiges Pergament. Es war Tage her, daß sie das letzte Mal etwas zu trinken bekommen hatte, auch wenn sie die meiste Zeit davon betäubt zugebracht hatte. Sie wußte, daß auf Woschs Pult eine große Karaffe mit Wasser stand und ein Tablett mit mehreren anderen Getränken. Sie fühlte sich versucht, ihn anzubetteln, ihr etwas davon abzugeben. Und wenn es auch nicht die zehn Liter reines, klares, kühles Wasser sein würden, die sie brauchte, um wenigstens ihren schlimmsten Durst zu stillen, so doch zumindest ein paar winzige Tropfen Flüssigkeit, um die Stimmbänder ein bißchen zu ölen, damit nicht jedes ausgesprochene Wort auch weiterhin eine solch unerträgliche Qual darstellte. »Warum ... warum ersparen Sie uns das nicht? Wenn schon nicht mir, dann doch zumindest Ihnen. Ich kann Ihnen nicht mehr sagen. Ich ... ich weiß nicht einmal, wonach Sie ... zuletzt gefragt haben.«

»Ich habe nach Ihrem vollständigen Namen gefragt!«

Richtig! Jetzt erinnerte sie sich wieder daran.

»Das ... das alles habe ich Ihnen doch schon ein Dutzendmal erzählt. Und wenn Sie mich noch so lange ausquetschen, es ... wird bestimmt nicht mehr werden.« Sheryl mußte ein paarmal tief durchatmen, um Kraft für weitere Worte zu sammeln, und sie fürchtete, daß es Wosch bereits zu lange sein könnte. Mit jeder Faser ihres Körpers erwartete sie eine neue Lawine unerträglichen Schmerzes, wie sie sie jedesmal traf, wenn er einen bestimmten Schalter auf dem Pult umlegte – *eine kleine Aufmunterung*, wie er es irgendwann im Laufe des Verhörs voller Zynismus genannt hatte, aber erstaunlicherweise hielt Wosch sich zurück. Ein Zeichen, daß er allmählich geneigt war, ihren Beteuerungen Glauben zu schenken? »Wie lange also wollen Sie dieses nutzlose Spielchen noch weitertreiben?«

»So lange, bis ich alles gehört habe, was ich wissen will. Wann das sein wird, liegt allein in Ihrer Hand.«

Sheryl wünschte sich, sie hätte keine Frage gestellt, die eine solch lange Antwort erforderte und die derart viele Worte durch ihr Gehirn peitschte.

»Verdammt! Ich weiß nichts von dem, was Sie wissen wollen.« Es war nichts anderes als ein trotziges Aufbegehren. »Wenn Ihnen die ganze Quälerei Spaß macht – gut. Aber dann tun Sie nicht so, als würden Sie etwas von mir wissen wollen. Ich weiß nichts. Nichts über Sie oder Ihren Verein. Gar nichts! Nicht die geringste Kleinigkeit. Und ... und ich will es auch gar nicht.«

Es war ein nutzloses Aufbegehren. Vermutlich amüsierte es Wosch sogar noch.

»Ob Sie etwas wissen oder nicht, entscheide allein ich«, kam seine Antwort. Es folgte eine kurze Pause, als wolle er ihr Gelegenheit geben, noch etwas zu sagen. Aber was gab es da schon zu sagen? »Also – der vollständige Name?«

Sheryl resignierte. Was blieb ihr anderes übrig?

»Sheryl . . . Lee . . .« krächzte sie. »Lee . . . Robinson.«

»Sehr schön«, lobte die Stimme mit väterlichem Wohlwollen, und aus irgendeinem Grund war Sheryl sich sicher, daß Wosch lächelte. Ein dreckiges, sadistisches Grinsen. »Ihre ID-Nummer?«

Die ID-Nummer! Eine Nummer, die jeder Angehörige der Sarday'kinschen Raumflotte bis zur Bewußtlosigkeit in sein Gedächtnis einbrennen mußte. Eine Nummer, die seine Identität ausmachte. Die er selbst war. Die er immer und überall parat haben mußte. Trotzdem dauerte es einen Moment, ehe Sheryl sich daran erinnerte.

Der Moment schien Wosch bereits zu lange zu dauern. Ohne Vorwarnung rann beißender Schmerz wie flüssiges Magma durch Sheryls Gliedmaßen, zerriß ihre Eingeweide, ließ sie aufschreien und ihren Körper in konvulsivische Zuckungen verfallen. Sie wollte um sich schlagen, sich bewegen, den Rücken durchdrücken, den Mund weit aufreißen, doch die Fesseln hielten sie unerbittlich umklammert, und das machte alles um so schlimmer.

Es war das, was Wosch unter einer *kleinen Ermunterung* verstand. Geduldig wartete er, bis sie wieder halbwegs zu Atem gekommen war.

»Die ID-Nummer!«

»Null . . . zwei zwei acht . . .«, keuchte sie. ». . . fünf sechs null.« Sie wußte nicht, ob die Ziffern richtig oder falsch waren, aber ihre Antwort schien Wosch zufriedenzustellen; allein das zählte. »Kommen wir als nächstes zu Ihrer Position in der Raumflotte. Welchen Rang bekleideten Sie?«

Auch das hatten sie bereits ein Dutzendmal durchgesprochen. Darauf jedoch nahm Wosch keine Rücksicht, und Sheryl blieb nichts anderes übrig, als zu antworten. Sie war sich nicht sicher, wieviel sie ihm bislang verraten hatte. Anfangs hatte sie noch versucht, Informationen zurückzuhalten. Nichts Wichtiges, schließlich gab es nichts, was sie den Beteiligten dieser Verschwörung an Wissen voraus hatte. Es waren im Prinzip nur Kleinigkeiten gewesen. Persönliche Dinge. Dinge, die sie noch niemals jemandem gesagt hatte. Sie wußte nicht einmal, warum sie Wosch etwas zu verheimlichen versuchte. Eigentlich war es sinnlos. Für ihn waren diese Dinge ohnehin ohne jeden Belang. Vielleicht tat sie es nur deshalb, um sich einen letzten Rest von Selbstachtung zu gönnen. Um ihm nicht den Triumph zu gönnen, alles, aber auch wirklich alles, von ihr erfahren zu haben.

Wosch führte ein äußerst geschicktes Verhör. Der Inhalt seiner Fragen ließ nur selten Rückschlüsse darauf zu, worauf er hinauswollte. Was seine Taktik anging, so glich er in seiner Hinterlist einem plomboyanischen Buärps, das stundenlang bewegungslos in seinem Trichter hockte, um dann, wenn sich etwas dorthinein verirrt hatte, um so schneller hervorzustoßen, sich auf seine Beute zu stürzen und sie in seine dunkle Höhle hinabzuziehen. Auf andere Aussagen hingegen, bei denen Sheryl dachte, daß Wosch nachfragen würde, ging er gar nicht ein; er ließ sie lange Zeit unberücksichtigt, um später, wenn sie nicht damit rechnete, unvermittelt darauf zurückzukommen.

»Welcher Punkte waren Sie angeklagt, als Ihre Aburteilung in die Byranium-Minen erfolgte?« fragte Wosch, als sie auf den Einsatz zu sprechen kamen, der ihre Flottenkarriere vor einem dreiviertel Jahr so jäh unterbrochen hatte.

»Befehlsverweigerung, Desertation, Beleidigung von Vorgesetzten«, antwortete sie wahrheitsgemäß und durchforstete ihre Erinnerungen. War da nicht noch etwas gewesen? Sie dachte nach, aber ihr wollte beim besten Willen nicht einfallen, was. Ihr Gedächtnis ließ sie immer öfter im Stich.

»Das ist nicht ganz richtig«, dröhnte Woschs Stimme auch schon durch ihren Schädel. »Es fehlt ein Punkt. Vorhin haben Sie noch etwas anderes gesagt.«

»Was . . . was habe ich denn noch gesagt?«

»Feigheit vor dem Feind.«

»Ja, richtig«, gab sie matt von sich. »Das war auch noch dabei gewesen.«

Natürlich hatte es sich um eine ebenso unhaltbare Anschuldigung wie alle anderen gehandelt. Sie hatte damals bei einem Einsatz gegen die Technos so handeln müssen, ansonsten wären sie und ihre Kameraden, die allein einer erdrückenden Übermacht gegenübergestanden hatten, einen sinnlosen Tod gestorben. Sie hatten sich retten können und ihr Schiff, indem sie gegen ihre Order verstoßen hatten. Ihr Pech war es nur gewesen, daß der Befehlshaber des Einsatzes, ein ebenso inkompetenter wie karrierebewußter Flottenadmiral namens McCluskey, beschlossen hatte, sie alle auf dem Schlachtfeld der Ehre zu opfern, als Zeichen für sarday'kinschen Heldenmut. Eine Idiotie ohnegleichen, und die Beleidigungsklage resultierte daraus, daß Sheryl das während der Verhandlung auch ganz eindeutig ausgesagt hatte.

»Dann bitte noch einmal alles zusammen.«

»Befehlsverweigerung, Desertation, Beleidigung von Vorgesetzten«, wiederholte sie gehorsam und kam sich dabei vor wie ein Hündchen, das brav dem Stöckchen hinterherrannte und es zurückholte, ganz gleich, wie oft er dieses blöde Stück Holz noch wegwarf. ». . . und Feigheit vor dem Feind.«

Die nächsten Fragen drehten sich um ihren Aufenthalt auf Hadrians Mond, einem Sträflings- und Minenplaneten, auf dem Byranium abgebaut wurde – eine der kostbarsten und teuersten Substanzen, die es im Universum gab. Und eine der tödlichsten. In kleinen Stücken wurde es von Millionen und Abermillionen Menschen als Glücksbringer getragen, in Form von Schmuckstücken beispielsweise; in seiner ursprünglichen Form und in größeren Mengen jedoch verbreitete es langsames Siechtum und Tod. Unter dem Einfluß der grünlich schimmernden Gesteinsadern grassierte schleichender Wahnsinn, und früher oder später kam es zu körperlichen Veränderungen und Mißbildungen. Kaum ein Gefangener, der in die Byranium-Stollen verbannt worden war, lebte länger als zwei, drei Jahre. Glücklicherweise hatte weder Sheryls Aufenthalt noch der ihrer

Gefährten, mit denen ihr die Flucht geglückt war, lange genug gewährt, als daß sie die kritische Grenze überschritten hätten. Mit einer Ausnahme: Duncan, ein Cybertech. Er war bereits geistesgestört gewesen, als sie dort angekommen waren. Keine Frage, Hadrians Mond war einer der schrecklichsten Orte, die man sich vorstellen konnte – abgesehen von der Trage vielleicht, auf der sie gefesselt lag.

»Ihr Gefangenenaufstand, wenn ich ihn einmal so nennen darf, wurde also durch einen Mithäftling namens Duncan ausgelöst?«

»Richtig«, bestätigte Sheryl. »Er hat den Aufseher angegriffen, und dann haben wir es gemeinsam geschafft, den Wachrobot fertigzumachen.«

»Ist es nicht seltsam«, fragte Wosch, und in seine Stimme hatte sich ein lauernder Unterton gemischt, »daß der Aufstand genau zu dem Zeitpunkt erfolgte, als der Überfall auf Hadrians Mond begann?«

»Das . . . war reiner Zufall.«

»Ein reichlich glücklicher Zufall, finden Sie nicht auch?«

»Mein Gott!« stöhnte Sheryl erschöpft. »Es war nun einmal so! Aber wenn wir gewußt hätten, daß Ihnen der Zeitpunkt so ungelegen kommt, wären wir gerne schon eine Woche früher ausgebrochen. Oder einen Monat.« Eine neuerliche kleine Aufmunterung zeigte ihr, wie wenig Wosch für Sarkasmus dieser Art übrig hatte.

»Zum Zeitpunkt des Angriffs selbst haben sie sich also in den Gespensterstollen aufgehalten?« bohrte sich seine Stimme in ihr Hirn.

»Ja . . . ja«, keuchte Sheryl.

Die sogenannten Gespensterstollen waren ein seltsames Phänomen gewesen. Sie hatten sich durch weite Teile des Mondes gezogen und so ausgesehen, als hätte sich ein riesiger Wurm durch das Gestein gefressen. Zuerst hatten Sheryl und die anderen ihre bloße Existenz für ein Gerücht gehalten, bis sie einen gefunden und selbst betreten hatten. Obwohl es sich bei Hadrians Mond um eine Methanwelt handelte, hatte es in den Stollen atembaren Sauerstoff gegeben. Die atembare Atmosphäre hätte künstlich erzeugt werden müssen, doch auf ihrer Wanderung durch die endlosen Biegungen waren sie damals auf keine entsprechenden Aggregate gestoßen – was allerdings nicht unbedingt heißen mußte, daß es tatsächlich nichts dergleichen gab. Und noch ein Mysterium hatten die Gespensterstollen zu bieten gehabt. Dort, wo sie durch das Gestein gekrochen waren, hatte es nicht die geringste Spur von Byranium-Adern gegeben. Und weil es in ihnen nichts zu holen gegeben hatte, waren sie für die Minenleitung uninteressant gewesen. Es gab ein paar Stellen, an denen sie sich mit den von Menschenhand angelegten Stollen kreuzten, doch diese Durchgänge waren allesamt sorgsam zugemauert worden. Sheryl und ihren Begleitern war es damals gelungen, einen dieser Durchgänge zu finden und wieder aufzubrechen. Auf diese Weise waren sie aus der Minensektion entkommen.

Darüber, wer die Gespensterstollen angelegt hatte, konnte man nur spekulieren. Wahrscheinlich gab es im gesamten Einflußbereich des ehemaligen Imperiums niemanden, der die Antwort darauf wußte, und mit derselben Wahrscheinlichkeit dürften die Gänge schon lange, bevor die Menschheit sich über diesen Spiralarm der Galaxis ausgebreitet hatte, existiert haben. Vielleicht waren sie das Werk einer uralten, längst ausgestorbenen Rasse, die ebenfalls Byranium-Abbau getrieben hatte – auf ihre eigene, rätselhafte Weise. Oder aber auch nur eine besonders ausgefallene Laune der Natur.

Sheryl wußte nicht, ob Wosch diesbezüglich seine eigenen Überlegungen hatte. Alles, was mit den Gespensterstollen zusammenhing, schien ihn nur nebensächlich zu interessieren. Ihm ging es um andere Dinge.

»Durch die Stollen sind Sie also bis zur Kommando-Station gelangt?« faßte er Sheryls Aussagen zusammen. »Und Sie sind ausgerechnet in dem Moment angekommen, da unsere Männer ihren Einsatz beendet hatten und sich zurückzogen.«

»Einsatz?« Sheryl wollte ein bitteres Lachen ausstoßen, doch es wurde nur ein erbärmlicher Hustenanfall daraus. »Warum nennen Sie die Dinge nicht beim Namen? Das war Mord. Kaltblütiger, tausendfacher Mord!«

»Wir mußten sichergehen, daß es keine Zeugen gibt«, sagte Wosch. Es klang so beiläufig, als handelte es sich um nicht mehr als ein Kavaliersdelikt. Etwa so, als hätte er lediglich irgend jemandem einen Gleiterparkplatz vor der Nase weggeschnappt. »Es hätte unsere Pläne empfindlich stören können.«

»Wie hätten die Gefangenen, die unten in den Minensektionen praktisch blind und taub gesessen haben, Ihnen schon schaden können?« fragte Sheryl. Sie wunderte sich, woher sie die Kraft nahm, sich darüber noch zu empören. Und den Mut, es Wosch an den Kopf zu werfen, wo sie doch genau wußte, daß das einzige, was es ihr einbrachte, eine weitere Verschlechterung ihrer Lage sein würde. Aber sie konnte nicht anders. »Wahrscheinlich haben sie von dem Angriff bis auf die Erschütterungen nicht einmal etwas mitbekommen. Es war absolut unnötig, auch die Stollen mit Giftgas zu fluten!«

»Das ist Ihre Ansicht«, sagte Wosch und gab einen unwilligen Laut von sich, als wolle er das unangenehme Thema damit beenden. Wer bekannte sich schon gerne dazu, an einem Massenmord beteiligt zu sein? Sheryl fragte sich, zu wieviel unschuldigen Opfern es bei den vorausgehenden Überfällen auf andere Byranium-Minen zuvor gekommen war. Wie viele Tote mußten auf Woschs Gewissen lasten? Sofern er überhaupt ein Gewissen hatte. Sheryl hielt es ohnehin für bemerkenswert, daß er sich genötigt gefühlt hatte, sich vor ihr zu rechtfertigen.

Als nächstes ging es um ihre Flucht aus dem Sonnensystem von Hadrians Mond. Es war ihnen mit der FIMBULWINTER geglückt, einem regulären Patrouillenschiff, das von den Angreifern zusammengeschossen worden war.

»Und Sie haben mit der FIMBULWINTER fliehen können, obwohl das Schiff zu über siebzig Prozent zerstört worden war und nicht einmal mehr über ein funktionsfähiges Hyperraumtriebwerk verfügte?«

»Ja.«

»Etwas ausführlicher, bitte!«

»Uns gelang es, den *Legraine-Warington-Generator* an Bord des Killer-Satelliten im Orbit von Hadrians Mond auszutauschen. Und auch die anderen Schäden von den dortigen Roboteinheiten notdürftig flicken zu lassen.«

Es war sehr verkürzt, aber Wosch gab sich damit zufrieden. Die ausführliche Fassung dürfte er mittlerweile schließlich in- und auswendig kennen.

»Und der Kommandant der FILMBULWINTER, dieser ...« Eine kurze Pause, als würde er in irgendwelchen Notizen nachsehen. »... dieser Maylor hat sich ihnen bedingungslos angeschlossen?«

»Was heißt bedingungslos? Er wußte, daß ihm keine andere Wahl blieb. Man hätte ihm sein Versagen und die Zerstörung der FIMBULWINTER angehängt und ihn vor ein Kriegsgericht gestellt. Wahrscheinlich hätte er sich nach seiner Verhandlung ebenfalls in einer Byranium-Mine wiedergefunden.«

»Sie sagten, daß Maylor und der Anführer des Gefangenenaufstands, ein Mann namens Cedric Cyper, sich von früher kannten.«

»Ja. Das ist richtig. Man kann sagen, Sie waren ziemlich überrascht, sich wiederzusehen. Ich glaube, damit hatte keiner von beiden gerechnet.«

»Von woher kannten sich die beiden?«

»Soweit ich weiß, haben Sie gemeinsam die Flottenakademie besucht.« Sheryl verspürte ein Gefühl von Wärme, als sie an Cedric Cyper dachte. Sie beide waren zwar nicht unbedingt das, was man ein Paar nennen konnte, dazu waren sie sich einerseits zu ähnlich und andererseits zugleich zu verschieden – leider nur in den jeweils falschen Punkten. In den trostlosen Monaten in den Byranium-Minen hatten sie sich immerhin gegenseitig ein Stück Wärme und Geborgenheit zu schenken vermocht.

Sie versuchte, nicht daran zu denken. Ihr Verhältnis zu Cedric war eines dieser kleinen Geheimnisse, die sie sich bewahren wollte. Sie mußte vorsichtig sein, um Wosch keinen Hinweis auf ihre wahren Gefühle zu geben. Die Elektroden, die an ihrer Stirn und an ihren Fingern befestigt waren, konnten ihr nicht nur unerträgliche Pein bereiten, sondern sie maßen darüber hinaus sämtliche emotionalen Reaktionen auf seine Fragen an.

Die Ergebnisse konnte er jederzeit auf dem Pult ablesen. Auf diese Weise war er genauestens über ihren Gemütszustand informiert.

Er wußte zwar nicht, was sie dachte, aber er wußte, *wie* sie dachte.

Doch falls Wosch jetzt eine entsprechende Reaktion angemessen hatte, so ging er nicht darauf ein. Seine nächsten Fragen behandelten ihre Ankunft auf *St. Petersburg Zwei*. Die FIMBULWINTER war aufgrund ihrer Beschädigungen abgestürzt, doch sie hatten sich rechtzeitig mit den Rettungskapseln retten können.

»Weshalb haben Sie sich ausgerechnet *St. Petersburg Zwei* als Fluchtziel ausgesucht?«

»Es ist ein idealer Platz, um unterzutauchen, ohne Spuren zu hinterlassen. Wie Sie wissen, gehören die Freihandelswelten keiner der Machtfraktionen an.«

»Und das ist alles?«

»Ja ... alles.« Das war nicht ganz richtig. Zumindest Cedric und Maylor hatten vorgehabt, auf eigene Faust den Verantwortlichen des Überfalls auf Hadrians Mond nachzuspüren. Noch so ein kleines Geheimnis, das Sheryl vor Wosch zurückzuhalten versuchte.

»Wie viele Personen waren Sie zu diesem Zeitpunkt?«

Sheryl mußte nachdenken. Das alles lag erst ein paar Tage zurück, dennoch erschienen ihr die Ereignisse weit, weit entfernt. Wie verblaßte Erinnerungen an ein anderes, ein früheres Leben.

»Fünf ... nein, sechs ...«

»Wieviel denn nun?«

»Sechs«, legte sie sich fest.

»Das ist falsch!« tönte Woschs Stimme, und dann schlug eine neue Schmerzenswelle über ihrem Bewußtsein zusammen. Es war mehr, als sie ertragen konnte. Sheryl wollte nach Luft schnappen und stellte mit eisigem Entsetzen fest, daß ihre Lungen ihr den Dienst versagten. Gleichgültig, wie sehr sie auch einzuatmen versuchte, sie schaffte es nicht, keinen einzigen Atemzug. Ihr Blut pochte hämmernd in ihren Schläfen, und im nächsten Augenblick setzte auch ihr Herzschlag aus. Die Pein war zuviel für ihren geschwächten Mentabolismus gewesen, und sie wunderte sich, mit welchem Gleichmut sie diesen Gedanken hinnahm. Nun gut, dachte sie, wenn das das Ende sein sollte, dann ...

Doch dann, nur eine Sekunde später, setzte ihr Herzschlag wieder ein, und auch ihre stechenden Lungenflügel arbeiteten plötzlich wieder.

Ein fast wohliges Kribbeln rann durch ihre Glieder, während sie sich keuchend bemühte, ihren Sauerstoffbedarf zu decken. Sie begriff, daß Wosch gemerkt haben mußte, wie es um sie bestellt war, und ihr über irgendeine Vorrichtung ein stärkendes Mittel verabreicht hatte. Ganz so einfach, seinen bohrenden Fragen zu entkommen, indem er sie einfach an Herz- oder Lungenversagen sterben ließ, wollte er es ihr offensichtlich nicht machen.

»Ich denke, das hilft Ihnen, künftig etwas konzentrierter zu Werke zu gehen«, sagte er in einem Tonfall, als erwartete er auch noch Dank dafür. In der Tat fühlte Sheryl sich jetzt geringfügig wacher, aber das bedeutete noch lange nicht, daß sie sich nur um einen Deut *besser* gefühlt hätte.

Beinahe wäre es ihr lieber gewesen, erstickt zu sein. Wenigstens hätte das ein Ende dieser Tortur bedeutet. Noch nie, selbst in all den trostlosen Monaten in den Byranium-Minen nicht, war sie bereit gewesen, so einfach aufzugeben, ohne Kampf, ohne Hoffnung, nun jedoch war sie nahe daran.

»Ich habe gefragt, wie viele Personen Sie zum Zeitpunkt Ihrer Ankunft auf *St. Petersburg Zwei* gewesen sind.«

»Sss ... Sieben.«

»Richtig«, lobt er. »Wer im einzelnen?«

Sie zählte es ihm auf. Außer ihr waren es die schon erwähnten Cedric Cyper und Maylor gewesen, die wie sie Sarday'kin waren. Daneben Nabtaal, ein Freischärler mit jeder Menge Flausen von Revolution, Demokratie und besserer Welt im Kopf, sowie Duncan, der unter dem Einfluß des Byraniums durchgedrehte Cypertech. Und als letztes Kara-Sek und Omo, zwei Yoyodyne, wobei nur ersterer ein ›richtiger‹ Yoyo war, letzterer hingegen eine sogenannte *Humsz*-Züchtung, eine genmanipulierte Kampfmaschine, von der schlecht zu sagen war, zu welcher Volksgruppe sie vor seiner Verwandlung gehört hatte. Von ihrem alten Bewußtsein, ihrem früheren Ich war gerade so viel übrig gelassen worden, um eine Aufrechterhaltung der motorischen Funktionen zu gewährleisten.

Dann stellte Wosch gezielte Fragen zu den Personen.

Über Maylor vermochte Sheryl nicht viel zu erzählen, selbst wenn sie gewollt hätte. Dieser äußerlich so steif und pflichtbewußt wirkende Mann war der Kommandant der FIMBULWINTER gewesen. Viel mehr wußte sie nicht. Allerdings vergaß sie nicht zu erwähnen, daß er und Cedric Cyper sich bei ihrem unverhofften Wiedersehen nicht gerade freundlich gegenübergestanden hatten. Die Dinge, die zu Cedrics Verbannung auf Hadrians Mond geführt hatten, hatten die Freundschaft der beiden zerbrechen lassen. Trotzdem hatte Sheryl den Eindruck, als hätten sich die beiden im Laufe der Flucht wieder einigermaßen zusammengerauft. In mehreren kritischen Situationen hatten sie sich so blind verstanden, als hätten die zwei Jahre, die sie sich nicht gesehen hatten, überhaupt keine Rolle gespielt. Doch das mußte sie Wosch ja nicht unbedingt auf die Nase binden. Um so eher würde er Cedric und Maylor unterschätzen, falls er versuchte, die beiden zu fassen. Und daß Wosch das versuchen würde, stand für sie außer Frage. Wozu sonst die ganzen Fragen?

»Was können Sie mir über Cedric Cyper sagen?« lautete Woschs nächste Frage. »Er war, wenn ich Sie recht verstanden habe, so etwas wie der Anführer des Gefangenenaufstandes.«

»Ja . . . wenn Sie so wollen, war er das.«

»Und? Ist das alles?«

Nein, dachte Sheryl, das war keinesfalls alles. Unwillkürlich schlich sich die Erinnerung an die Stunden, die sie gemeinsam verbracht hatten – abends nach der schier endlosen Arbeit. Es waren nicht viele Stunden gewesen, aber sie waren voller Lust, Verlangen und Leidenschaft gewesen; eine Art Rettungsanker, der sie beide davor bewahrt hatte, nicht den Verstand, nicht den Glauben an die Menschheit und sich selbst zu verlieren.

Nicht! versuchte sie sich einzuimpfen. Nicht daran denken! Sonst konnte sie Wosch ihre Empfindungen auch gleich auf einem silbernen Tablett präsentieren.

Aber es wollte ihr nicht so recht gelingen. Dazu waren ihre Gefühle Cedric Cyper gegenüber einfach zu stark. Bitterkeit erfüllte sie, als sie daran dachte, daß sie ihm auf *St. Petersburg Zwei* unmißverständlich klargemacht hatte, daß sich ihre Wege von nun an trennen würden. Wie das Schicksal doch spielte! Damals. Vor wenigen Tagen hatte sie ihn noch verlassen wollen, und jetzt wünschte sie sich nichts sehnlicher, als daß er hier hereinspazierte und sie befreite. Eine Hoffnung, deren Erfüllung in etwa so realistisch war, als ob sie sich gewünscht hätte, daß das Universum von nun an zur Abwechslung mal wieder kontrahierte, anstatt weiterhin so langweilig und vorausberechenbar zu sein und sich immer nur auszudehnen.

»Ich habe Sie gefragt, ob das alles ist, was Sie über Cedric Cyper zu sagen haben!« rief Wosch.

Täuschte Sheryl sich, oder klang da so etwas wie gespannte Erwartung in seinen Worten mit? Etwas, das sie an einen Jäger denken ließ, der seine Beute endlich vor dem Lauf hatte und lediglich noch auf den günstigsten Moment wartete, um abzudrücken?

»Was soll ich Ihnen sagen?« antwortete sie ausweichend. »Ich weiß so gut wie nichts über ihn.«

»Dabei haben Sie doch lange Zeit mit ihm in derselben Minensektion gearbeitet. Das stimmt doch, oder?«

»Ja.«

»Na also! Hat er denn nie darüber geredet, was er vor seiner Verurteilung gemacht hat? Warum er in die Minen geschickt worden ist?«

»Nein, das hat er nicht.«

»Ist das nicht erstaunlich? Da arbeiten Sie ein halbes Jahr mit jemandem zusammen und wollen mir sagen, daß Sie in dieser Zeit nichts von ihm erfahren haben.«

»Mit Ausnahme von Maylor habe ich mit allen anderen genauso lange zusammengearbeitet, und über sie weiß ich auch nicht mehr. Hadrians Mond ist ein Ort, an dem nicht zählt, wer man ist oder woher man kommt. Es gab niemanden, der mir Fragen gestellt hat, und ich habe das auch nicht getan. So läuft das dort unten.«

Wosch ließ einige Zeit verstreichen, ehe er wieder das Wort ergriff.

»Sie hoffen, daß er Sie hier herausholt, nicht wahr?« sagte er unvermittelt. »Genau das ist doch Ihre Hoffnung, oder?«

Sheryl erschrak über seine Worte, die genau ins Schwarze trafen. Es war keine Frage gewesen, sondern eine Feststellung. Und allein ihr Erschrecken, das sich auf Woschs Pult überdeutlich zeigen würde, mußten ihm Antwort genug sein. Sie glaubte, ihn erneut lächeln zu spüren. Es war das Lächeln eines Jungen, der gehört hatte, daß man Frösche zum Platzen bringen konnte, wenn man sie aufblies, und nun glücklich war, im praktischen Versuch festgestellt zu haben, daß es tatsächlich funktionierte.

»Hören Sie«, sagte sie. »Mir ist es völlig gleichgültig, ob Cedric oder sonst irgendwer mich hier herausholt – Hauptsache, jemand tut es. Meinetwegen könnte es auch Luzifer höchstpersönlich sein, ich hätte nichts dagegen. Schlimmer als hier kann es bei ihm kaum sein. Außerdem soll es dort immerhin recht heimelig warm sein.«

Wosch ging auf den provozierenden Tonfall nicht ein. Und daß er sie nicht bestrafte, erschien ihr auf irgendeine Art und Weise sogar noch unerträglicher, als wenn er es getan hätte. Sie hätte es beinahe als eine gerechte Strafe dafür empfunden, daß sie sich die Wahrheit hatte anmerken lassen. Abermals ein Geheimnis, das sie vor Wosch nicht hatte verbergen können.

»Erzählen Sie mir etwas über Duncan!« verlangte er, ohne näher darauf einzugehen.

»Duncan«, wiederholte Sheryl, als müßte sie den Namen laut aufsagen, um sich in Erinnerung zu rufen, wer das war. »Ein Cybertech. Soweit ich mich erinnere, war er schon durchgedreht, als ich ihn das erste Mal gesehen habe. Die Strahlung des Byraniums. Die meiste Zeit brachte er kaum ein vernünftiges Wort heraus. Es kam auch schon zu leichten körperlichen Defekten. Ich glaube, er ist schon länger als drei Jahre in den

Minen gewesen, und das ist mehr, als die meisten überstehen. Es ist ein Wunder, daß er die Flucht überhaupt durchgestanden hat.«

»Warum haben Sie ihn mitgenommen, wenn er zu nichts nütze war?«

»Er ist uns meist einfach nachgelaufen, und wir haben keine Veranlassung gesehen, ihn mit Gewalt davon abzuhalten. Er hat ja keinen Schaden angerichtet.«

Eher im Gegenteil, mußte sie im nachhinein zugeben. Einige Male hatte er sie aus nahezu aussichtslosen Situationen herausgeführt, indem er Eingebungen gehabt hatte, die sich nur als geradezu hellseherisch bezeichnen ließen. Sein gestörter Geist mochte zwar zu verwirrt gewesen sein, um eine normale Unterhaltung zu führen, aber dafür schien er Einblicke in Bewußtseinsbereiche gehabt zu haben, die jedem Normaldenkenden von jeher verschlossen waren und zu denen wohl nur Wahnsinnige wie er Zugang hatten. Jedenfalls hatte er oft haargenau gewußt, was sie als nächstes zu unternehmen hatten – wenn er es ihnen auch nicht immer verständlich hatte mitteilen können. Im Grunde genommen war es einerlei. Duncan war tot. Er war ums Leben gekommen, als Sheryl und Nabtaal auf *St. Petersburg Zwei* in die Hände der Verschwörer gefallen waren.

»Was ist mit Kara-Sek, diesem Yoyodynen?«

Allein die Art, wie Wosch das letzte Wort betonte, drückte dieselbe herablassende Verachtung aus, mit der die meisten Sarday'kin Angehören dieser galaktischen Volksgruppe gegenüberstanden, die im Jahre 3798 A. D, nach dem Zusammenbruch des Großen Imperiums aus einer Vereinigung der Konzerne *Sakamura Inc., Toshiba Mifune Style Corporation* und *TransSonyRelations* hervorgegangen waren.

Sheryl mußte zugeben, daß auch sie früher zu diesen Personen gehört hatte. Jedenfalls bis zu ihrer Verbannung in die Byranium-Minen, wo sie das erstemal persönlichen Kontakt mit yoyodynischen Kriegsgefangenen gehabt hatte. Zuvor waren es nur gesichts- und eigenschaftslose Wesen gewesen, der *Feind* eben, mit dem die sarday'kinsche Fraktion sich seit jeher in einem mehr oder minder heißen Kriegszustand befand und deren Angehörige ihr während ihres Dienstes in der Flotte nur hinter Bordgeschützen oder den Visieren von Kampfanzügen gegenübergetreten waren. Kurzum: Menschen zweiter Klasse (und für viele ihrer Kameraden waren sie nicht einmal das gewesen). In dem halben Jahr auf Hadrians Mond jedoch hatte sich Sheryls Einstellung grundlegend geändert. Nicht, daß sie behaupten könnte, sie verstehen gelernt zu haben; das wäre angesichts ihrer Verschlossenheit und ihres seltsamen Ehrenkodexes zuviel behauptet gewesen. Aber sie als Menschen – wie fremdartig auch immer – zu sehen und sie zu respektieren, das hatte sie gelernt.

»Was wollen Sie hören?« fragte Sheryl schwach.

»Alles, was Sie über ihn wissen. Zum Beispiel, weshalb Kara-Sek sich Ihnen angeschlossen hat, wo er doch einer Fraktion angehört, die der unseren nicht gerade freundlich gegenübersteht? Läßt sich eine solche Handlungsweise überhaupt mit dem Ehrenkodex der Yoyodyne vereinbaren?«

»Keine Ahnung. Er hat es nun einmal getan. Mehr weiß ich nicht. Ich glaube, er fühlte sich uns aus irgendeinem Grund verpflichtet.«

»Das ist mir nicht plausibel genug«, bemängelte Wosch, und wieder schwang die Drohung darin mit, ihr eine neuerliche kleine Ermunterung zukommen zu lassen.

»Tut mir leid, ich kann leider mit nichts anderem dienen. Sie sagten es schon – er ist Yoyodyne. Nennen Sie mir einen Sarday'kin, der von sich behaupten kann, er würde sich mit diesen Schlitzaugen und ihrem Ehrenkodex-Unsinn auskennen!«

»Nun ja«, entgegnete Wosch. Offenbar versuchte er anhand der Kontrollen auf seinem Pult abzulesen, ob sie die Wahrheit sagte, und entschloß sich dann, ihr zu glauben. »Kommen wir nun zum letzten Ihrer Begleiter, diesem Nabtaal.«

»Sie haben Omo vergessen«, erinnerte ihn Sheryl, die es für eine neuerliche Falle hielt, ihre Aufmerksamkeit zu testen. »Die *Humsz*-Züchtung.«

»Vergessen Sie das hirnlose Riesenbaby!« sagte Wosch abfällig. »*Dieses* Problem hat sich längst erledigt.«

Sheryl mußte nicht weiter nachfragen, um zu wissen, was

das bedeutete. Omo lebte nicht mehr. Er mußte gestorben sein, nachdem sie auf *St. Petersburg* in die Hände der Verschwörer gefallen war. Sie hatte zusammen mit Nabtaal und Duncan in einem yoyodynischen Hotel auf die Rückkehr der anderen gewartet, die neue Kleidung und andere Ausrüstung hatten besorgen wollen, als unvermittelt Woschs Häscher aufgetaucht waren (der Grund, warum sie bis jetzt ihre zerschlissene Sträflingskleidung trug – ein schmuckloser grauer Overall, an dem noch der Staub der Byranium-Minen klebte). Bis heute wußte Sheryl nicht, wie es den Männern möglich gewesen war, sie zu finden. Dadurch, daß Duncan eine Granate gezündet hatte, bei deren Detonation er ums Leben gekommen war, hatte er ihnen noch eine letzte Frist verschaffen können, doch vergebens. Schließlich waren auch Nabtaal und sie überwältigt worden.

Das letzte, an das Sheryl sich erinnerte, war, daß sie zu Fuß eine Straße hinunter geflüchtet war, in dem Versuch, das Hotel so schnell wie möglich hinter sich zurückzulassen. Weit voraus hatte sie dann plötzlich Cedric und die anderen gesehen. Sheryl hatte noch seinen Namen rufen können, als sie ein Schocker-Treffer im Rücken erwischt hatte und sie bewußtlos auf die Straße gefallen war. Was danach geschehen war, wußte sie nicht. Woschs Fragen ließen aber darauf schließen, daß zumindest Cedric, Maylor und Kara-Sek entkommen waren und sich noch immer auf freiem Fuß befanden. Dieser Gedanke beruhigte Sheryl ein wenig.

»Ich warte immer noch darauf, was Sie mir zu Nabtaal sagen können.«

»Er ist Freischärler«, antwortete Sheryl, als wäre damit alles gesagt, was es über ihn zu sagen gab.

Wosch schien zu verstehen, was sie meinte. Die Freischärler waren diejenige Fraktion, die über am wenigsten Macht und Einfluß verfügte. Sie besaßen kein nennenswertes militärisches Potential und nicht einmal eine einheitliche Führung, dafür aber um so mehr Leute, die sich über die Weltrevolution den Kopf zerbrachen. Sie predigten solchen Unsinn wie Demokratie, Menschenrechte, Liebe und gegenseitige Rücksichtnahme, doch nicht selten bestand ihre gesamte Überzeugungsarbeit darin, kleine militante Gruppen zu bilden, die Andersdenkende dann ganz rücksichts- und liebevoll in die Luft jagten oder auf andere Art aus diesem Kontinuum bliesen. Ein zutiefst zerstrittener Haufen, der sicherlich längst von einer der anderen Machtgruppen verschluckt worden wäre, wenn es auf den schon in der Frühzeit des Großen Imperiums restlos ausgebeuteten Planeten ihres Einflußbereiches irgend etwas zu holen gegeben hätte, das den Aufwand gelohnt hätte. Da das nicht der Fall war, vermied man es tunlichst, sich mit diesen Chaoten abzugeben und sie bei ihrer Lieblingsbeschäftigung zu stören, die daraus bestand, miteinander um den besten Weg zu einer besseren Welt wettzueifern – mit Worten oder Bomben.

»Einer der gefährlichen oder der harmlosen Sorte?« fragte Wosch.

Wenn Sheryl dazu in der Lage gewesen wäre, hätte sie laut aufgelacht. Nabtaal als gefährlich zu bezeichnen, war so ziemlich die größte Fehleinschätzung, die man begehen konnte. Der Freischärler war eine einzige große, sich auf zwei Beinen fortbewegende Sprechblase.

»Einer von der harmlosen Sorte«, antwortete sie. »Glauben Sie mir, der ganz harmlosen.«

Wosch gab ein Seufzen von sich, das so zu deuten sein könnte, daß er diese Erfahrung ebenfalls gemacht hatte.

»Was ist mit Nabtaal?« nutzte Sheryl die Pause, um sich nach dem Freischärler zu erkundigen. Sie hatte ihn nie sonderlich leiden können, meist hatte er nichts anderes zu tun gehabt, als ihnen vor die Füße zu laufen, törichte Vorschläge zu machen oder ihnen mit seinen Phantastereien in den Ohren zu liegen. Jetzt machte sie sich Sorgen um ihn. Welch lächerliche Empfindung! Als ob ihre Lage ihr noch den Spielraum lassen würde, sich um jemand anderen zu sorgen! »Lebt er noch? Ist er ebenfalls hier?«

»Ich glaube schon«, sagte Wosch, und Sheryl bildete sich ein zu spüren, daß er nachsichtig den Kopf schüttelte. Es hätte zu seinem Tonfall gepaßt. »Sie haben anscheinend immer noch nicht recht verstanden, wer hier die Fragen stellt und wer die Antworten gibt.«

»Was soll das? Wollen Sie mir etwa weismachen, Sie hätten vor, mich jemals wieder laufenzulassen?« Sie wartete kurz, ob er etwas antworten würde. Er tat es nicht, und das war Antwort genug. »Was vergeben Sie sich, wenn Sie mir verraten, was mit Nabtaal ist?«

Er antwortete nicht.

»Sagen Sie mir wenigstens, wo ich hier bin. Wohin haben Sie mich geschafft?«

Sie war keineswegs dem Trugschluß unterlegen zu glauben, daß sie immer noch auf *St. Petersburg Zwei* wäre. Als ehemalige Angehörige der Raumflotte wußte sie, wann sie es mit künstlicher Schwerkraft zu tun hatte; und das war hier zweifelsohne der Fall. Doch andererseis konnte sie sich auch nicht an Bord eines Raumschiffes befinden, denn dafür fehlten die typischen Vibrationen, die selbst bei gedrosselten Maschinen zu spüren waren und die jedem Raumfahrer binnen kurzem so sehr in Herz und Blut übergingen, daß er sofort etwas zu vermissen glaube, wenn er wieder einmal eine natürliche Planetenoberfläche betrat. Damit blieben nicht viele Möglichkeiten übrig. Ein Raumfort schied ebenfalls aus. Sheryl kannte die typischen Einheitsbauelemente, aus denen diese rein militärisch genutzten Giga-Stationen zusammengesetzt waren. Zwar hatte sie von den hiesigen Räumlichkeiten nicht mehr zu sehen bekommen als die winzige Gefängniszelle, in der sie sich allein wiedergefunden hatte, nachdem sie aus der Bewußtlosigkeit erwacht war, diesen Verhörraum und die Gänge, die dazwischen lagen, aber diese wenigen Eindrücke hatten ausgereicht, um ihr zu zeigen, daß es sich um keine militärische Einrichtung handelte. Die hier verwendeten Materialien waren anderer Natur.

Nahm man all das zusammen, so dürfte es sich aller Wahrscheinlichkeit nach um eine zivile Station auf irgendeinem Planeten, Mond oder Asteroiden handeln, dessen Gravitation für menschliche Aktivitäten entweder zu gering oder zu stark war. Doch von beiden – entsprechenden Himmelskörpern und zivilen Stationen – gab es in diesem Spiralarm der Galaxis Tausende und Abertausende.

Sheryl vermochte nicht einmal zu sagen, wieviel Zeit verstrichen war, seitdem sie auf *St. Petersburg Zwei* den Schocktreffer hatte einstecken müssen. Normalerweise hätte sie daraus spätestens nach ein paar Stunden aufwachen müssen, aber die trägen Schwaden, die nach ihrem Erwachen in der Zelle ihren Kopf bevölkert hatten, ließen sie vermuten, daß man ihr ein Betäubungsmittel verabreicht hatte, offenbar um einen reibungslosen Transport hierher zu gewährleisten. Ihr einziger Anhaltspunkt darauf, wie lange sie ohnmächtig gewesen war, war das Ausmaß ihres Hungers und ihres quälenden Durstes. Danach zu urteilen, mußten mehrere Tage vergangen sein. Trotzdem hatte es bis jetzt niemand für nötig gefunden, ihr etwas zu essen oder zu trinken anzubieten.

»So einfach können Sie mich nicht aus der Reserve locken«, sagte Wosch, und scheinbar geneigt, auf ihre Worte einzugehen, fügte er hinzu: »Aber wer weiß? Vielleicht werde ich Ihnen tatsächlich eine Antwort darauf geben. Doch dazu müßten Sie sich etwas kooperationsbereiter zeigen.«

»Was erwarten Sie denn noch? Ich habe Ihnen alles gesagt.«

»O nein«, sagte er mit Bestimmtheit, »das haben Sie nicht, und das wissen Sie auch. Wir beide wissen es. Wie können Sie erwarten, daß ich Ihnen Ihre Fragen beantworte, während Sie mir gleichzeitig soviel zu verheimlichen versuchen?«

»Ich ... ich weiß nicht, was Sie meinen.«

»Nicht? Dann will ich noch einmal fragen: Aus welchem Grund sind Sie aus dem System von Hadrians Mond nach *St. Petersburg Zwei* geflüchtet?«

»Um unterzutauchen, das ist al ...«

»Sie lügen!« peitschte seine Stimme hart durch ihr Bewußtsein. »Untertauchen hätten Sie auf jeder anderen Freihandelswelt auch gekonnt. Warum also ausgerechnet *St. Petersburg Zwei*?«

Sheryl wußte, daß er recht hatte. Es hatte noch einen Grund gegeben, sich konkret diese Welt auszusuchen. Ein Grund, der mit den Verschwörern zusammenhing. Zum Teufel, dachte sie, warum schaffte sie es nicht, ihm wenigstens eine Sache vorzuenthalten?

»Sie sagen nichts? Nun, dann will ich Ihrem Gedächtnis ein wenig auf die Sprünge helfen. Was können Sie mir über folgendes Interview erzählen, das kurz nach Ihrer Ankunft auf *St. Petersburg Zwei* über *PeTV* ausgestrahlt worden ist? Hören Sie gut zu. Ich denke, Sie werden sich erinnern.«

Eine kurze Pause, dann dröhnte eine andere Stimme durch ihren Kopf.

»Wir sind flüchtige Strafgefangene von Hadrians Mond, einer der größten Byranium-Minen des Sarday'kin-Sternenreiches«, hörte sie die Stimme sagen. *»Wir konnten einem hinterhältigen Überfall entkommen, der die gesamte Stammbesatzung und alle anderen Strafgefangenen das Leben gekostet hat.«*

Sheryl erkannte sofort, wem diese Stimme gehörte – oder gehört hatte.

Duncan!

Und sie hatte auch die Situation, in der es zu diesen Worten gekommen war, noch deutlich im Kopf. Kurz nachdem sie mit den Rettungskapseln auf der unbewohnten Südseite von *St. Petersburg Zwei* heruntergekommen waren, waren sie von einer Übertragungssonde eines planetaren TV-Senders aufgespürt worden. Der Moderator, der aus seinem Studio heraus per Funk mit ihnen verbunden gewesen war, hatte mehr über den Absturz der FIMBULWINTER in Erfahrung zu bringen versucht. Natürlich hatten sie sich tunlichst gehütet, sich ein Wort entlocken zu lassen; es war schon verfänglich genug gewesen, daß ihre Bilder rund um den halben Planeten gegangen waren. Nur auf Duncan hatte damals niemand geachtet, in der Annahme, er würde ohnehin nur irgendwelchen Blödsinn vor sich hinbrabbeln.

Genau das hatte er jedoch seltsamerweise nicht getan. Warum, das konnte sie sich bis heute nicht erklären.

»Hochinteressant«, erklang die Stimme des Moderators. *»Haben Sie schon einen Verdacht, wer hinter diesem Überfall stehen könnte?«*

»Aber sicher. Wir haben begründete Annahme zu der Vermutung, daß die Drahtzieher aus den Reihen der sarday'kinschen Sternenflotte kommen. Wahrscheinlich hohe Offiziere.«

»Das sind ja wirklich geradezu sensationelle Neuigkeiten. Können Sie uns und unseren Zuschauern mehr über die Drahtzieher sagen?«

»Mehr wissen wir selbst nicht, aber wir sind hierhergekommen, um sie ausfindig zu machen und dafür zu sorgen, daß sie vor dem Flottenkommando zur Rechenschaft gezogen werden.«

»Sie glauben also, daß sich die Hintermänner hier auf St. Petersbu . . .«

Mit einem scharfen metallischen Krachen brach die Aufzeichnung ab. Sheryl erinnerte sich, daß das der Augenblick gewesen war, in dem Cedric Cyper die Übertragungssonde mit einem gezielten Schuß zerstört hatte. Viel Schaden hatte er damit allerdings nicht mehr abwenden können. Das Kind war bereits in den Brunnen gefallen. Von da an waren sie Gejagte gewesen.

»Nun?« fragte Wosch gedehnt. »Wollen Sie immer noch behaupten, es hätte keine anderen Gründe gegeben, aus denen Sie nach *St. Petersburg Zwei* gekommen sind?«

Sheryl spürte Bestürzung. Es war das erste Mal, daß Wosch sie mit diesem Mitschnitt konfrontiert hatte, und wenn er vorgehabt hatte, sie damit zu überraschen, so war es ihm vollauf gelungen. Sie hatte nicht erwartet, daß er einen Mitschnitt dieser TV-Übertragung besaß. Dabei hätte sie, wie sie sich vorwerfen mußte, damit rechnen müssen. Diese Aussagen waren schließlich planetenweit über den Sender gegangen. Doch da er sie bislang mit keinem Wort erwähnt hatte, hatte sie im stillen gehofft, er würde sie auch nicht kennen. Was für ein Trugschluß! Es war nichts anderes als eine Falle gewesen, die er für sie aufgestellt hatte. Und natürlich war sie prompt hineingetappt.

Sie fragte sich, in wie viele Fallen sie noch getappt war, ohne es überhaupt zu ahnen.

»Glauben Sie mir!« versuchte sie es ein letztes Mal, obwohl sie genau wußte, daß sie damit nicht durchkommen würde. »Ich habe keine Ahnung, was Duncan da geplappert hat oder warum er es getan hat. Ich habe Ihnen gesagt, daß er meist nur völlig sinnloses Zeug von sich gegeben hat.«

Irgendwie war es sogar die Wahrheit. Aber es war schwach. Zu schwach für Wosch. »Nach völlig sinnlosem Zeug hörte sich das für meinen Geschmack nicht gerade an«, bemängelte er.

»Wenn er noch am Leben wäre, könnten Sie ihn ja selbst fragen!« antwortete sie. »Aber Ihre Männer mußten sich bei der Verhaftung ja so dumm anstellen, ihn an eine Granate kommen zu lassen.«

Eine neuerliche Schmerzenswelle war alles, was sie sich dafür einhandelte.

»Weshalb machen Sie es sich denn nur so schwer?« fragte er voller falschem Mitgefühl, während sie sich noch bemühte, wieder zu Atem zu kommen. »Glauben Sie vielleicht, *mir* würde das Spaß machen?«

Sheryl brachte lediglich ein verbittertes Verziehen der Lippen zustanden. *Natürlich* machte es ihm Spaß!

»Aber Sie wissen ja, wir beide haben hier eine Aufgabe zu erledigen«, sprach er im selben Tonfall weiter, »und so unkooperativ, wie Sie sich verhalten, ist es leider nötig, Sie von Zeit zu Zeit daran zu erinnern. Sie könnten sich das ersparen, wenn Sie wollten. *Sie* sind es, die sich diese Unannehmlichkeiten bereiten, nicht ich. Und glauben Sie mir – bislang war ich noch rücksichtsvoll zu Ihnen. Sehr rücksichtsvoll. Aber auch meine Geduld kennt Grenzen.« Seine Stimme nahm unvermittelt an Schärfe zu. »Ich darf Ihnen versprechen, wenn Sie weiterhin so verstockt bleiben, werden Sie mich von einer anderen Seite kennenlernen. Sie werden erfahren, was Schmerz wirklich bedeutet. Dagegen ist das, was Sie bislang darunter zu kennen glaubten, nicht mehr als ein laues Lüftchen.«

Sheryl konnte sich das nicht vorstellen. Was konnte schlimmer sein als die hinter ihr liegenden Stunden? Aber trotzdem, selbst wenn Ihre Phantasie hier versagte – sie glaubte ihm jedes Wort.

»Als erstes werde ich die Dosis Ihrer kleinen Aufmunterungen etwas erhöhen. Sagen wir, so um das Doppelte.« Sie hörte, wie Wosch an dem Pult herummanipulierte. »Was ist?« fragte er, als sie noch immer nichts sagte. »Werden Sie jetzt endlich reden, oder muß ich Ihnen erst eine kleine Demonstration geben, wie sich das anfühlen wi . . .«

»Nein . . . nein«, hauchte Sheryl. Ihr Widerstand war endgültig gebrochen. Gleichgültig, was Wosch noch von ihr wissen wollte, sie würde es ihm erzählen. Vorbehaltlos und ohne jede Auslassung. Und wenn es das letzte sein würde, was sie in ihrem Leben tat! Hauptsache, die Qual hatte endlich ein Ende. »Schon gut . . . schon gut, ich antworte ja.«

Sie tat ein paar tiefe Atemzüge und befürchtete schon, Wosch würde diese Pause bereits zu lang sein. Doch erstaunlicherweise hielt er sich zurück. Sie haßte sich dafür, ihm auch noch dankbar dafür zu sein.

»Bei unserer Flucht von Hadrians Mond ist es uns gelungen, den Namen und die Kennung des Containerschiffs zu identifizieren, mit dem das erbeutete Byranium abtransportiert wurde«, erklärte sie. »Die PFENNIGFUCHSER. In den Datenbanken der FIMBULWINTER war verzeichnet, daß sie auf *St. Petersburg Zwei* registriert ist und dort auch ihr Eigner sitzt. Deshalb haben wir uns diesen Zielpunkt ausgesucht.«

»Na also!« sagte Wosch zufrieden. »Sagen Sie selbst, hätten wir das nicht viel früher und viel einfacher haben können?« Sheryl schwieg. Also fuhr er fort: »Woher wußten Sie, daß hochrangige Angehörige der sarday'kinschen Flotte in diesen Überfall verstrickt waren?«

»Das wußten wir nicht. Aber es mußte so und nicht anders sein. Die Position und wahre Bedeutung von Hadrians Mond unterliegt der höchsten Geheimhaltungsstufe. Trotzdem besaßen die Angreifer die offiziellen Flottencodes. Woher hätten sie die ohne hochrangige Hintermänner bekommen sollen?«

»Aha«, rief Wosch. Es klang fast anerkennend. »Also dachten Sie sich, fliegen wir nach *St. Petersburg Zwei*, um diese Hintermänner zu finden?«

»Ja . . . das heißt, nein. Es waren Cedric und Maylor, die sich das in den Kopf gesetzt hatten. Ich nicht. Ich und die anderen haben nur untertauchen wollen. Und wären Ihre Männer nur eine Stunde später gekommen, wäre ich längst auf Nimmerwiedersehen verschwunden.«

»Wieso wollten Fedric Cyper und Maylor das nicht? Was waren ihre Beweggründe?«

»Das weiß ich nicht so genau. Ich glaube, sie haben darauf gehofft, wieder in allen Ehren in die Flotte aufgenommen zu werden, falls sie den Überfall aufklärten, oder sonst irgend solch ein heroisches Zeugs. Darin sind die beiden nämlich ganz große Klasse.«

»Immerhin haben Sie es geschafft, unseren wichtigsten Mann auf *St. Petersburg Zwei* auszuschalten und uns einigermaßen in Verlegenheit zu bringen«, sagte Wosch, wahrscheinlich mehr zu sich selbst. Sheryl hatte nicht einmal mehr die Energie, diese Informationen zu verarbeiten. Sie sehnte sich nur dem Ende des Verhörs entgegen – wie immer das für sie aussehen würde. »Allein hätten sie das allerdings nie geschafft. Erzählen Sie mir mehr über die geheime Ermittlungsgruppe, mit der Sie dort zusammengearbeitet haben?«

»Was . . .?« machte sie und mußte ihre Verwirrung gar nicht spielen. »Was für eine Ermittlungsgruppe?«

»Ich glaube, Sie haben mich recht gut verstanden.«

»Ich . . . ich weiß nichts von einer Ermittlungsgruppe. Wovon reden Sie?«

»Wir haben Cedric, Maylor und diese halbe Portion von Yoyodyne auf *St. Petersburg Zwei* bereits in den Händen gehabt. Doch eine als Söldner getarnte Eingreiftruppe hat sie wieder befreit. Ich frage Sie also: Um was für Leute handelt es sich dabei? Und zu welchem Zeitpunkt hatten Sie zum erstenmal Kontakt mit ihnen?«

»Ich . . . ich weiß nichts davon.«

»Überlegen Sie, was Sie sagen!«

»Wirklich! Ich habe keine Ahnung. Wenn das stimmt, was Sie sagen, muß es geschehen sein, nachdem Sie mich betäubt und gefangengenommen haben. Ich weiß nichts von einer Ermittlungsgruppe.«

Eine unheilvolle Sekunde lang herrschte Schweigen. »Es ist dumm von Ihnen«, sagte Wosch bedauernd. »Äußerst dumm sogar. Dabei dachte ich, wir hätten uns verstanden.«

»Bitte . . . ich . . . ich . . .«

Der Schmerz schnitt ihr jedes weitere Wort ab, von dem sie ohnehin nicht gewußt hätte, was es außer einer neuerlichen Beteuerung ihrer Ahnungslosigkeit hätte sein können.

Sie schrie, minutenlang.

Und nicht zum letzten Mal.

In der Tat, Wosch hatte nicht gelogen. Dagegen waren die Torturen, die sie bislang durchzustehen gehabt hatte, tatsächlich beinahe schon eine Wohltat gewesen. Und Wosch gedachte keineswegs, sie zu erlösen. Immer wieder wiederholte er seine Frage nach der Ermittlungsgruppe, mal mit unverhohlener Drohung, ihr Martyrium noch zu steigern, mal mit dem Versprechen, daß sie es überstanden hätte, wenn sie ihm nur noch diese einzige Antwort gab, und immer wieder strafte er sie erbarmungslos, wenn sie ihm die einzige Antwort gab, die sie hatte. Hatte er sich bislang wie ein Pianist verhalten, der sanft über die Klaviatur strich und ein tänzelndes Pianissimo angeschlagen hatte, so spielte er jetzt ein trommelndes Crescendo aus Schmerz und Pein.

Irgendwann, als Sheryls Bewußtsein für Augenblicke aus diesem riesigen feurigen Meer, in dem es zu ertrinken drohte und verzweifelt um sich schlug, an die Oberfläche zurücktauchte und eines Gedankens fähig war, begriff sie mit plötzlicher Klarheit, daß es Wosch längst nicht mehr um Informationen ging. Er hatte alles bekommen, und wenn vielleicht auch nicht alles, was er gewollt hatte, so doch alles, was sie ihm zu geben in der Lage war. Und das wußte er. Die Anzeigen auf seinem Pult hatten es ihm gesagt.

Nun, da er sie ausgewrungen hatte wie ein nasses Stück Kleidung, ging es ihm nur noch darum, sich an ihrer Hilflosigkeit zu weiden und vor sich selbst einen Grund zu suchen, sie auszulöschen. Das erkannte Sheryl, als er ankündigte, ihr Martyrium nochmals zu erhöhen. Diesmal bis zum Anschlag.

»Ich frage ein letztes Mal«, schrillte es durch Sheryls Kopf, und wie ein Echo hallte es von ihren Schädelwänden wider: Ein letztes Mal . . . letztes Mal . . . Mal . . . »Was können Sie mir über die Ermittlungsgruppe sagen?«

Sheryl bewegte den Mund, ohne einen einzigen Ton herauszubekommen.

Nein! formten ihre Lippen. Ein lautloses, schreiendes Nein. Wenn Wosch es auch nicht hörte, dachte sie in all ihrer Verzweiflung, so mußte er es doch zumindest *sehen*!

Aber er sah es nicht. Oder wollte es nicht sehen.

Seine Hand, die über dem Schalter geschwebt hatte, senkte sich. Sie sah es nicht, so wenig sie imstande war, überhaupt etwas zu sehen – aber sie wußte es. Sie spürte es in jeder Faser ihres ausgezerrten Körpers.

»Schade«, hörte sie noch einmal Sartorius Woschs Stimme durch ihren Kopf dröhnen, weit, weit entfernt.

»Sa... sagen Sie mir we... wenigstens eines«, schaffte Sheryl zu formulieren. »Wo... wo...?«

»Wo Sie sind? Ach ja, ich hatte Ihnen ja versprochen, das vielleicht zu sagen.« Er gab ein Lachen von sich, als amüsierte ihn dieses sinnlose Interesse. »Nun, warum sollten Sie es nicht erfahren, wenn Ihnen soviel daran liegt.« Er ließ sich einen Moment Zeit, wie um der Enthüllung einen würdigen Rahmen zu geben. Sie sind hier auf *Star City*.« Ein erneutes amüsiertes Lachen. »Oder sollte man besser sagen – waren?«

Damit drückte er den Schalter nieder.

Sheryl war nicht einmal mehr in der Lage zu schreien, zu bösartig, gewalttätig und allesvernichtend war das, was über sie hinwegbrandete. Ihre Eingeweide zerplatzten, ihr Blut kochte, ihre Haut fing Feuer, warf eitrige Blasen, verschmolz mit dem Stoff ihrer Sträflingskleidung, ihre Trommelfelle rissen, ihre Augäpfel traten hervor und verdampften...

Seltsam, ihr letzter Gedanke, der kaum mehr als ein flüchtiger Hauch war, galt Cedric und den Stunden voller Gemeinsamkeit. Wie sehr hatte sie sich an die unsinnige Hoffnung geklammert, daß er sie hier herausholen würde! Dabei war noch nicht einmal gesagt, ob er nicht in einer viel schlimmeren Situation steckte als sie. Ihr war es wenigstens vergönnt zu sterben. Und in einer solchen Lage war das beinahe schon ein Vorrecht.

Dann zerstob ihr Geist und löste sich in einer allesumfassenden Schwärze auf.

Synfile 2

Willkommen auf *Star City*!

»Noch ein Gläschen plomboyanischen Sekt?« erkundigte sich der Bedienstete mit einer leichten Verbeugung.

Ein menschlicher Bediensteter, wie Cedric Cyper sich erneut bewußt machte, ein richtiger Mensch aus Fleisch und Blut in livriertem Zwirn, kein Essensausgabeschacht oder eine elektronische Bedienungseinheit, wie sie beispielsweise in Bars oder Restaurants anzutreffen waren, die er sich bei seiner früheren Soldhöhe hatte leisten können. Es fiel ihm immer noch nicht leicht, sich an all den Prunk zu gewöhnen, den Maylor, Kara-Sek und er seit einigen Tage genossen. Kein Wunder, wenn man die letzten zwei Jahre unter menschenunwürdigen Bedingungen in einer Byranium-Mine hatte schuften müssen. Auch die Jahre davor, die er als *Terminator* bei der Raumflotte gedient hatte, hatten sich nicht gerade durch übertriebene Annehmlichkeiten und einen erstklassigen Zimmer-Service ausgezeichnet.

Aber im Luxus zu schwelgen gehörte nun einmal zu ihrer Rolle als neureiche Explorer, die angeblich auf einem abgelegenen Planeten überraschend auf Byranium-Vorkommen gestoßen waren. Ganz abgesehen davon machte es natürlich auch ganz einfach *Spaß*, sich zur Abwechslung endlich einmal die Sonne des Lebens aufs Haupt scheinen zu lassen. Es war eine nur allzu verdiente Wiedergutmachung für die zurückliegenden Entbehrungen. Doch *wirklich genossen* hätten sie dieses Leben wohl nur, wenn es mehr als eine Komödie gewesen wäre, mehr als eine Rolle, in die sie geschlüpft waren und die nur einem einzigen Zweck diente: dorthin zu kommen, wo alle Fäden der Verschwörung gegen das Sarday'kinsche Imperium zusammenliefen: *Star City*.

Und außerdem mußte Sheryl hier irgendwo sein: Gefangen – oder vielleicht schon tot, dachte Cedric voll Bitterkeit.

»Nein . . . nein«, lallte Virgint in Richtung des Bediensteten. »Für mich kei . . . keinen Sekt mehr.«

Er machte eine abwehrende Bewegung, die den letzten Rest Sekt aus dem Glas beförderte und in einer schwungvollen Kurve über die Sitzpolster und seine Hose verteilte. Erschrocken und mit einer Art vorübergehender Nüchternheit, wie sie Betrunkene bisweilen schlagartig befällt, wenn sie feststellen, daß sie irgendeinen Unsinn angestellt hatten, legte er die Hand vor den Mund und sah bestürzt auf das Malheur herab.

»Ich . . . ich glaube, ich habe 'nen Sch . . . Schwips«, stellte er lallend fest und stieß wie zur Bekräftigung auf. Schwankend plazierte er sein Glas auf dem Tisch.

»Ach was!« rief Maylor, klopfte dem schmächtigen, blaßgesichtigen Bankangestellten so kräftig auf die Schulter, daß er beinahe vornüber aus den Sitzpolstern gefallen wäre, und gab dem Bediensteten einen Wink, Virgints Glas wieder zu füllen. »Sie kennen doch die alte Raumfahrerweisheit: Wer noch auf dem Boden liegen kann, ohne das Gefühl zu haben, sich festhalten zu müssen, ist noch lange nicht betrunken. Und Sie, Mr. Virgint . . .« Er lachte freundschaftlich und hieb Virgint erneut auf die Schulter, ». . . liegen ja noch nicht einmal auf dem Boden.«

Virgint runzelte die Stirn und hatte offensichtlich Schwierigkeiten zu begreifen, was Maylor ihm damit sagen wollte. Als er glaubte, es geschafft zu haben, kicherte er vergnüglich und nickte.

»Ssstimmt«, säuselte er zustimmend und hob gewichtig den Zeigefinger. »Stimmt ja . . . janz jenau! Aaa . . . aber nur noch einen.« Kritisch beäugte er den Bediensteten, der ihm einschenkte, und tadelte ihn, als er die Flasche absetzen wollte: »Na, wenn schon, dann ganz voll. Bis zu ... zum Rand.«

Der Mann füllte auch noch die letzten drei Zentimeter des schlanken Glases ohne das kleinste Wimpernzucken, was bewies, daß er es wahrscheinlich nicht das erste Mal mit einem betrunkenen Gast zu tun hatte. Dann wandte er sich an Cedric und Maylor.

»Haben Sie sonst noch einen Wunsch?« erkundigte er sich.

»Nein«, beschied Cedric Cyper. »Danke, Sie können wieder gehen.«

»Aber la ... lala ...« rief Virgint. »Lassen Sie gefälligst die Flafla ... Flasche hier!«

Der Mann tat, wie ihm geheißen, abermals ohne Wimpernzucken, und verließ die Kabine.

»Na dann!« meinte Maylor, hob sein Glas und prostete Cedric und Virgint zu. »Zum Wohl!«

Virgint griff sein übervolles Glas vorsichtig mit beiden Händen und hob es an seine erwartungsvoll geschürzten Lippen. Genüßlich schlürfte er die Hälfte der goldschimmernden Flüssigkeit in sich hinein.

»Zum Wohl!« bekräftigte er lachend. Um dieses Ereignis würdig zu begehen, kippte Virgint gleich den ganzen Rest hinterher und wischte, ganz harter Mann, mit dem Ärmel seiner Jacke über den Mund. »Großartig! Ganz wunderbar! Hicks!«

Cedric und Maylor, die wiederum nur kurz an ihren Gläsern genippt hatten – schließlich sollte man tunlichst nüchtern bleiben, wenn man im Begriff war, sich in die Höhle des Löwen vorzuwagen –, wechselten einen vielsagenden Blick. Bald würde Virgint so sturzbetrunken sein, daß er nicht mal mehr seine eigene Mutter erkannte.

Und das war genau der Zustand, in dem sie ihn haben wollten! Es war jetzt drei Tage her, daß sie *St. Petersburg Zwei* verlassen und sich an Bord dieses Luxusliners begeben hatten, der auf den wohlklingenden Namen STERNENMEDAILLON hörte und sich im Besitz der *Sandara Star Company* befand, einem riesigen Handelsimperium, das einen Großteil des galaktischen

Schmuckhandels kontrollierte. Geleitet wurde es von einer geheimnisvollen Frau: Sandara oder auch der Juwelenkönigin, wie sie einst genannt wurde. Ihre Residenz, eine künstliche Sternenstadt namens *Star City*, befand sich auf einem abgelegenen Asteroiden, dessen Koordinaten streng geheimgehalten wurden. Sandara verließ den Asteroiden so gut wie nie und war sehr scheu. Entsprechend zahlreich waren die über sie kursierenden Gerüchte, die die Seiten der Regenbogen-Presse und einschlägigen TV-Programme füllten.

Cedric und Maylor hatten sich vor dieser Reise in die entsprechenden Veröffentlichungen eingelesen, wohl wissend, daß die meisten davon jeglicher Grundlage entbehrten und sich vom jeweiligen Verfasser unter dem Gesichtspunkt, was sich wohl am besten verkaufen lassen würde, aus den Fingern gesogen worden waren. Aber es war die einzige Möglichkeit gewesen, sich wenigstens oberflächlich zu informieren. Demnach sollte Sandara nicht nur unermeßlich reich und einflußreich sein, sondern auch ebenso schön. Nur einmal im Jahr lüftete sie ihren Schleier und veranstaltete eine pompöse Feier, zu der alles geladen war, was in diesem Spiralarm der Galaxis über Rang und Namen verfügte. Diese Feste besaßen einen legendären Ruf, und es war eine große Auszeichnung, eine Einladung dazu zu erhalten.

Daß diese Ehre auch ihnen zuteil geworden war, hatten sie Virgint zu verdanken – und der Tatsache, daß er auf ihr Schauspiel hereingefallen war. Der blaßgesichtigte Büromensch leitete hauptamtlich die Ankaufsabteilung der *K&K-Bank* auf *St. Petersburg Zwei*. Es handelte sich dabei um das größte im Schmuckhandel operierende Bankinstitut, und natürlich befand es sich im Besitz der *Sandara Star Company*. Cedric und Maylor hatten sich als freie Prospektoren ausgegeben – und Kara-Sek als ihren Leibwächter –, die auf einem bislang unerforschten Planeten reichhaltige Byranium-Vorkommen entdeckt hatten und nun auf der Suche nach einem kompetenten Partner für den Abbau und die Vermarktung der kostbaren Substanz waren. Als Beweis hatten sie ihm einen kiloschweren Brocken aus reinstem Byranium präsentiert, den Cedric bei ihrer Flucht von Hadrians Mond mitgenommen hatte. Allein dieses eine Stück war so wertvoll, daß man sich ein eigenes Raumschiff dafür kaufen konnte. Es war ein Köder gewesen, der Virgint gar keine andere Wahl gelassen hatte, als anzubeißen. Allerdings reichten seine Kompetenzen nicht aus, um ein Geschäft dieser Größenordnung zu tätigen. Das hätte allein der Direktor der *K&K-Bank* vermocht, doch wie der Zufall es gewollt hatte, hatte dieser Sartorius Wosch tags zuvor den Planeten verlassen.

Cedric und Maylor hatten das bereits gewußt, bevor sie Virgints Büro betreten hatten. Schließlich waren sie dabeigewesen, als Sartorius Wosch als maßgebliches Mitglied der galaktischen Verschwörung enttarnt worden war. Vermutlich hatte die *K&K-Bank* auf *St. Petersburg Zwei* dazu gedient, das Byranium, das in den letzten Jahren bei Überfällen auf verschiedene Minen-Planeten erbeutet worden waren, unauffällig auf den Markt zu bringen. In dem Glauben, seine Verhaftung stünde unmittelbar bevor, hatte Wosch *St. Petersburg Zwei* dann Hals über Kopf verlassen.

Ohne die Hilfe des Daily Lamas, eines ehemaligen Ausbilders, der sie auf der Flottenakademie unterrichtet hatte, hätten Cedric und Maylor diese Informationen jedoch kaum erlangt oder zumindest keine Gelegenheit mehr erhalten, sie zu nutzen. Sartorius Wosch hatte sie schon so gut wie in seiner Gewalt gehabt, doch der Daily Lama und seine Leute hatten sie befreit. Ihr früherer Ausbilder war, wie sie anschließend von ihm erfahren hatten, der Kopf einer geheimen Ermittlungsgruppe des *DSD*, so geheim, daß nicht einmal die Führungsetage dieses aller Wahrscheinlichkeit nach ebenfalls unterwanderten sarday'kinschen Sicherheitsdienstes etwas über ihre Existenz wußte. Sie waren den Verschwörern seit einigen Jahren auf der Spur, ohne daß sie bislang einen entscheidenden Schlag gegen sie hatten landen können. Dazu war ihr Wissen über den geheimnisvollen Gegner zu gering.

Fest stand nur, daß sich die Verschwörung mittlerweile wie eine hundertköpfige Hydra in den Reihen der sarday'kinschen Raumflotte und anderen Schaltzentralen der Macht ausgebreitet hatte. Offensichtlich wurde die Sache zusätzlich von vielen hochrangigen Befehlshabern unterstützt, darunter auch Personen, die bis dato als absolut regierungstreu und integer galten; Personen, die seltsamerweise irgendwann von heute auf morgen begonnen hatten, ihren eigenen Interessen zuwiderzuhandeln. Der Daily Lama hatte festgestellt, daß sie dazu weder durch Hypno-Blocks oder elektronische Implantate gezwungen wurden; augenscheinlich handelten sie aus freiem Willen heraus. Die eigentlichen Drahtzieher agierten weiterhin aus dem Dunkeln heraus. Über sie war kaum mehr bekannt, als daß sie unter der Deckbezeichnung *Faktor* operierten und strikt darauf bedacht waren, ihre Anonymität zu wahren. Sartorius Wosch als *Faktor 4* war der erste Angehörige dieser Führungscrew, dem man hatte auf die Spur kommen können. Ein Erfolg, der um so wichtiger war, da die Verschwörer allem Anschein nach unmittelbar vor Erreichen ihres Zieles standen, und das dürfte aus nichts weniger bestehen als einem umfassend vorbereiteten Putsch und anschließender Machtübernahme innerhalb des sarday'kinschen Imperiums. Der Überfall auf Hadrians Mond war, wie Cedric und die anderen erfahren hatten, der letzte Raubzug gewesen, der dazu noch erforderlich gewesen war.

Daß Wosch die Flucht gelungen war, hatte durchaus im Sinne des Daily Lama gelegen. Er hatte Cedric Cyper und seine Begleiter nach ihrem Eintreffen auf *St. Petersburg Zwei* ohne ihr Wissen dazu benutzt, Wosch aus seinem Nest zu scheuchen, in der Hoffnung, er würde dorthin fliehen, wo die Verschwörer ihr Versteck hatten. Ein Sender, der im Zentralcomputer von Woschs Raumyacht versteckt gewesen war, hatte ihm die Zieldaten seines Hyperraumsprunges überspielt: die Koordinaten von *Star City*, Sandaras Sternenstadt. Natürlich hatten Cedric Cyper und Maylor sich dem Daily Lama und seiner Ermittlungsgruppe anschließen wollen, doch er hatte es ihnen verwehrt – mit der Begründung, daß die Dinge zu weit fortgeschritten seien, als daß Zeit vorhanden wäre, sie in seinen Plan einzubeziehen –, und die Freihandelswelt ohne sie verlassen. Trotzdem war es für sie keinen Augenblick in Frage gekommen, sich einfach irgendwohin zurückzuziehen und abzuwarten, ob ihr ehemaliger Ausbilder Erfolg hatte. Es hatte festgestanden, daß sie auf eigene Faust nach *Star City* reisen würden. Zum einen, weil sie es sich nun einmal in den Kopf gesetzt hatten, die Hintermänner des Überfalls auf Hadrians Mond auffliegen zu lassen; zum anderen, weil sie Nabtaal und Sheryl nicht im Stich lassen wollten, die sich als Gefangene an Bord von Woschs Yacht befunden hatten.

Vor allem Sheryl.

Cedric machte sich nichts vor. Was ihn betraf, war sie längst der weitaus gewichtigere Grund, sich in die Höhle des Löwen zu stürzen. Und das, obwohl sie ihm auf *St. Petersburg Zwei* in der ihr eigenen Art unmißverständlich zu verstehen gegeben hatte, daß es in Zukunft kein Miteinander mehr gäbe und er sich keine falschen Hoffnungen machen sollte. Er wußte nicht recht, warum er trotzdem ohne jedes Zögern bereit war, sein Leben für sie aufs Spiel zu setzen. Vielleicht hätte er Maylor deswegen um Rat fragen sollen, doch was Frauen anging, erschien er ihm nicht unbedingt ein kompetenter Gesprächspartner zu sein. Sein ehemaliger Freund war immer mit der Raumflotte verheiratet gewesen – zumindest bis zu den Vorfällen im System von Hadrians Mond, die ihn seine Karriere gekostet –, und diese Liaison hatte ihm keinen Raum für Beziehungen gelassen, die über einen gelegentlichen Flirt in einer Raumhafenbar hinausgegangen wären.

Von all dem hatte Virgint natürlich nichts geahnt, als sie ihm in der Bank gegenübergesessen hatten. Um das vermeintliche Bombengeschäft nicht zu verlieren, hatte er ihnen schließlich eine Einladung zu dem Fest in Sandaras Sternenstadt verschafft, wo sie mit allen maßgeblichen Leuten über den von ihnen gewünschten Kooperationsvertrag reden könnten. Cedric und Maylor hatten sich scheinbar zögernd damit einverstanden erklärt.

Gleich würde der letzte Hyperraumsprung sie endgültig nach *Star City* bringen. Als erfahrene Raumfahrer hatten sie an den leichten Vibrationen längst gemerkt, daß die STERNENMEDAILLON seit einiger Zeit in die Beschleunigungsphase eingetreten war, die jedem Sprung voranging. Im Prinzip hätte es keiner drei Tage bedurft, um das Zielsystem zu erreichen. Diese

Distanz hätte der Luxusliner von *St. Petersburg Zwei* auch mit einem einzigen Sprung überwinden können. Der Grund, warum sie dennoch so lange unterwegs gewesen waren, lag darin begründet, daß sie ihren Kurs zuvor durch ein halbes Dutzend anderer Sonnensysteme geführt hatte – von *Bangor III* im Maine-System bis *Clark IV* im *Darlton*-System –, wo sie weitere zum Fest geladene prominente Persönlichkeiten abgeholt hatten. Natürlich wäre es Cedric wesentlich lieber gewesen, auf direktem Weg ans Ziel zu kommen; schließlich gab es nichts Schlimmeres, als tagelang zu warten, ohne das geringste tun zu können und ohne zu wissen, ob Sheryl und Nabtaal überhaupt noch am Leben waren.

Die meiste Zeit hatten sie in ihrer luxuriös ausgestatteten Kabine verbracht. Die großen Gemeinschaftsräume – etwa das Bordrestaurant, das Spielcasino oder den Antigrav-Pool – hatten sie nach Möglichkeit gemieden. Um so geringer war das Risiko, einem bekannten Gesicht zu begegnen. Obwohl es unwahrscheinlich war, daß sich einer der hohen Rangträger der Raumflotte, die sich an Bord befanden, an einen einfachen Raumschiffkommandanten wie Maylor oder einen *Terminator* wie Cedric erinnern würde. Leider hatte Virgint die ganze Zeit über nichts Besseres zu tun gehabt, als wie ein rigelianischer Klammerfrosch an ihnen zu hängen und ihnen auf die Nerven zu gehen. Für ihn schien die Einladung zu Sandaras Feier eine noch viel größere Auszeichnung zu sein, und er ließ keine Gelegenheit aus, ihnen zu versichern, wie stolz, dankbar und geehrt er sei, sie im Auftrag der Konzernleitung dorthin begleiten zu dürfen. Aber man merkte ihm zugleich auch an, wie unwohl und fehl am Platz er sich als einfacher Bankangestellter in der Umgebung von soviel Prominenz fühlte. Er versuchte es zu überspielen, indem er sich und ihnen vormachte, sich um sie kümmern zu müssen. Natürlich hätten sie ihm längst in aller Deutlichkeit klarmachen können, daß sie auf seine Gesellschaft keinen gesteigerten Wert legten, aber es war besser, wenn sie es sich mit ihm nicht verdarben. Wer wußte, zu was er noch nütze sein würde?

Glücklicherweise war Maylor irgendwann auf die Idee

gekommen, Virgint ganz einfach betrunken zu machen, damit er nicht auch noch während und nach ihrer bevorstehenden Ankunft auf *Star City* ständig um sie herumwieselte und sie störte, wenn sie sich dort umsahen und ihren wahren Interessen nachzugehen versuchten.

»Ich ... ich weiß nicht, ob man mir irgend etwas anmerkt«, eröffnete er ihnen mit wichtigtuerischer Geste, als enthülle er ihnen ein großes Geheimnis, »aber ich ... ich trinke sonst so gut wie gar nichts.«

»Ach was?« entgegnete Maylor scheinbar fassungslos. »Tatsächlich?«

»Ja ... wirklich.« Virgint griff nach der Flasche und schenkte sein Glas abermals voll. »Ich meine, nicht, daß ich es nicht vertragen würde. Nein, nein, wenn ich wollte, könnte ich natürlich auch ganz anders, aber ich will nicht. Für einen Mann in meiner Position ist es äußerst wichtig, immer kühlen Kopf zu bewahren. Über ... und immerall! Das ... dasss ganz wichtig.«

»Mr. Virgint«, bekräftigte Cedric, »man merkt, daß Sie so schnell nichts umwerfen kann. Sie sind wahrhaftig ein Mann, der immer alles unter Kontrolle hat und den so leicht nichts umwerfen kann.«

Virgint straffte stolz die schmalen Schultern.

»Ne ... nicht wahr?«

Cedric unterdrückte ein Kopfschütteln. Bislang hatte er immer gedacht, daß es solch geistige Schwarzen Löcher nur unter den Reihen der Freischärler gab. Aber wie Virgint bewies, konnten einige Sarday'kin da durchaus mithalten.

»Wa ... was'n dem da?« fragte Virgint und deutete auf Kara-Sek, der etwas abseits in den Sitzpolstern saß, mit grimmigem Blick und vor der Brust verschränkten Armen, als wolle er die Annehmlichkeiten partout nicht in Anspruch nehmen. »Trinkt ... der denn gar nichts?«

Sie hatten Kara-Sek ihm gegenüber als ihren Leibwächter ausgegeben. Auf Hadrians Mond hatte Cedric einem anderen Yoyodynen das Leben gerettet, worauf der ihm daraufhin einen Treueeid geschworen hatte. Zwar war dieser Yoyodyne während der Flucht ums Leben gekommen, aber da Cedric ein Vorgesetzter Kara-Seks – und auch Omos – gewesen war, hatte der yoyodynische Ehrenkodex es so gewollt, daß auch sie ihm zur Treue verpflichtet waren. Es war eine Verbindung, die nur durch zwei Dinge zu lösen war: Kara-Seks Tod oder eine Zeremonie, die von einem sogenannten *Nikkei*-Priester vorgenommen werden mußte. Da diese Priester jedoch nur auf den innersten sieben Planeten des yoyodynischen Machtbereichs lebten, war es so gut wie ausgeschlossen, daß ein Sarday'kin wie Cedric überhaupt jemals dorthin gelangte. Zumindest lebend und in einem Stück. Blieb also nur die andere Möglichkeit, das Band zwischen ihnen zu trennen: Cedric wünschte sich zwar nicht, daß Kara-Sek etwas zustieß, aber andererseits vermochte er sich auch nicht so recht mit dem Gedanken anzufreunden, daß der Yoyodyne mit dem pechschwarzen Haar, das stets zu einem strengen Zopf zurückgebunden war, ihm von nun an sein restliches Leben nachlief.

Aber vielleicht machte Cedric sich ja vollkommen überflüssige Sorgen, und *sein eigenes* Leben endete viel früher, als er dachte. Zum Beispiel, wenn man sie bei ihrer Ankunft auf *Star City* sofort als entflohene Sträflinge identifizierte. Zwar hatten sie vom Daily Lama neue Identy-Cards erhalten, die ihn als Claudio Portos und Maylor als Aramis Monserat auswiesen, aber Sartorius Wosch würde es trotzdem nicht schwerfallen, sie zu identifizieren. Es war anzunehmen, daß er die *PeTV*-Übertragung gesehen hatte und somit ihre Gesichter kannte. Zwar hatten sie ihr Äußeres verändert: So leuchtete Cedrics Haar nach einem Friseurbesuch jetzt in einem tiefdunklen Lila, und Maylor trug eine der in höheren Schichten der Gesellschaft gerade so furchtbar modischen Gesichtsmalereien, die seine linke Gesichtshälfte in eine weiße Harlekin-Maske verwandelte. Selbstverständlich war auch ihre Kleidung so gewählt, daß jedermann sofort wußte, daß er es mit Neureichen zu tun hatte. Die Kleidung war schreiend bunt, so daß jeder Blick über zwei Sekunden in den Augen zu schmerzen begann. Selbst seine Strafgefangenenkleidung wäre Cedric lieber gewesen. Er kam sich so auffällig vor wie ein Leuchtfeuer in der Dunkelheit, aber wie sollte man sich in einer Schar buntgescheckter Papageien wirkungsvoller tarnen, wenn nicht ebenfalls als Papagei? Aber natürlich waren das nur oberflächliche Veränderungen, die allenfalls ein flüchtiges Entdecken verhinderten. Wenn sie Wosch von Angesicht zu Angesicht gegenüberstanden, würde er keinerlei Schwierigkeiten haben, sie zu enttarnen. Und womöglich waren 3D-Fotos mit ihrem Antlitz längst an jede Person auf *Star City* verteilt worden.

»Bei uns ist es verpönt«, antwortete Kara-Sek ungerührt, »ohne Not berauschende Substanzen zu uns zu nehmen, die unser klares Denkvermögen beeinträchtigen.«

»Du . . . dudu . . . willst sagen«, meinte Virgint mit alkoholschwankender Stimme, »daß . . . daß keiner von euch . . . von euch Schlitzaugen säuft?«

Er machte ein Gesicht, als wolle er in albernes Gelächter ausbrechen, hielt allerdings unsicher inne, als er sah, daß Cedric und Maylor keinerlei Anstalten machten, darin einzufallen.

»Natürlich gibt es auch bei uns minderwertige Kreaturen«, beschied Kara-Sek.

Virgint hörte die darin enthaltene Beleidigung nicht und schlürfte sein Glas leer.

Aus den Kabinenlautsprechern klang ein Geräusch, das sich wie ein gedämpftes *Ding-Dong* anhörte und jeder Durchsage der Schiffsleitung voranging.

»Wir möchten sämtliche Passagiere bitten, sich auf ihre Plätze zurückzuziehen«, säuselte eine angenehme Frauenstimme. Auch hier eine echte menschliche Stimme, keine computererzeugte, die von Werbeprofis so synthetisiert worden war, daß jeder in Gedanken automatisch einer superblonden Schönheit zuordnete. Doch die Schönheit, die sich hinter dieser Stimme verbarg, war echt! Cedric fragte sich unwillkürlich, ob man womöglich sogar für das *Ding-Dong* einen eigenen Angestellten beschäftigt hatte. *»In wenigen Minuten wird der nächste Hyperraumsprung erfolgen. Wir werden Sie unmittelbar davor noch einmal informieren.«*

Cedric und Maylor sahen sich kurz an und überzeugten sich, daß sie dasselbe dachten. Die Zeit des Wartens war bald vorüber.

Virgint hatte derweil wiederum nach der Flasche gegriffen, sah abwägend zwischen ihr und dem leeren Glas hin und her und kam offenbar zu dem Entschluß, daß es sich nicht lohnte, es neu zu füllen.

»Ihr Weltraumpfarrer... fahrer seid wirklich tolle Burschen«, plapperte er munter drauflos, nachdem er die Flasche wieder abgesetzt hatte. »Einfach so ...« Eine Geste folgte, die Cedric befürchten ließ, die Flasche würde gleich quer durch die Kabine fliegen. »... durch den Weltraum.«

Es war nicht das erste Mal, daß er ihnen erzählte, wie sehr er sie bewunderte. Und je öfter er sich darüber ausließ, desto mehr wurde er in seiner Vorstellungswelt ebenfalls zu einem dieser tollkühnen Hasardeure, die durch den Weltraum rasten, immer auf der Suche nach neuen Abenteuern. Was für eine Naivität! Der harte Dienst in der Raumflotte hatte so gut wie nichts mit Freiheit und Abenteuer zu tun. Doch wenn Cedric ehrlich war, den Weltraum würde er schon vermissen, wenn er sich vorstellte, sein künftiges Leben in der Monotonie und der Enge eines einzigen Planeten zu fristen.

»Sa ... sagen Sie mir«, bat Virgint und deutete zur Kabinendecke, »wie ist es da oben?« Dann fiel ihm offensichtlich ein, daß der Weltraum nicht nur oben, sondern überall um einen herum war, und wedelte mit seinen Armen herum. »Ich meine, dada ... draußen. Na, Sie wissen schon, was ich meine!«

Maylor machte ein gequältes Gesicht.

»Rauh!« meinte er nach einer bedeutungsschwangeren Pause.

Virgints trübe Augen weiteten sich begeistert.

»Rauh? Ja, natürlich! Rauh ...« Er ließ sich das Wort auf der Zunge zergehen und nickte. »Ja, das hört sich gut an.« Er rutschte ungeduldig auf seinem Sitz umher. »Und – wie ist es noch?«

»Dunkel!« sagte Cedric.

Virgint nickte ergriffen, als wäre ihm soeben die ganze Weisheit des Universums offenbart worden. Seine Augen klebten geradezu an ihren Lippen.

»Rauh ... und dunkel ...«

»Und weit«, legte Maylor noch einen drauf.

Virgint schüttelte ungläubig den Kopf und machte eine Geste, als wolle er die Welt umarmen.

»Ist gut ... mehr als gut ... einfach riesig! Oh, wie sehr beneide ich Sie beide.« Wieder ein Schluck aus der Flasche. »Wissen Sie, es war nicht immer mein Wunsch, mein Leben als Angestellter in den Bübü ... Büroräumen einer Bank zu verbringen. Nein, Sie können mir glauben ... daddadas war es wirklich nicht. Mei ... meine eigentliche Berufung ist ... ist der Waultrem ... äh ... äh ... der ... Wau ...« Er runzelte die Stirn.

»Der Weltraum«, half Maylor ihm aus.

»Ja, genau!« Virgents Miene hellte sich wieder auf. »Der Weltraum. Einmal ein eigenes Raumschiff zu führen. Einmal in Galaxien vorzudringen, die nie ein Baba ... Bankangestellter zuvor gesehen hat. Ich weine ... meine, das wäre wirklich das a-Tüpfelchen meines Lebens ...«

»Sie meinen sicherlich – das i-Tüpfelchen.«

»Wie?« machte er geistesabwesend. »Ach ja, natürnich.« Er nickte eine Zeitlang vor sich hin, dann sah er sie eindringlich an. »Sa ... sagen Sie, Sie ... Sie beide sind doch erfahrene Raumfahrer. Glauben Sie, ich ... ich hätte auch das Zeug datz ... dazu?« Maylor sah Virgint perplex an. Seine Miene war todernst, aber Cedric kannte seinen ehemaligen Freund gut genug, um das leichte Zucken seiner Mundwinkel richtig zu deuten.

»Nun«, machte er hilflos. »Tja ...«

Wie sollte er Virgint möglichst schonend beibringen, daß ein Mann wie er als Raumfahrer genauso überlebensfähig gewesen wäre wie eine Kartoffel in einem Küchengerät.

»Nu ... nur raus damit!« ermunterte Virgint ihn. »Und scheuen Sie mir nicht, mir die Wahrheit zu sagen. Ich bibi ... bin hart. Sehr hart. Ich kakann der Wahrheit ins Angnesich ... Angesicht sehen.«

»Bewerben Sie sich doch einfach bei der Raumflotte«, schlug Cedric vor. »Dort wird man sich bestimmt glücklich schätzen, auf die Fähigkeiten eines Mannes wie Sie zurückgreifen zu können.«

»Ja! Ja!« rief Virgint begeistert und versuchte, mit den Fingern zu schnipsen. »Sie ... Sie haben recht! Sie haben vollkommen recht. Das werde ich machen. Oh, Mann, ich in der Raumflocke ... flotte ...«

Ding-Dong, klang es aus dem Lautsprecher. *»Verehrte Gäste. Noch eine Minute bis zum Hyperraumeintritt. Wir bitten Sie zu Ihrer eigenen Vorsicht, eine sichere Sitzposition einzunehmen. Herzlichen Dank!«*

»Oooh ... oder sollte ich mich lieber gleich als *Tertimator* ... äh ... *Terminator* bewerben?« überlegte Virgint laut.

Er stellte die Flasche hin und sprang auf, wie um sich ihnen in voller Körpergröße zu präsentieren.

»Wa ... was meinen Sie?« fragte er genauso schwankend, wie er dastand. »Wäre das was für mich?« Und wie um ihnen zu zeigen, daß er wirklich etwas davon verstand, machte er eine solch theatralische Geste, als wolle er eine Hundertschaft ›*Tertimatoren*‹ zum Sturmangriff auf eine gegnerische Station peitschen.

Cedric mußte zugeben, daß er zumindest damit nicht allzu weit daneben lag. Er hatte in der Vergangenheit etliche Einsatzleiter gesehen, die ähnlich heroische Gesten gemacht hatten, bevor sie als erste vorangestürmt waren. Bedurfte es einer Erwähnung, daß sich keiner von ihnen eines besonders langen Lebens erfreut hatte? Wer anschließend noch identifiziert werden konnte, fand seinen Namen wenigstens eingemeißelt in der *Hall of Fame,* die dem Flottenhauptquartier vorgelagert war, und zwar unter der Rubrik ›Gab sein Leben in treuer Pflichterfüllung‹. Doch bis auf ein paar Schulklassen auf Besuchsreise, von denen einige Kinder den Namen ihres toten Vaters oder älteren Bruders suchten, ließ sich in diesen ehrwürdigen Räumen nur selten jemand sehen.

»Sie sollten sich lieber setzen, Mr. Virgint«, riet Maylor. »Der nächste Hyperraumsprung steht unmittelbar bevor.«

»Ach was! Was ist schon so ein kleiner Hyperraumhühü ... hüpfer? Ich meine, für einen haha ... harten Burschen wie mich?«

»Wenn ich mich recht erinnere, ist Ihnen nach dem letzten

Sprung einen halben Tag lang übel gewesen!« erinnerte Cedric Cyper.

»Das letzte Mal, pah!« Er winkte ungehalten ab. »An so was gewöhnt man sich mit der Zeit. Alles, wa... was einen nicht umbringt, macht einen härter, ni... nicht wahr?«

Abermals ein *Ding-Dong*.

»Achtung!« säuselte die superblonde Schönheit. *»Hyperraumsprungssequenz ist eingeleitet. Zehn, neun, acht...«*

»Mr. Virgint!« drängte Cedric. »Setzen Sie sich endlich!«

Fünf, vier...«

Virgint lallte etwas, das sich anhörte wie: »Kleinigkeit für mich!«

Cedric beugte sich vor und wollte den Bankangestellten am Handgelenk packen, um ihn auf den Sitz zu ziehen, doch Virgint tänzelte mit der Anmut eines Betrunkenen ein paar Schritte zurück.

»Zwei, eins – Sprung!«

Im selben Moment dehnten sich die funkelnden Sternenpunkte, die man durch die Kabinenfenster sehen konnte, zu langen Strichen, jedoch nur einen winzigen, kaum wahrnehmbaren Sekundenbruchteil, dann verwandelten sie sich wieder in Punkte zurück.

Punkte, die sich zu einem Sternenhimmel mit vollkommen neuen Konstellationen zusammengefunden hatten.

Und genauso schnell verging auch der stechende Schmerz, der jedem an Bord durch Kopf und Nacken geschossen war. Er war seit jeher ein treuer Begleiter eines jeden Hyperraumsprunges, auch schon zu jenen Zeiten vor dem Jahr 3797 A. D., da sich die eine fünfdimensionale Konstante des galaktischen Gravitationsfeldes noch nicht auf verhängnisvolle Weise verändert hatte und ein Überlichtflug noch ohne die Fähigkeiten der 5D-mutierten Navigatorinnen möglich gewesen war.

Für Cedric, Maylor und auch Kara-Sek war diese Empfindung nichts Neues. Jeder, der durch den Weltraum flog, gewöhnte sich daran und entwickelte eine gewisse Unempfindlichkeit dagegen, so wie ein Karatekämpfer mit der Zeit eine schützende Hornhaut an der Handkante bekam. Hinzu kam, daß der bei diesem Sprung auftretende Schmerz geringerer Stärke gewesen war. Das lag nicht etwa daran, daß die STERNENMEDAILLON über einen besseren *Legraine-Warington*-Generator oder leistungsstärkere Schockabsorber verfügt hätte, sondern daß sie den Hyperraumeintritt mit einer weitaus höheren Geschwindigkeit vollzogen hatte. Von ihren Einsätzen in der Raumflotte her waren Cedric und Maylor weitaus schmerzhaftere und brutalere Manöver und Sprungbedingungen gewöhnt. Je mehr man sich der Lichtgeschwindigkeit annäherte, desto reibungsloser erfolgte der Übergang in dieses so rätselhafte, übergeordnete Kontinuum, und desto geringer waren auch die Nebenwirkungen. Theoretisch wäre es sogar möglich gewesen, mit dem *Legraine-Warington*-Generator aus dem Stand heraus durch den Hyperraum zu springen. Denn abgesehen von dem kleinen Energie-Problem, das es da gab, denn man hätte die Energie einer mittleren Sonne bündeln müssen, und der neuen, noch unbekannten Werkstoffe, aus dem der Generator hätte bestehen müssen, wäre jedem Lebewesen wahrscheinlich schlichtweg der Schädel geplatzt – jedenfalls sofern es sich um eine Spezies handelte, die über einen Schädel verfügte.

Virgint allerdings sah aus, als hätte die STERNENMEDAILLON diesen Versuch bereits jetzt unternommen.

Eine Sekunde lang stand er wie vom Donner gerührt da, während sein Gesicht jegliche Farbe verlor, sich seine Augen so verdrehten, bis nur noch das Weiße zu sehen war, und dann sackte er zu Boden. Immerhin verhinderte der weiche Teppich, daß er allzu hart landete.

Maylor seufzte. »Da haben wir die Bescherung«, kommentierte er.

»Was soll's?« fragte Cedric und stand auf. »Ist das denn nicht genau das, was wir gewollt haben?«

»Schon«, räumte Maylor ein. »Aber es hätte nicht so lange dauern müssen.«

Cedric hievte Virgint auf die Polster zurück. Der Bankangestellte war ein solches Leichtgewicht, daß der ehemalige Terminator dafür nicht einmal Maylors Hilfe in Anspruch nehmen mußte. Kaum hatte er ihn in eine halbwegs bequeme Lage gebettet, riß Virgint plötzlich die Augen auf, so weit, daß sie fast aus den Höhlen hervorquollen, und seine Hände krallten sich in Cedrics Phantasiekostüm.

»Sobald wir angekommen sind, werde ich einen Termin mit den Verantwortlichen für Sie abmachen!« versicherte Virgint, als gäbe es nichts Wichtigeres auf der Welt. »Sie können Sie voll und ganz auf ... auf ... mi ...«

Seine Augen senkten sich in die Höhlen zurück, sein Blick löste sich von Cedric und begann, unruhig umherzufahren, als hätte er Mühe, einen Fixpunkt zu finden.

»Oh, mein Gott, is' mir schlecht ...«, brachte er gerade noch heraus, dann kippte sein Oberkörper auf die Polster zurück. Sekunden später schlummerte er mit friedlichem Gesichtsausdruck vor sich hin.

»Hoffen wir, daß er jetzt nicht endgültig übergeschnappt ist«, kommentierte Maylor.

»Ich glaube, da besteht keine Gefahr«, sagte Cedric.

Er drückte die Taste, die ihn mit dem Zimmerservice verband, und beauftragte ihn, Virgint zurück in seine Kabine zu bringen und dafür zu sorgen, daß er ungestört seinen Rausch ausschlafen konnte. Nach einem kurzen Blick durch die Kabinenfenster wandte er sich an Maylor.

»Laß uns in die Beobachtungskuppel gehen«, schlug er vor. »Von hier aus wird während des Landeanfluges nicht viel zu erkennen sein. Und ich möchte mir *Star City* gerne mit eigenen Augen ansehen.«

»Meinetwegen.« Maylor nickte. »Mal sehen, ob die Sternenstadt tatsächlich so prächtig ist, wie man sich immer erzählt.« Er sah zu Kara-Sek. »Willst du mitkommen?«

»Nein«, beschied der Yoyodyne entschieden. »Ich werde hier bleiben und den Koffer im Auge behalten. Und dafür sorgen, daß dieser ...« Sein Blick traf Virgint. »... lebende Leichnam hier entfernt wird.«

Cedric und Maylor verließen die Kabine und hatten nach wenigen Augenblicken die Beobachtungskuppel erreicht, einen großen Saal, der von einer halbkugelförmigen Panorama-Glaskuppel umgeben war, die einen freien Blick auf den Weltraum gestattete. Das Licht war gedämpft, und überall standen und saßen Grüppchen von Menschen, die nach dem Hyperraumsprung ebenfalls hierhergekommen waren, um sich das Landemanöver anzuschauen. Cedric und Maylor wählten einen etwas abseits gelegenen Tisch, der nahe der Glaskuppel lag. Kaum hatten sie Platz genommen, kam eine Bedienstete herbei und erkundigte sich nach ihren Wünschen. Sie hatten keine Wünsche. Jedenfalls keine, die sie zu erfüllen in der Lage gewesen wäre.

Es vergingen einige Minuten, ehe *Star City* in Sicht kam, aber der Anblick der Sternenhauptstadt entschädigte allemal für die Wartezeit. Alles war noch weitaus prächtiger, als sie es sich vorgestellt hatten.

Der Asteroid war von länglicher Form und hatte einen Durchmesser von mehreren hundert Kilometern. Vor dem dunklen Hintergrund des Weltraums waren seine Konturen kaum auszumachen. Um so mehr stach einem *Star City* ins Auge. Die Sternenstadt hatte die Ausmaße einer mittleren Großstadt; sie schien aus reinem, weißem Licht zu bestehen und wuchs in der Form eines gigantischen Kristalls empor. In ihrem strahlenden Glanz glich sie einem funkelnden Diamanten auf einem pechschwarzen Kohlestück.

Eine wahrhaft angemessene Residenz für ein Unternehmen wie die *Sandara Star Company*!

Die STERNENMEDAILLON schwebte majestätisch und in einer weiten Kurve auf das hellerleuchtete Landefeld am Fuß der Sternenstadt zu, wo bereits ein halbes Dutzend anderer Raumschiffe standen, darunter zwei weitere Luxusliner. Ein Asteroid mit solch geringer Gravitation bot den immensen Vorteil, daß es Raumschiffen bestimmter Bauart möglich war, direkt darauf zu landen, während sie bei atmosphäretragenden Himmelskörpern dazu verdammt waren, im Orbit zu bleiben. Der Landungsverkehr mußte dann mit kleinen Zubringerbooten abgewickelt werden.

Maylor kniff seine Augen zu schmalen Schlitzen zusammen, während er auf das Landefeld hinunterstarrte.

»Siehst du, was ich sehe?« fragte er so leise, daß nur Cedric ihn hören könnte. »Und falls nicht, dann verpasse mir eine, damit ich wieder zu mir komme.«

»Nicht nötig. Du täuscht dich nicht.«

Er mußte gar nicht erst fragen, was Maylor meinte. Es war die SK MARVIN, jener Schwere Kreuzer, der am Raubzug auf Hadrians Mond beteiligt gewesen war und Maylors FIMBULWINTER zusammengeschossen hatte. Daß damals seine Navigatorin Yokandra und er den Feuerüberfall überlebt hatten, war reines Glück gewesen.

Falls es bislang noch eines Beweises bedurft hatte, daß die *Sandara Star Company* in die Verschwörung verwickelt war – dort unten stand er!

»Ich muß sagen«, meinte Maylor, »es ist schon reichlich dreist, diesen Kreuzer hier so frei und offen in die Gegend zu stellen!«

»Wieso?« flüsterte Cedric. »Wer sollte sich denn etwas dabei denken? Bis auf die kleine Panne auf Hadrians Mond hat es bei den Überfällen nie einen einzigen Überlebenden gegeben. Und somit auch niemanden, der die Rolle der MARVIN hätte bezeugen können.«

Maylor nickte, ohne den Blick von dem Schweren Kreuzer zu nehmen, der etwas abseits am Rande des Landefeldes stand, und es schien, als wünsche er sich im diesen Augenblick nichts sehnlicher, als hinter den Kontrollen eines Bordgeschützes zu sitzen und die SK MARVIN, die ihm seine Mannschaft, sein Schiff und sein Kommando gekostet hatte, in eine glühende Wolke zu verwandeln.

»Komm«, sagte Cedric, der die Gefühle seines ehemaligen Freundes gut verstand. Schließlich hatte er mit seiner Verurteilung und Verbannung auf Hadrians Mond ebenfalls alles verloren, was in seinem früheren Leben von Bedeutung gewesen war. Und wie er auf *St. Petersburg Zwei* vom Daily Lama erfahren hatte, hatten die Verschwörer schon damals ihre Finger im Spiel gehabt. »Gehen wir zurück zur Kabine, um uns für den Ausstieg fertig zu machen. Ich denke, wir haben genug gesehen.«

Sie standen auf und hatten die Panoramakuppel fast verlassen, als sich aus einer Gruppe vor ihnen ein Mann löste und ihnen entgegenkam. Cedric trat zur Seite, um ihn durchzulassen, doch der andere, ein grauhaariger, hagerer Mann in der Gala-Uniform eines Flottenadmirals, blieb genau vor ihm stehen.

»Kennen wir beide uns nicht?« sprach er Cedric an, der glaubte, sein Herz würde ihm stehenbleiben.

Was für eine Frage! Und ob sie sich kannten!

Admiral McCluskey, der ihnen gegenüberstand, war der Befehlshaber des 17. Taktischen Flottenverbandes. Und was viel schwerer wog: Er hatte den Beisitz bei der Verhandlung gehabt, die zu Cedrics Verurteilung geführt hatte.

»Nun, ich, äh ... ich glaube, nein«, versuchte Cedric sich herauszureden und kam sich dabei genauso überzeugend vor wie ein betrunkener Virgint.

»Nein, nein«, beharrte McCluskey, glücklicherweise ohne zu bemerken, wie mulmig ihnen zumute war. »Ich bin mir sicher, daß ich Sie kenne.« Er wandte sich Maylor zu, den er erst jetzt zu entdecken schien. »Und Sie auch, junger Mann.« Damit hatte er nur zu recht. Maylor war damals bei derselben Verhandlung als Zeuge aufgetreten. Und auch er schien nicht recht zu wissen, was er sagen sollte.

»Wo denn?« fragte er, um Zeit zu schinden.

Der Admiral sah zwischen ihnen hin und her und runzelte nachdenklich die Stirn.

»Nun, ich weiß nicht so recht«, meinte er. »Dabei vergesse ich so gut wie niemals ein Gesicht. Mein Gedächtnis ist nämlich ausgezeichnet, müssen Sie wissen.«

Eine Aussage, der sich Cedric nicht unbedingt anschließen konnte. Schon während seiner Verhandlung vor zwei Jahren hatte der Admiral in erster Linie durch Geistesabwesenheit und Desinteresse geglänzt. Es war ihm deutlich anzumerken gewesen, daß er es als lästige Pflicht empfunden hatte, daß eine wichtige und vielbeschäftigte Person wie er seine Zeit bei einem Prozeß verschwenden mußte, bei dem es um nicht mehr ging als irgendeinen dahergelaufenen *Terminator*, der gegen Befehle verstoßen hatte. Wahrscheinlich war er in Gedanken vielmehr bei dem nächsten Gala-Empfang der Admiralität oder seiner nachmittäglichen Partie Holo-Golf beschäftigt gewesen.

Was Cedric damals empört hatte, erwies sich jetzt vielleicht als ihre Rettung. Wäre McCluskey der Verhandlung aufmerksamer gefolgt, hätte er sie beide wohl sofort erkannt. Oder lag es etwa an ihrer Maskerade, daß sein Erinnerungsvermögen getrübt war?

»Haben wir uns vielleicht schon im letzten Jahr auf dem Fest hier getroffen?« erkundigte er sich, während er sein löchriges Gedächtnis nach der richtigen Lösung durchforstete. »Oder haben Sie früher in der Flotte gedient?«

Das war schon verdammt nahe dran, dachte Cedric. In seiner Kehle befand sich ein großer Kloß, und sein Kopf war plötzlich seltsam leer. Nicht die Spur einer Idee, wie er sich da herausreden konnte. Alles, was er sagen würde, würde den Admiral nur mißtrauisch machen.

Mit Unbehagen sah Cedric, wie ihnen aus der Gruppe, in der McCluskey gestanden hatte, neugierige Blicke zugeworfen wurden, als wolle man erkunden, welch wichtige Persönlichkeiten der Admiral da ausgemacht hatte. Das fehlte ihnen gerade noch, daß sie in den Mittelpunkt des Interesses gerieten.

»Ich habe doch recht, nicht wahr?« hakte McCluskey nach. »Wir kennen uns von der Raumflotte her. Oder von dem letztjährigen Fest.«

Nein, wollte Cedric antworten, doch Maylor kam ihm zuvor.

»Von beidem«, sagte er zu Cedrics Erstaunen. »Alle Achtung, Sie verfügen wirklich über ein vorzügliches Beobachtungsvermögen. Dabei geben wir uns besondere Mühe, unseren Job so unauffällig wie möglich zu erledigen. Daher auch diese Kostümierung.«

Cedric mußte sich zwingen, um seinen ehemaligen Freund nicht fassungslos anzustarren. Was zum Teufel redete Maylor da?

»Ihren Job?« fragte McCluskey.

»Ja«, bestätigte Maylor. »Natürlich sind wir nicht die vergnügungssüchtigen Neureichen, für die wir uns ausgeben. Aber jemanden wie Sie haben wir damit ja sowieso nicht aufs Kreuz legen können.«

»Ja«, schloß McCluskey sich an und sonnte sich in der Gewißheit, daß seine Fähigkeiten noch um keinen Deut nachgelassen hatten. »Mir kann so schnell keiner etwas vormachen.« Eine kurze Pause. »Aber jetzt spannen Sie mich nicht länger auf die Folter – wer sind Sie, und was machen Sie hier?«

Richtig, dachte Cedric. Das waren die entscheidenden Fragen. Die Fragen, die das endgültige Aus für sie brachten. Ende, Schluß, vorbei! Sein starrer Blick traf Maylor, als wolle er sagen: Nur zu, Junge, ich bin gespannt, wie du uns da wieder rausbringen willst!

»*DSD*«, sagte Maylor knapp. Es war das allgemein gebräuchliche Kürzel für den *Defensiven Sicherheitsdienst*, den sarday'kinschen Geheimdienst.

»*DSD?*« fragte McCluskey erstaunt.

»Ja, richtig. Wir gehören zu einer kleinen verdeckten Sondereinheit, die Ihre Sicherheit während des Festes garantiert. Wir waren bereits letztes Jahr hier und haben auch auf anderen Gala-Empfängen innerhalb der Flotte gearbeitet, bei denen Sie zugegen waren. Es spricht für Sie, wenn Ihnen das aufgefallen ist.«

Die Story war dünn, so dünn wie brüchiges Eis. Trotzdem entschloß McCluskey sich zu einem zögerlichen Nicken. Wenn seine Beobachtungsgabe schon so vorzüglich war, dann mußte es wohl so sein.

»Ja«, meinte er stirnrunzelnd, wie um es sich selbst zu bestätigen: »Ja, das ist es.« Er schüttelte den Kopf. »Obwohl ich das Gefühl habe, Sie beide noch von einer anderen Sache her zu kennen ...« Cedric stockte der Atem, doch dann folgte der Admiral einem anderen Gedankenpfad. »Sagen Sie, ist das nicht ein bißchen zuviel Vorsicht? Jeder von uns hat doch seine eigenen Sicherheitsleute dabei.«

»Sicherlich«, räumte Maylor ein. »Aber die sind ausschließlich zu Ihrer individuellen Sicherheit da und deshalb ganz auf Sie und Ihre unmittelbare Umgebung fixiert. Aber daneben muß es natürlich noch jemanden geben, der den Gesamtüberblick behält. Sie verstehen, Admiral?«

Das klang einleuchtend, fand Cedric, und vor allem die *Art*, wie Maylor es brachte, war derart überzeugend, daß wahrscheinlich selbst Cedric es ihm abgenommen hätte, wenn er es nicht besser gewußt hätte.

»Ich verstehe«, sagte McCluskey. Ein sorgenvoller Zug schlich sich in seine Miene. Er beugte sich etwas vor und fragte mit gedämpfter Stimme. »Erwarten Sie etwa ein Attentat oder so etwas? Hier auf *Star City*?«

»Nein«, beschwichtigte Maylor. »Das sind nur die ganz normalen Sicherheitsvorkehrungen. Schließlich kann, wenn man sich zufällig zur falschen Zeit am falschen Ort befindet, eine einzige defekte Energieleitung oder ein nachlässig gewarteter Konverter genauso tödlich wie ein gezieltes Attentat sein. Um solche Risiken abzudecken, sind wir da.« Er hob die Schultern, als wüßte er nicht, was es noch zu sagen gäbe. »Wie gesagt, normalerweise hätten Sie's gar nicht gemerkt, wenn Sie nicht über solch ein hervorragendes Personengedächtnis verfügen würden.«

McCluskey nickte anerkennend.

»Wirklich beruhigend, Leute wie Sie in der Nähe zu wissen«, sagte er. »Das werde ich dem Chef des *DSD* gegenüber lobend erwähnen, wenn ich ihn nachher treffe. Wir haben uns für nach der Landung verabredet.« Er sagte es in einem Tonfall, als erweise er ihnen damit eine besondere Gunst. Und wenn sie tatsächlich Sicherheitsbeamte gewesen wären, wäre es das wohl auch gewesen. »Sie wissen ja sicherlich, daß Gillesbie sich ebenfalls auf *Star City* aufhält. Aber was rede ich da? Natürlich wissen Sie das! Er ist ja schließlich Ihr oberster Chef.«

Vermutlich bemerkte nur Cedric den eisigen Schrecken, der Maylor durchfuhr. Besonders schwierig war es nicht, schließlich war es haargenau derselbe Schrecken, der auch ihm durch die Glieder rann.

»Es wäre besser, wenn Sie das nicht tun würden«, wandte Maylor sich an den Admiral und gab sich Mühe, seine Stimme so normal wie möglich klingen zu lassen. »Wahrscheinlich weiß er nicht einmal, daß eine Einheit wie die unsere auf *Star City* operiert. Während des Festes soll er sich nicht auch noch um dienstliche Belange zu kümmern haben.«

McCluskey überlegte einen Moment.

»Verstehe«, sagte er dann. Cedric sah aus den Augenwinkeln, daß sich aus der Gruppe, in der der Admiral gestanden hatte, eine Gestalt in relativ schlichter Uniform löste und auf sie zukam. Ein etwas untersetzter, kräftiger Mann mit kurzgeschorenem, blondem Haar. Man mußte gar nicht erst seine versteinerte Miene sehen, um zu wissen, daß es sich um einen der Sicherheitsbegleiter des Admirals handelte.

»Es wäre ... überhaupt besser«, fügte Cedric schnell hinzu, »wenn Sie uns nach Möglichkeit niemandem gegenüber erwähnen würden. Sie kennen ja die Sicherheitsvorschriften. Für uns ist es unbedingt notwendig, daß wir undercover operieren. Je mehr Personen über unseren Einsatz informiert sind, desto schwieriger wird es für uns, in Ruhe unsere Arbeit zu tun.«

Der Admiral nickte einvernehmlich. Kaum zu glauben, er schien ihnen die Geschichte tatsächlich abzunehmen.

»Irgendwelche Probleme, Sir?« erkundigte sich der Sicherheitsmann. Sein prüfender Blick lag dabei unverwandt auf Cedric und Maylor. Es schien, als überlege er sich bereits vorsorglich, wie und in welcher Reihenfolge er sie beide zu Hackfleisch verarbeiten sollte, falls es dazu irgendeinen Anlaß gab. Eine Denkweise, die vermutlich eine zwingende Voraussetzung war, wenn man in einem solchen Job arbeitete.

»Nein, Burns, schon gut. Ich habe nur festgestellt, daß diese beiden Herren für den *D* ...« McCluskey unterbrach sich im letzten Moment. Er zwinkerte Cedric und Maylor verschwörerisch zu und verbesserte sich: »... daß wir uns von früher her kennen.«

Burns entging das Zögern des Admirals natürlich nicht, aber er sagte nichts. Schließlich war McCluskey sein Vorgesetzter.

»Das hier ist übrigens Burns, mein persönlicher Sicherheitsbeamter«, redete McCluskey weiter. »Burns, wenn die beiden irgend etwas von Ihnen wollen, gewähren Sie ihnen vollste Unterstützung, klar? Ach ja, und keine Fragen!«

»Jawohl, Sir.«

»Vielen Dank«, wehrte Cedric ab, »aber ich glaube kaum, daß das nötig werden wird. Wir haben selbst alles, was wir brauchen.«

»Trotzdem«, beharrte der Admiral. »Besser ist besser. Man kann schließlich nie wissen, nicht wahr?« Er atmete tief durch, ein tiefes Durchatmen der Art, wie es das Ende eines Gespräches ankündigte. »So, wenn Sie mich nun bitte entschuldigen würden. Ich muß vor der Landung noch einigen anderen Verpflichtungen nachgehen.«

Damit ging er zu seiner Gruppe zurück. Burns verharrte noch einen Moment länger und ließ seinen Blick auf ihnen ruhen, als wolle er sie wissen lassen, daß es ihn nicht interessierte, wer sie waren und was sie machten, solange sie seinem Schutzbefohlenen dabei nicht zu nahe kamen. Erst dann ließ er sie allein.

Cedric Cyper sah ihm nach und schluckte den Kloß herunter, der die ganze Zeit über in seinem Hals gesteckt hatte. Er hatte das Gefühl, die imaginären Bäche von Schweiß, die seine Stirn herabströmten, mit dem Ärmel seines Kostüms abwischen zu müssen.

»Sehen wir zu, daß wir schnellstens herauskommen«, flüsterte Maylor. »Bevor es McCluskey einfällt, uns die Hilfe eines Dutzend weiterer Leute anzubieten.«

Sie verließen die Beobachtungskuppel.

»Sag mal«, sagte Cedric, als sie draußen auf dem Korridor waren, der zu ihrer Kabine führte. »Wie bist du darauf gekommen, uns ausgerechnet als *DSD*-Leute auszugeben?«

»Keine Ahnung. Es war einfach das Erstbeste, was mir in den Kopf kam.«

»Das *Erste*«, korrigierte Cedric. »Ob es auch das Beste war, wird sich noch herausstellen.«

»Du hättest dir ja etwas Besseres einfallen lassen können! Statt dessen hast du dagestanden, als hättest du noch nicht mal gelernt, ›Mama‹ zu sagen. Aber was soll's? Ich glaube, dieser verkalkte Trottel hätte es uns sogar abgenommen, wenn wir ihm erzählt hätten, daß wir die beiden Hofnarren sind, die Sandara zur Untermalung des Festes auf ihre Sternenstadt bestellt hat.«

Vielleicht sind wir das tatsächlich, dachte Cedric düster. Und sie erwartet uns bereits.

»Noch haben wir's nicht überstanden«, mahnte Cedric. »Dieser verkalkte Trottel kann immer noch einen Geistesblitz haben und sich daran erinnern, woher er uns kennt. Dann können wir einpacken.«

»Glaube es mir«, knurrte Maylor. Seine Hände öffneten und schlossen sich unruhig. »Das weiß ich selbst.«

Vor ihrer Kabinentür blieben sie stehen.

»Was ist?« Cedric sah Maylor spöttisch an. »Bist du etwa nervös?«

»Was für eine Frage!« entgegnete Maylor ironisch. »Ich bin nichts anderes, seitdem wir uns getroffen haben. Immer wenn ich mit dir zusammen bin, geht garantiert alles schief, was schiefgehen kann. Es gibt niemanden, der Pech so magisch anzuziehen scheint wie du.«

»Nun ja«, entgegnete Cedric. »Zugegeben, in den letzten Tagen ist in deinem Leben eine Menge durcheinandergeraten.«

Maylor bedachte Cedric mit einem undefinierbaren Blick.

»Ich rede nicht von den letzten Tagen«, sagte er. »Ich rede von der Zeit, in der wir uns auf der Flottenakademie zum ersten Mal gesehen haben.«

Und wie um zu zeigen, daß er keinerlei Lust auf eine weitere Diskussion hatte, drückte er auf den Öffnungssensor für die Kabinentür.

Die STERNENMEDAILLON ging so weich auf der Landeplattform nieder, daß selbst die raumerfahrenen Cedric und Maylor den leichten Ruck kaum bemerkten. Nur Momente nachdem die Schiffstriebwerke ausgelaufen waren, fuhren zwei teleskopartige Verbindungsschächte auf die Flanke des Luxusliners zu und wurden an die entsprechenden Schleusen gekoppelt. Durch sie konnte man bequem in die Sternenstadt überwechseln, ohne dazu eine Zubringereinheit betreten oder sich gar in einen Raumanzug zwängen zu müssen.

Ding-Dong, klang es ein letztes Mal durch die Schiffslautsprecher.

»Verehrte Gäste, damit hat die STERNENMEDAILLON ihren Zielpunkt erreicht«, verabschiedete sich die superblonde Schönheit von ihnen. *»Zum Überwechseln in die Empfangshalle von* Star City *bitten wir Sie, die Landungsbrücke am Bug des Schiffes zu benutzen. Wir hoffen, Sie behalten den Aufenthalt an Bord in angenehmer Erinnerung, und wünschen Ihnen kurzweilige und aufregende Festtage!«*

Es waren nur höfliche und unverbindliche Worte, für Cedric hatten sie trotzdem den unterschwelligen Beiklang einer Drohung. Einer Drohung, die ganz speziell ihnen galt und die nur sie heraushören konnten.

Kurzweilig und aufregend, das würden die nächsten Tage sicherlich werden. Auf die eine oder andere Weise.

Die über die Lautsprecher bezeichnete vordere Landungsbrücke war ausschließlich den Passagieren der STERNENMEDAILLON vorbehalten, während die andere für die Mannschaft und das Personal bestimmt war und dem Gepäcktransport diente. Natürlich mutete den hochrangigen Gästen niemand zu, ihr Gepäck eigenhändig zur Sternenstadt hinüberzutragen. Und für den Fall, daß auch eine übermäßige Beanspruchung der eigenen Füße eine unbotmäßige Belastung darstellte, gab es ein Gleitband, das es einem abnahm, selbst zu gehen.

Hatte Cedric seinen Freund Maylor noch kurz zuvor spöttelnd dessen Nervosität vorgehalten, jetzt, da sie durch den Verbindungsschacht auf die Empfangshalle zuglitten, konnte er seine Unruhe kaum verhehlen. Unter Umständen würde ihr Husarenstück vorbei sein, bevor es überhaupt richtig begonnen hatte. Dann nämlich, wenn sie bereits bei der Personenkontrolle aufflogen.

Seine Blicke wanderten unstet umher. Maylor neben ihm versuchte zwar, sich so unbefangen wie möglich zu geben, dennoch war ihm jedoch die Anspannung ins Gesicht geschrieben.

Nur Kara-Sek, der ein paar Schritte hinter ihnen stand, sah so unbewegt und abweisend aus wie immer. Cedric war sich darüber im klaren, daß schon seine bloße Anwesenheit einen Risikofaktor darstellte. Zwei Sarday'kin, die sich von einem yoyodynischen Leibwächter begleiten ließen – diese seines Wissens nach einzigartige Konstellation konnte für verhängnisvolles Aufsehen sorgen. Er hatte sich die Entscheidung, ob er Kara-Sek mitnehmen sollte, nicht leichtgemacht, und sich dann dafür entschieden, weil Kara-Sek ihnen in der Vergangenheit eine wertvolle Hilfe gewesen war und weil er nach all den Geschehnissen auf Hadrians Mond und *St. Petersburg Zwei* irgendwie ein Recht hatte, dabei zu sein. Cedric war froh, an Bord der STERNENMEDAILLON noch eine kleine Gruppe anderer Yoyodyne entdeckt zu haben, die, ihrer phantasievollen Kleidung nach zu urteilen, offensichtlich im Handel tätig waren. Wenn es seit jeher etwas gab, das stärker war als alle interfraktionellen Feindseligkeiten, dann war es die Aussicht auf Profit. Gegenüber den geladenen Vertretern der anderen Machtgruppen, waren die Yoyodyne allerdings deutlich in der Minderzahl. Sie hatten sich stets etwas abseits und unter ihresgleichen aufgehalten, als gäbe es zwischen ihnen und den anderen eine unsichtbare Kluft.

Den Metallkoffer mit dem Byranium-Brocken, den der Yoyodyne sonst so sorgfältig gehütet hatte wie seinen Augapfel, hatte er auf Cedrics Geheiß in der Kabine gelassen. Cedric hielt es für weniger auffällig, ihn zusammen mit ihren anderen Gepäckstücken vom Personal in ihr neues Quartier bringen zu lassen. Eine Entscheidung, die ihm eine gehörige Portion Überwindung abverlangt hatte. Er mußte sich eben darauf verlassen, daß man mit den Gepäckstücken der Gäste sorgfältig umging.

Außer ihnen hielten sich nur wenige Personen in dem Verbindungsschacht auf. Wenn Cedric erwartet hatte, daß die Passagiere nach der Landung aus dem Schiff möglichst schnell in die Sternenstadt überwechseln würden und sie sich in diesem Andrang durch die Kontrollen hätten mittreiben lassen können, so sah er sich getäuscht. Statt dessen ließ man sich viel Zeit, von Bord zu gehen, ganz nach der Devise, daß Gelassenheit eine Zierde des Vornehmen sei.

Das Gleitband fuhr auf das Ende des Verbindungsschachtes zu. Vor ihnen lag die Empfangshalle, ein gigantischer Saal mit glitzernden, freischwebenden Leuchtelementen, die das weiche, helle Licht verbreiteten, das die Sternenstadt schon von außen ausgezeichnet hatte. Eine Abfertigungskontrolle oder Schalter, die sie hätten passieren müssen, waren nicht zu sehen. Die von Bord gehenden Passagiere wurden statt dessen in zwangloser Form von Bediensteten der Sternenstadt im Empfang genommen, die schon auf den ersten Blick durch ihre schlichte weiße Kleidung kenntlich waren. Die Männer hatten zusätzlich eine weiße Kappe auf, während die Frauen ihr Haar offen trugen.

Zwei von ihnen, beides hübsche junge Frauen, kamen auf sie zu. Eine Frau hielt ein tragbares Computerboard in der Armbeuge.

»Herzlich willkommen auf *Star City*«, begrüßte sie Cedric und Maylor mit professioneller Routine, dennoch wirkte ihr freundliches Lächeln kein bißchen aufgesetzt oder gar abgenutzt. Im Gegenteil, es machte einen aufrichtigen Eindruck. Cedric bemerkte, daß das einzige Accessoire, das die Schlichtheit ihrer Uniform unterbrach, das Symbol der *Sandara Star Company* auf einer Brosche war. »Im Namen Sandaras wünsche ich Ihnen einen angenehmen Aufenthalt. Dürfte ich Sie bitten, mir Ihre Namen zu nennen, damit ich Ihnen Ihr Quartier zuweisen kann?«

»Sie dürfen«, antwortete Maylor großzügig. »Sie dürfen. Ich heiße Monserat. Aramis Monserat.« Er tat es in einem Tonfall, als müsse allein die Nennung des Namens genügen, um sie auf der Stelle in Leidenschaft zu ihm erglühen zu lassen, und mit einem verheißungsvollen Augenzwinkern fügte er hinzu: »Für Sie natürlich nur Aramis. Und wie ist Ihr hübscher Name?«

Cedric konnte nicht anders, als ein weiteres Mal Maylors Kaltschnäuzigkeit zu bewundern. Mochte er vor Minuten noch zaudernd und zögernd geklungen haben, wenn es die Situation erforderte, war er eiskalt bis unter die dunklen Haarspitzen.

»Tut mir leid«, antwortete sie, und es klang irgendwie, als täte es das wirklich. »Es ist uns nicht erlaubt, mit Gästen in engeren Kontakt zu treten.«

»Engerer Kontakt?« machte Maylor überrascht. »Fängt der hier etwa schon bei der Nennung eines Namens an? Also, was mich angeht, ich würde von einem engeren Kontakt erst dann reden, wenn wir beide zum Beispiel . . .«

Cedric brachte ihn mit einem kleinen Ellbogenhieb zum Schweigen.

»Reiß dich gefälligst etwas zusammen«, wies Cedric ihn zurecht, besorgt, daß Maylor den Bogen überspannen könnte, und nannte der jungen Frau den Namen, der auf seiner neuen ID-Card stand: »Claudio Portos.«

Sie tippte ihre Namen ein und wartete einen Lidschlag lang. Cedric konnte nicht sehen, welche Antwort das Board ausgab, aber wenn es etwas in der Richtung *Achtung, sofort den Sicherheitsdienst verständigen – die betreffenden Personen sind zu inhaftieren!* sein sollte, so ließ sie sich nicht das Geringste anmerken. Als sie den Kopf wieder hob, schenkte sie ihnen wieder ihr warmherziges Lächeln.

»Mr. Portos und Mr. Monserat«, wiederholte sie. »Ihre Einladung erfolgte durch die *K&K*-Bank auf *St. Petersburg Zwei.* Und dies ist . . .« Sie deutete auf Kara-Sek und blickte kurz auf das Board hinab. »Mr. Pee-King, ausgewiesen als persönlicher Begleiter und Leibwächter.«

»So ist es«, bestätigte Cedric.

Sie schien nichts daran auszusetzen haben.

»Wie ich sehe, dürfen wir Sie zum ersten Mal als Gäste begrüßen. Ihre Unterkunft steht selbstverständlich schon für Sie bereit. Damit Sie dorthin finden und sich jederzeit auf *Star City* orientieren können, dient Ihnen diese kleine Hilfe.«

Sie reichte jedem von ihnen eine handtellergroße Computercard, auf der sich jedes gewünschte Ziel innerhalb des Gästebereiches eingeben ließ und die dann den kürzesten Weg dorthin angab. Zusätzlich existierte in den zahlreichen Gängen und Hallen eine umfassendes Wegweisesystem.

»Und dann darf ich Ihnen noch ein kleines Präsent überreichen, mit dem Sandara sich wie in jedem Jahr bei ihren Gästen für Ihr Kommen bedanken möchte.« Sie gab der anderen Frau einen Wink. »Beim diesjährigen Fest handelt es sich um ein besonders erlesenes Schmuckstück aus der neuen *SSC*-Kollektion, die zum Jahresausklang auf den Markt kommen wird. Ein Byranium-Anhänger in einer Fassung aus Augstein und mit einer Kette aus reinem Heitmanium.«

Byranium! In Cedrics Schädel gellten Alarmsirenen auf, ohne daß er einen Grund dafür gewußt hätte. Was war schon ungewöhnlich daran, wenn der galaxisweit größte Handelskonzern für Byranium seinen Gästen ein Schmuckstück mit einem kleinen Stück dieser wertvollen Substanz als Geschenk überreichte. Im Gegenteil, nichts war normaler als das.

Cedric vergewisserte sich aus den Augenwinkeln heraus, daß auch die anderen Passagiere solche Anhänger überreicht bekamen, erst dann beugte er den Kopf vor und ließ sich die dünne Kette um den Hals legen. Unbewußt erwartete er, daß sie sich wie eine Schlinge zuziehen würde oder daß er einen elektrischen Schlag erhielt – doch nichts dergleichen geschah. Auch Maylor und Kara-Sek wurden mit dem Geschenk bedacht – und auch bei ihnen ereignete sich nichts.

Cedric Cyper nahm den kleinen Anhänger, der vor seiner Brust baumelte, zwischen Daumen und Zeigefinger und betrachtete ihn eingehender. Es war ein Schmuckstück, wie es im gesamten Spiralarm der Galaxis als Glücksbringer getragen wurde. Das kleine, grünlich schimmernde Stück Byranium ruhte in einer Fassung aus gläsern wirkendem Augstein, dessen Form einer Protuberanzen speienden Sonne nachempfunden war. Soweit Cedric wußte, war der ausschließlich auf Ammoniak-Welten mit gigantischer Schwerkraft vorkommende Augstein mit seinem Härtegrad von über 18 eines der am schwersten zu bearbeitenden Materialien überhaupt. Und auch das Heitmanium, aus dem die filigran gearbeitete Kette bestand, war nicht gerade an jeder Straßenecke zu finden, sondern nur auf bestimmten Dunkelwelten im sogenannten Osten dieses Spiralarms der Galaxis. Kein Zweifel, dieser Anhänger war gut und gerne ein kleines Vermögen wert. Sandara zeigte sich ihren Gästen gegenüber wirklich von ihrer großzügigen Seite.

»Sandara läßt Sie bitten«, erklärte die Bedienstete weiter, »diese Anhänger während Ihres Aufenthalts auf *Star City* als Ausdruck Ihrer Wertschätzung nach Möglichkeit ständig bei sich zu tragen, vor allem aber während der morgen beginnenden Sternen-Gala. Sie sind Teil der diesjährigen Überraschung zum Höhepunkt des Festes.«

»Was für eine Überraschung?« fragte Maylor, und ihm war anzusehen, daß er eines überhaupt nicht schätzte – Überraschungen.

»Darüber kann ich Ihnen leider keine Auskunft geben«, antwortete die Frau mit unveränderter Freundlichkeit. »Selbstverständlich ist nur das direkt damit beschäftigte Personal darin eingeweiht. Und außerdem – wenn es alle wüßten, wäre es ja schließlich keine Überraschung mehr.«

Eine Logik, gegen die sich kaum etwas sagen ließ.

»Woraus bestand sie denn im letzten Jahr?« fragte Cedric.

»Oh!« Ihre Augen leuchteten begeistert. »Damals erhielten die Gäste ebenfalls ein Byranium-Schmuckstück, eine Art Diadem, und während des Höhepunktes der Gala wurde jedes von ihnen in eine Lasershow integriert. Nach Meinung der Gäste war es eines der beeindruckendsten Schauspiele, die sie je gesehen haben. Und Sie dürfen sicher sein, in diesem Jahr wird Sandara es bestimmt noch zu übertreffen versuchen.«

Die Alarmsirenen in Cedrics Kopf kamen allmählich zur Ruhe. Das klang nicht, als müsse er sich deswegen irgendwelche Sorgen machen. Vermutlich hatte ihn der Aufenthalt auf Hadrians Mod einfach etwas zu sehr für den Begriff Byranium sensibilisiert.

»Kann ich Ihnen sonst noch irgendwie behilflich sein?« erkundigte sich die Frau.

»Nein, danke«, antwortete Cedric Cyper. »Ich denke, von nun an kommen wir alleine zurecht.« Er tippte auf seiner Card mit der Fingerspitze das Symbol für ihr Quartier ein und erhielt auf der flachen Bildschirmfläche den Weg dorthin ausgewiesen. »Wir müssen da lang.«

Im Fortgehen zwinkerte Maylor der Bediensteten noch einmal zu.

»Auch *meinen* herzlichsten Dank für Ihre Hilfe«, sagte er. »Und was den engeren Kontakt angeht, vielleicht ergibt sich in den nächsten Tagen ja irgendwann die Gelegenheit, darauf zurückzukommen.«

Sie antwortete nichts, sondern lächelte vielsagend.

Cedric zog Maylor mit sich.

»He, was soll denn der Quatsch?« zischte er ihm zu, als sie außer Hörweite gelangt waren. »Willst du sofort alles und jeden auf uns aufmerksam machen?«

»Was regst du dich auf?« erwiderte Maylor unschuldig. »Ich knüpfe lediglich Kontakte. Wer weiß, wofür sie uns vielleicht noch nütze sein kann?«

»Mir kam es so vor, als hättest du in diesem Fall ganz genau gewußt, welche Art Nutzen du dir davon versprichst!«

Maylor ließ sich nicht beirren.

»Ich weiß gar nicht, was du hast. Ich versuche bloß, unsere Rolle als vergnügungssüchtige Neureiche so überzeugend wie möglich zu spielen. Oder wär's dir lieber, ich würde mit der gleichen Leichenbittermiene herumlaufen wie du? Da könnten wir uns genausogut gleich ein Schild mit der Aufschrift ›Achtung, Verdächtige!‹ auf den Rücken hängen.« Er hob schwärmerisch die Augenbrauen. »Aber mal ganz abgesehen davon – hast du gesehen, wie gut die Kleine aussah? Ganz zu schweigen von ihrem verführerischen Blick!«

Cedric seufzte. Er kam nicht mehr dazu, etwas zu antworten, weil seine Aufmerksamkeit abgelenkt wurde. Hinten waren Stimmen laut geworden.

»Nein, nein«, rief jemand, »ich bin vollkommen im Bilde, daß Sandara ihren Gästen jedes Jahr ein Willkommensgeschenk überreichen läßt. Aber wenn Sie Ihre Datenspeicher ordentlich gefüttert hätten, dann wüßten Sie, daß ich niemals ein Stück Byranium in die Hand nehmen oder mir um den Hals hängen lassen würde. Das habe ich auch schon im letzten Jahr nicht getan. Also verschonen Sie mich mit diesem Anhänger!«

Die Stimme gehörte Admiral McCluskey. Cedric sah, daß er mit seinen Leuten die Empfangshalle betreten hatte und zwei anderen weiblichen Bediensteten gegenüberstand. Die Frau vor ihm machte einen unglücklichen Eindruck. Cedric konnte nicht hören, was sie sagte, dafür war die Antwort des Admirals um so deutlicher zu vernehmen.

»Es ist Ihr Problem, nicht meines!« rief er ungehalten. »Ich jedenfalls werde dieses Schmuckstück auf keinen Fall anrühren. Verständigen Sie deswegen meinetwegen Sandara höchstpersönlich, aber ich bin sicher, daß sie meine Haltung verstehen und respektieren wird.« Und bekräftigend fügte er hinzu: »Genau wie im letzten Jahr.«

Cedric entdeckte Burns und schob sich unauffällig an den Sicherheitsbeamten heran.

»Was ist los, Burns? Was hat der Admiral? Woher diese Abneigung gegen Byranium?«

Burns musterte Cedric Cyper.

Einen langen Augenblick sah es so aus, als sei es entweder unter seiner Würde, ihm zu antworten, oder als wolle er nichts preisgeben, was womöglich die Sicherheit seines Schutzbefohlenen gefährden könnte. »Ein Unglücksfall in seiner Familie«, sagte er dann. »Soweit ich weiß, ist seine Tochter vor mehr als zehn Jahren bei einem Gleiterunfall ums Leben gekommen, der von einem Byraniumtransporter verursacht wurde. Seitdem haßt er dieses Zeug.«

Cedric nickte. Er deutete auf den Anhänger, der vor Burns' Brust baumelte.

»Aber er scheint nichts dagegen zu haben, daß *Sie* einen davon tragen.«

Burns neigte seinen Kopf leicht zur Seite, und auf seinem verschlossenen Gesicht erschien so etwas wie ein Lächeln.

»In dieser Hinsicht ist der Admiral sehr tolerant«, sagte er. »Er überläßt es uns, das Präsent anzunehmen oder nicht. Aber welcher einfacher Sicherheitsmann würde schon eine derart wertvolle Gratis-Gratifikation ausschlagen?« Burns' Gesicht verdüsterte sich wieder. Es schien, als ärgere er sich, soviel persönliche Dinge von sich preisgegeben zu haben. Und als er sah, daß McCluskey sich von den Empfangsbediensteten getrennt hatte – ohne einen Anhänger um seinen Hals –, nutzte er die Gelegenheit, das Gespräch zu beenden. »Wenn Sie mich jetzt entschuldigen würden. Ich muß mich nun wieder um wichtigere Dinge kümmern.«

»Man sieht sich«, rief Cedric ihm nach.

Burns bedachte ihn mit einem kühlen Blick, in dem sehr viel Arroganz lag.

»Entzückender Zeitgenosse«, kommentierte Maylor.

»Ich glaube, solche Leute müssen so sein«, sagte Cedric und konnte sich nicht verkneifen hinzuzufügen: »Und im Gegensatz zu deinen Kontaktversuchen könnte Burns uns vielleicht wirklich nützlich sein.«

Maylor war durch nichts zu erschüttern. Er hieb Cedric auf die Schulter.

»He!« tat er erstaunt und grinste. »Ich wußte ja gar nicht, daß du mehr auf Männer stehst!«

Ihr Quartier bestand aus einer geräumigen Suite, die so komfortabel und luxuriös war, daß sie keinen Vergleich mit dem First-Class-Hotel, in dem sie auf *St. Petersburg Zwei* gewohnt hatten, zu scheuen brauchte. Es gab getrennte Ruheräume für jeden von ihnen und einen großen Aufenthaltsraum, der direkt an einer der hochaufragenden Flanken der Sternenstadt gelegen war. Durch die dicken Plastscheiben hatte man freien Ausblick in den Weltraum mit seinen Millionen von funkelnden Lichtpunkten.

Maylor drückte seinen Kopf gegen die Scheibe; er schirmte seine Augen seitlich gegen das Zimmerlicht ab und spähte nach draußen. »Ich glaube, das solltest du dir mal ansehen, Cedric«, sagte er. »Für was würdest du das da oben halten?«

Cedric sah auf dieselbe Weise in die angegebene Richtung. Für einen unbedarften Beobachter wäre außer der glitzernden Sternenpracht nichts zu erkennen gewesen, aber ihm entging nicht, daß einige der Sterne kurze Zeit von einem anderen Körper verdeckt wurden, der dort oben seine Kreise zog. Und ebenso wie Maylor war er in der Flottenakademie bis zur geistigen Erschöpfung darauf getrimmt worden, jeden Schiffskörper zweifelsfrei zu identifizieren, selbst wenn er wie in diesem Fall äußerst schemenhaft zu sehen war.

»Ein schwerer Kreuzer«, antwortete Cedric Cyper. »Er dürfte für die Raumüberwachung zuständig sein. Schließlich befindet sich hier zur Zeit ein Großteil der führenden Köpfe der Wirtschaft und der sarday'kinschen Flottenführung. Ein gefundenes Fressen für jeden Angreifer aus dem Raum. Verständlich, daß Sandara alles unternimmt, um ihre Sicherheit zu garantieren.«

»Das wäre neben der SK MARVIN der zweite Schwere Kreuzer, den die Rebellen zur Verfügung haben. Und da man zur Abschirmung eines solchen Himmelskörpers mindestens zwei Schiffe braucht, dürfen wir von der Existenz zumindest noch eines dritten ausgehen.« Er sah Cedric an. »Woher beschaffen die sich derart viele Kampfschiffe? So etwas muß doch auffallen!«

»Nicht, wenn die entsprechenden Leute im Flottenhauptquartier das decken. Ich könnte mir sogar vorstellen, daß sie sich diese Kreuzer über dieselben Leute beschafft haben. Vielleicht sind es angeblich schrottreife Kampfschiffe, die offiziell aus dem Verkehr gezogen wurden und hier dann zu neuen Ehren gelangen.«

»Ich kann mir nicht vorstellen, daß das niemandem in der Flotte auffällt.«

»Weißt du, Maylor, wenn ich in den letzten Tagen etwas gelernt habe, dann, daß es von einem gewissen Rang an nicht mehr üblich ist, sich gegenseitig Fragen zu stellen. Entweder weil man zu sehr mit eigenen Dingen beschäftigt ist, oder weil man befürchten muß, daß einem selbst vielleicht dieselben unangenehmen Fragen gestellt werden.«

»An dir ist ein Philosoph verlorengegangen«, bemerkte Maylor spöttisch. »Der Daily Lama wäre froh, wenn er dich so hören könnte.«

Die Erwähnung ihres ehemaligen Ausbilders, der jetzt die verdeckte Ermittlungsgruppe gegen die Verschwörer leitete, ließ Cedric nachdenklich werden. Der Daily Lama hatte Sartorius Woschs Flucht benutzen wollen, um das Hauptquartier der Verschwörer ausfindig zu machen.

»Ob er bereits hier auf *Star City* ist?« fragte Maylor.

»Jetzt während der Festtage dürften die Chancen, sich einzuschleichen, recht gering sein. Denk an die Schweren Kreuzer da draußen. Wie sollte der Daily Lama unbemerkt hierher gelangen?«

»Vielleicht ist er ebenfalls als Gast getarnt gekommen. Genau wie wir.«

»Er allein vielleicht« gestand Cedric zu. »Aber er könnte kaum unerkannt so viele Männer mitbringen, wie er bräuchte, um gegen Sandara vorzugehen. Falls sie es überhaupt ist, die dahintersteckt.« Er wandte sich vom Fenster ab. »Nein, er wird mit seinem Einsatz warten müssen, bis das Fest vorbei ist. Wir müssen uns darauf einrichten, daß wir ganz auf uns gestellt sind.«

Er setzte sich vor das Informationsterminal, das zur Einrichtung des Aufenthaltsraums gehörte. Von dort aus ließen sich Informationen und Übersichtspläne von *Star City* abrufen und auf dem Bildschirm darstellen. Allerdings betraf das lediglich diejenigen Zonen, die den Gästen zugänglich waren. Über die restlichen Anlagen war nichts zu erfahren, bis auf ein paar nichtssagende Außendarstellungen.

Frustriert schaltete Cedric das Terminal wieder aus. Er hatte nicht gerade damit gerechnet, alle Geheimnisse der Sternenstadt zu erfahren, aber insgeheim hatte er doch gehofft, vielleicht einen kleinen Hinweis zu erhalten, wo Sheryl und Nabtaal sein könnten. Aber in punkto Geheimhaltung war die *Sandara Star Company* mindestens ebenso gewissenhaft wie die Verschwörer.

Cedric zuckte erschrocken zusammen, als der Türsummer erklang.

Der Sicherheitsdienst! explodierte es in seinem Schädel. Man kam, um sie zu holen.

Und der Grund, warum das erst jetzt geschah, war nicht schwer zu erkennen. Man hatte die übrigen Gäste nicht durch eine spektakuläre Verhaftungsaktion in aller Öffentlichkeit beunruhigen wollen und daher ganz einfach gewartet, bis sie allein in ihrem Quartier hockten, so wie die Maus in der Falle.

Verflucht, dachte Cedric, demnach hatte das Computerboard

der Bediensteten sie doch als verdächtig ausgegeben. Oder aber ...

Natürlich! Eine Abhöranlage! Der Raum wurde überwacht, und die wenigen Worte, die sie gewechselt hatten, hatten ausgereicht, sie zu verraten. Er hatte Lust, sich selbst eine Ohrfeige zu verpassen. Warum hatte er nicht eher daran gedacht? Und wenn *er* schon so nachlässig gewesen war, warum hatten es dann nicht wenigstens Maylor oder Kara-Sek getan?

Abermals erklang der Türsummer.

Cedric trat neben das Eingangsschott und betätigte die Sprechanlage, während Kara-Sek sich auf der gegenüberliegenden Seite aufbaute, beide Hände am Griff des über seinen Rücken gebundenen Säbels. Cedric wußte um die tödliche Perfektion, mit der Yoyodyne diese Waffen zu handhaben verstanden, aber sich damit gegen eine mit Laserstrahlen bewaffnete Übermacht behaupten zu wollen, war in etwa so aussichtsreich, wie mit Steinen nach einem Bodenlandepanzer zu werfen. »Wer ist da?« fragte Cedric.

»Der Botendienst, Sir«, lautete die Antwort. »Wir bringen Ihnen Ihr Gepäck aus der STERNENMEDAILLON.«

Cedric tauschte einen Blick mit Maylor. Sie wußten, das konnte natürlich ebensogut eine Falle sein. Andererseits – wenn es der Sicherheitsdienst war, warum waren die Männer dann nicht ohne Vorwarnung und mit gezogenen Waffen in die Suite gestürzt? Mit Sicherheit hätten sie über die Türöffnungscodes verfügt.

Cedric ließ die Tür aufgleiten.

Es waren keine Sicherheitsleute mit Strahlern in den Händen, keine Kampfrobots mit aktivierten Laserarmen, es war tatsächlich nur der Botendienst: zwei im üblichen schlichten Weiß gekleidete Bedienstete mit einem kleinen Antigrav-Transporter, auf dem sich ihre Gepäckstücke befanden. Die Männer verschwanden schnell wieder, nachdem sie das Gepäck im Wohnraum abgestellt hatten.

»Gib zu, du bist auch nervös«, hörte Cedric Maylors Stimme, und er mußte sich nicht umdrehen, um zu wissen, daß die Frage ihm galt. Mit Kara-Sek unterhielt Maylor sich nur, wenn es unbedingt sein mußte. Ein Zeichen, daß er seine anerzogenen Vorbehalte den Yoyodyne gegenüber noch nicht über Bord geworfen hatte. Aber vielleicht war das innerhalb weniger Tage auch zuviel verlangt. Cedric hatte zwei Jahre in den Byranium-Minen dafür benötigt. »Nicht wahr?«

»Nein«, antwortete Cedric trotzig. »Ich bin nur ein ziemlich schlechter Schauspieler.«

Er wandte sich dem Gepäck zu, um nachzusehen, ob noch alles so war, wie sie es in der Kabine der STERNENMEDAILLON zurückgelassen hatten, oder ob jemand darin herumgestöbert hatte. Sein Interesse galt dabei vor allem dem kleinen Metallkoffer, in dem sich der Brocken Byranium von Hadrians Mond befand.

Cedric beugte sich vor, öffnete den Koffer und verspürte ein Gefühl der Erleichterung, als er den länglichen, grünlich schimmernden Byramium-Brocken sah. Fast zärtlich ließ er seine Blicke über die Rundungen und Kanten des Brockens wandern, nur dort, wo auf *St. Petersburg Zwei* ein paar kleine Stücke herausgeschnitten worden waren, war die Oberfläche glatt und eben. Dieser Brocken war der Joker in ihrem Spiel, er war der Beweis für ihre Identität als fündig gewordene Prospektoren, denn sein Gegenwert war hoch genug, um bis an ihr Lebensende in Saus und Braus zu leben oder sich ein eigenes Raumschiff davon zu kaufen.

Sein eigenes Raumschiff, dachte Cedric träumerisch.

Plötzlich – vollkommen schlagartig – veränderte sich etwas. Cedric nahm es wie ein Kribbeln wahr, das sich einer Springflut gleich durch seine Glieder ergoß und seine Nackenhärchen sich alarmiert aufrichten ließ. Eine Empfindung, die jeder in den Minen von Hadrians Mond unweigerlich entwickelt hatte, sofern er es geschafft hatte, die ersten Wochen und Monate überstanden zu haben. Dieses Gefühl kündigte eine der gefürchteten Spontan-Reaktionen an, zu denen Byranium neigte, sobald es eine gewisse Größe überschritt. Dabei bildeten sich binnen Sekundenbruchteilen Klauen oder Mäuler mit rasiermesserscharfen Krallen oder Zähnen heraus, die nach jedem organischem Lebewesen schnappten, das sich in der

Nähe aufhielt. Die Mengen, wie sie beispielsweise in den Glücksbringer-Schmuckstücken verarbeitet wurden, waren allerdings viel zu klein, als daß es je dazu hätte kommen können. Der Brocken in dem Koffer hingegen lag über dieser kritischen Größe.

Und er stand unmittelbar vor einer Spontanreaktion!

Das war allerdings schlichtweg unmöglich. Schon vor ein paar Tagen, während ihrer Flucht mit der FIMBULWINTER, war es zu solch einer Reaktion gekommen, und normalerweise dauerte es etliche Wochen, ehe die nächste erfolgte.

Dieser Gedanke nahm nur den Bruchteil einer Sekunde in Anspruch, aber exakt dieser Bruchteil war es, der Cedric zum Verhängnis wurde.

Aus der Oberfläche des grünlichen Brockens brach ein schlanker, aus flüssigem Byranium zu bestehen scheinender Tentakel hervor und schoß in Gedankenschnelle auf Cedrics Kehle zu.

Cedric wollte sich zurückwerfen, doch seine Reaktion kam zu spät. Viel zu spät.

Der tödliche Tentakel hatte sein Ziel bereits erreicht.

Synfile 3

Die Herrin der Sternenstadt

Cedric Cyper verspürte im Nacken einen schmerzhaften, einschneidenden Ruck, mit dem seine Rückwärtsbewegung jäh aufgehalten wurde. Vor seinem Gesicht flammte ein greller grünlicher Lichtblitz auf, ein fauchendes Knistern fand den Weg in seine Ohren – dann war alles schon wieder vorbei.

Der hervorschnellende Tentakel des Byranium-Brockens verschwand so schnell, wie er sich herausgebildet hatte. Cedric stürzte zu Boden und benötigte ein paar Augenblicke, um zu begreifen, daß ihm nichts geschehen war. Er war vollkommen unverletzt. Der Tentakel hatte sich nicht um seine Kehle geschlossen, seinen Hals nicht wie einen dürren Ast durchtrennt.

Nein, die Spontan-Reaktion hatte einzig dem *Byranium-Anhänger* gegolten. Und der schmerzhafte Ruck, den er in seinem Nacken verspürt hatte, war von der Heitmanium-Kette verursacht worden.

»Cedric, ist dir etwas passiert?« rief Maylor.

»Keine Sorge. Mit mir ist alles in Ordnung.«

Immer noch leicht benommen starrte Cedric Cyper auf seine Brust herab, und zu seiner Überraschung sah er das edle Schmuckstück dort nach wie vor baumeln. Es wies nicht die Spur einer Beschädigung auf.

Nichts! Nicht der kleinste Kratzer.

Cedric kam auf die Knie und wagte einen vorsichtigen Blick in den offenen Koffer. Der Byranium-Brocken ruhte so unschuldig und friedlich darin, als hätte es nie eine Spontan-Reaktion gegeben. Auch das alarmierende Kribbeln, das einen solchen Ausbruch begleitete, war verschwunden.

»Verflucht! Was ... was war das?« flüsterte er, mehr an sich selbst gerichtet.

»Woher soll ich das wissen?« ließ Maylor sich vernehmen. »*Du* bist hier der Byranium-Experte von uns beiden.«

Was eben geschehen war, widersprach allen seinen Erfahrungen im Umgang mit diesem Material. Nicht, daß Cedric sich darüber hätte beschweren wollen, denn wenn das Byranium wie gewohnt reagiert hätte, wäre er jetzt tot – aber das hieß noch lange nicht, daß er sich damit zufriedengab.

Er bemerkte, daß Maylor ein paar Schritte in seine Richtung machte, und im gleichen Moment begann wieder dieses alarmierende, ganz spezielle Kribbeln durch seine Adern zu rinnen. Bei weitem nicht so stark und überfallartig wie vor Augenblicken, aber es bestand kein Zweifel, daß das Byranium abermals unruhig wurde. Und das um so stärker, je näher Maylor kam.

»Stopp!« Mit energischer Geste gebot Cedric ihm Einhalt. »Bleib stehen!«

Maylor verharrte abrupt.

»Was ist?« fragte er.

»Das Byranium. Es reagiert auf dich. Beziehungsweise auf deinen Anhänger.«

Maylor blickte mit einem mulmigen Gefühl auf den grünlich schimmernden Brocken im Koffer. Sein Unbehagen dieser unendlich kostbaren und zugleich unendlich unberechenbaren Substanz gegenüber stand ihm ins Gesicht geschrieben.

»Besser, du gehst wieder auf Distanz«, riet Cedric. »Sonst spielt unser gutes Stück hier ein zweites Mal verrückt. Wer weiß, ob es dann genauso glimpflich abgeht.«

Maylor kam dem Rat nur allzu gerne nach. Kaum war er auf seine alte Position zurückgekehrt, verebbte das Kribbeln in

Cedrics Gliedern. Aus einer Eingebung heraus wies er Kara-Sek an, seinerseits vorsichtig ein paar Schritte näher zu treten, und abermals reagierte der Brocken mit deutlicher Unruhe. Der Yoyodyne, der ebenfalls Strafgefangener in den Minen auf Hadrians Mond gewesen war, merkte es selbst und zog sich wieder zurück.

Auf den Anhänger um Cedrics Hals jedoch reagierte der Brocken in keinster Weise mehr, selbst dann nicht, als er behutsam und langsam auf den Koffer zuging. Nichts geschah. Was immer das Byranium zu der Attacke auf den Anhänger veranlaßt hatte, nun schien es nicht mehr vorhanden zu sein.

Es war so, als ob ... – Cedric zog die Stirn in Falten – ... als ob es durch den Kontakt mit dem Tentakel zerstört worden war.

Er schloß den Koffer, aber erst nachdem er ihn in einem der in den Wänden integrierten Schränke deponiert hatte, wich das Unbehagen aus Maylors Gesicht. Er trat auf Cedric zu.

»Deinem erstaunten Blick nach«, sagte Maylor, »ist es wohl überflüssig, dich zu fragen, was da eben passiert ist. Oder warum es passiert ist.«

»Ich habe nicht die leiseste Ahnung«, bekannte Cedric. »Daß Byranium auf etwas anderes als organische Materie losgeht, habe ich bisher noch nie erlebt. Und ich habe auch nie gehört, daß einer der anderen Gefangenen auf Hadrians Mond von so etwas erzählt hätte. Du vielleicht, Kara-Sek?« Der Yoyodyne schüttelte den Kopf. Cedric hatte nichts anderes erwartet. Er zog seinen Anhänger vom Hals. »Irgend etwas an diesen Schmuckstücken scheint unseren Brocken bis zur Weißglut zu reizen. Etwas, was bei meinem jetzt fehlt.«

Zusammen mit Maylor und Kara-Sek nahm er den Anhänger noch einmal eingehend in Augenschein und verglich ihn mit den anderen. Es war nicht der geringste Unterschied festzustellen. Aber es *mußte* einen Unterschied geben! Andernfalls würde ihr Byranium-Brocken nach seiner überraschenden Attacke nicht so unterschiedlich reagieren.

Es ist dieses kleine Stück Byranium in dem Anhänger, ging

es Cedric durch den Kopf, es ist irgendwie anders als das in unserem Koffer.

Ob es daran lag, daß diese beiden Stücke aus verschiedenen Minen-Planeten stammten? Gab es je nach Fundort unterschiedliche Arten von Byranium, die sofort übereinander herfielen, sobald man sie zusammenbrachte? Cedric hatte zwar noch nie etwas von einem derartigen Verhalten gehört, aber das mußte nicht unbedingt heißen, daß es nicht dennoch dazu kommen konnte. Schließlich unterlag für gewöhnlich alles, was mit Byranium zu tun hatte, der höchsten Geheimhaltungsstufe. Vor seiner Aburteilung hätte er vielleicht die Möglichkeit gehabt, sich darüber kundig zu machen, doch er hatte sich nie sonderlich für diesen für einen einfachen *Terminator* ohnehin unerschwinglichen Stoff interessiert, und in der Strafkolonie auf Hadrians Mond waren die Möglichkeiten einer wissenschaftlichen Beschäftigung mit diesem Thema verständlicherweise nicht sonderlich gut gewesen. Alles, worauf Cedric zurückgreifen konnte, waren seine persönlichen Erfahrungen. Und die ließen ihn in diesem Fall leider völlig im Stich.

»Es hat keinen Sinn«, sagte er. »Oberflächlich läßt sich nichts erkennen. Wir bräuchten schon ein komplettes Labor, um herauszufinden, was mit diesem Anhänger geschehen ist. Und ein Team qualifizierter Wissenschaftler dazu.«

»Ich habe von Anfang an geahnt, daß irgend etwas mit diesen Dingern nicht stimmt«, knurrte Maylor. »Vielleicht sind sie eine Art Sender.«

»Mikroelektronik?«

»Ja, so etwas in der Richtung. Auf diese Weise würde Sandara stets feststellen können, wo innerhalb der Sternenstadt sich die einzelnen Gäste aufhalten.«

»Ich habe auch schon daran gedacht«, gab Cedric zu. »Das wäre eine Maßnahme, die Sinn macht. Aber ich wüßte nicht, warum ein einfacher Peilsender unseren Brocken so aggressiv werden läßt.«

Das war eine Frage, auf die auch Maylor keine Antwort wußte.

»Wie auch immer«, meinte er und machte Anstalten, seinen

Anhänger ebenfalls abzunehmen. »Wir sollten sie auf keinen Fall noch länger tragen. Wer weiß, was für Überraschungen sie noch für uns parat haben.«

»Nein, nicht«, sagte Cedric. »Es wäre zu auffällig, wenn wir ohne sie herumlaufen. Denk an das Theater, das es vorhin mit McCluskey gegeben hat. So etwas kann er als Admiral sich vielleicht erlauben, uns würde es zum Verhängnis werden.« Er hielt inne, kaum daß er das letzte Wort ausgesprochen hatte. Gerade eben hatte er sich noch dafür ohrfeigen wollen, nicht daran gedacht zu haben, daß sie abgehört werden könnten, und nun plapperte er sorglos drauflos. Ein Indiz, wie sehr ihn der Zwischenfall verunsichert hatte. Er mußte sich besser im Griff haben. Andererseits – jetzt gab es eigentlich längst keinen Grund mehr, auf seine Worte zu achten. Falls ihre Suite tatsächlich überwacht wurde, würde man längst genug gehört haben, um zu wissen, daß sie nicht diejenigen waren, für die sie sich ausgaben.

Maylor bemerkte von diesen Überlegungen offenbar nichts. Er seufzte und ließ seinen Anhänger dort, wo er war.

»Auch wenn es mir nicht gefällt, du hast recht«, sagte er. Er hob den Zeigefinger, ehe Cedric das Wort ergreifen konnte, und fügte bestimmt hinzu: »Aber eines möchte ich klargestellt wissen. Solange wir mit diesen Dingern herumlaufen, bleibt der Koffer nicht nur erstens fest verschlossen, sondern zweitens auch im Schrank. Ich habe keine Lust, mir von dem Byranium den Kopf abreißen zu lassen, nur weil es irgend etwas gegen teuren Modeschmuck hat. Und ich nehme an, Kara-Sek denkt da ganz ähnlich.«

»Wenn der Tod kommt, kommt er«, sagte Kara-Sek mit unbewegtem Gesicht. »Es wäre unehrenhaft, ihm feige aus dem Weg gehen zu wollen.« Es war wahrscheinlich die Regel des yoyodynischen Ehrenkodexes, mit dem Cedric Cyper und Maylor in der Vergangenheit ihre nachhaltigsten Erfahrungen gemacht hatten.

»Meinetwegen«, stimmte Maylor mißmutig zu. »Aber man muß ja nicht gleich aufspringen und laut ›Hier, ich!‹ schreien, wenn er in der Nähe ist.«

»Auf jeden Fall«, ging Cedric schnell und mit erhobener Stimme dazwischen, ehe ein Streit entfacht wurde, »lassen wir den Koffer im Schrank, solange ihr hier in der Suite eure Anhänger tragt. Und was deine Vermutung mit dem Peilsender angeht, falls sie richtig sein sollte und der Sender jetzt zerstört ist, wird garantiert früher oder später jemand auftauchen und versuchen, mir unter irgendeinem Vorwand ein intaktes neues Exemplar zu überreichen. Wenn wir uns geschickt anstellen, erfahren wir dann vielleicht etwas mehr.« Seiner Stimme war anzumerken, daß er selbst nicht so recht daran glaubte. »Jetzt sollten wir die Sache einstweilen zurückstellen. Erinnere dich daran, was der Daily Lama uns beizubringen versucht hat: *Anstatt über das nachzudenken, was einem unmöglich ist, sollte man lieber das tun, was einem möglich ist.*«

»Und das wäre in unserem Fall . . .?«

»Sich ein wenig umsehen, Informationen sammeln, sich einen Überblick verschaffen.«

»Gut«, stimmte Maylor zu. »Ich bin dabei. Je weiter ich von unserem Koffer weg bin, desto wohler fühle ich mich.«

Bevor sie aufbrachen, wandte Cedric sich noch an Kara-Sek.

»Und was dich betrifft . . .«, begann er.

»Ich habe schon verstanden«, sagte der Yoyodyne. »Es wäre zu auffällig, wenn ich euch begleite. Ich bleibe hier zurück und bewache den Koffer.«

Cedric nickte lächelnd.

»Genau das habe ich sagen wollen«, sagte er.

»Und hüte dich«, ergänzte Maylor, als sie die Suite verließen, »in unserer Abwesenheit an den Schrank mit dem Koffer zu gehen.«

»Du mußt nicht glauben, daß ich dumm bin«, erwiderte Kara-Sek, äußerlich unbewegt, aber der Unterton seiner Stimme verriet, daß er sich am liebsten auf Maylor gestürzt hätte, »nur weil ich Yoyodyne bin.«

»Damit hast du ganz recht«, schoß Maylor erregt zurück. »Ich glaube in der Tat nicht, daß du deshalb etwas unterbelichtet bist, weil du Yoyodyne bist, sondern weil du . . .«

»Ich . . .«, unterbrach Cedric und gab Maylor mit einem

scharfen Blick zu verstehen, daß er gefälligst seinen Mund halten sollte. ». . . ich bin sicher, daß Maylor das gar nicht so gemeint hat, sondern, daß er sich nur in der Wortwahl etwas vergriffen hat. Nicht wahr, das hast du doch?« Er sah seinen ehemaligen Freund durchdringend an, und seine Miene besagte deutlich: Wenn du jetzt etwas anderes als ›Jawohl, ganz genau so verhält es sich‹, sagst, dann darfst du dreimal raten, wohin meine Faust dich trifft!

»Jawohl«, preßte Maylor hervor. »Ganz genau so verhält es sich.«

»Na, also«, meinte Cedric zu Kara-Sek, »da hörst du es.« Er schob Maylor auf den Korridor hinaus, und nachdem das Schott sich hinter ihnen geschlossen hatte, sah er ihn eindringlich an. »Sag mal, mußt du dich ständig mit Kara-Sek streiten? Willst du unbedingt, daß er dir irgendwann mit seinem Säbel den Kopf abtrennt?«

»Wer streitet sich?« fragte Maylor unschuldig. »Was kann ich denn dafür, wenn dieses Schlitzauge alles, was ich ihm sage, falsch auffaßt?«

»Du könntest dir ruhig mehr Mühe geben und ein bißchen Rücksicht auf Kara-Sek nehmen.«

»Ach ja? Ist es etwa meine Schuld, daß ich mit diesem yoyodynischen Ehrenkodex-Klimbim nichts anfangen kann? Und außerdem – wenn ich dich richtig verstanden habe, ist er doch verpflichtet, alles zu tun, was du ihm sagst? Sag ihm doch einfach, daß er die Finger von mir lassen soll, dann hat sich die ganze Sache.«

»Ich wäre froh, wenn ihr euch vertragen würdet, ohne daß ich das tun müßte. Also reiß dich bitte zusammen.«

»Na schön, ganz wie du willst«, meinte Maylor schulterzuckend. »Von nun an werde ich zu ihm so freundlich sein, als ob er eine Admiralstochter wäre, die ich zu ehelichen gedenke.«

Cedric musterte Maylor mit zusammengekniffenen Lippen, sagte aber nichts mehr.

Zusammen durchstreiften sie die Räumlichkeiten, die den Gästen der Sternengala zugänglich waren: vornehme Restaurants mit Spezialitäten aus allen Teilen dieses Spiralarms der

Galaxis (sogar eines mit yoyodynischer Kost war darunter), Freizeitanlagen für verschiedene, meist mit aufwendiger Technik verbundene Sport- oder Entspannungsarten, Clubräume, die in ihrer schlichten Gemütlichkeit prähistorischen Kaminzimmern nachempfunden waren, und immer wieder schier endlos erscheinende Korridore. Die Computercards, die sie bei ihrer Ankunft erhalten hatten, leisteten ihnen bei der Orientierung gute Dienste. Schließlich gelangten sie in eines der Casinos, einen langgezogenen, in beruhigend gesetzten Farben eingerichteten Saal. Das Licht war angenehm gedämpft, es gab eine luxuriös eingerichtete Bar mit richtigen menschlichen Bediensteten, und überall wurden die verschiedensten Glücksspielarten angeboten, denen man sich in der Upper-Class gerne hingab.

Maylor stieß Cedric leicht an und wies zu einem Tisch, an dem man auf eine in einem Oval aus Formenergie kreisende Roulettekugel setzen konnte. An diesem Spiel nahmen besonders viele hohe Offiziere aus den Reihen der sarday'kinschen Sternenflotte teil, als wollten sie zum Ausdruck bringen, daß allein ihre überlegende Intelligenz und ihr strategisches Denken sie befähigte, die Zielfelder dieser von einem Zufallsgenerator gesteuerten Kugel vorauszuahnen. Oder war es eher ein Symbol dafür, daß sich all ihr strategisches Können einzig und allein auf Zufall und Glück gründete? Nach seinen zwei Jahren auf Hadrians Mond, in denen Cedric die Schattenseiten des sarday'kinschen Systems kennengelernt hatte, war er sich der Fähigkeiten der Flottenführung nicht mehr allzu sicher.

»Sieh mal, wen wir da haben«, flüsterte Maylor.

Cedric sah, wen Maylor meinte. Es war Admiral McCluskey, der dort am Tisch saß und sich scherzend mit anderen unterhielt. Der immense Betrag, den er gerade verlor, als die Kugel nicht in dem Feld zur Ruhe kam, auf das er gesetzt hatte, vermochte seine gute Laune nicht im mindestens zu beeinträchtigen. Unweit von ihm stand Burns, sein Sicherheitsmann, und behielt die Umgebung in Auge. Trotz seiner zur Schau gestellten Aufmerksamkeit machte er nicht den Eindruck, als rechne er ernsthaft mit einem Zwischenfall. Ebensowenig wie die Sicherheitsleute der anderen Würdenträger.

»Los, laß uns zusehen, daß wir weiterkommen!« flüsterte Maylor und wollte Cedric zurück zum Eingang ziehen. »Ehe er uns entdeckt.«

»Halt, warte, nicht so schnell«, erwiderte Cedric und machte sich los. »Vielleicht kann uns Burns ein wenig behilflich sein. Ich glaube, ich hab' da so eine Idee.«

»Nein, nicht schon wieder«, stöhnte Maylor gequält, aber ehe er Cedric zurückhalten konnte, war sein Gefährte bereits auf dem Weg zu dem Sicherheitsbeamten.

»Hallo, Burns«, meinte Cedric, als er ihn erreicht hatte. »Schön, Sie wiederzusehen.«

Burns sah nicht besonders glücklich aus.

»Ich kann nicht behaupten, daß das auf Gegenseitigkeit beruht«, antwortete er. »Was machen Sie schon wieder hier? Haben Sie nichts Besseres zu tun, als mich pausenlos mit Ihrer Gegenwart zu beehren?«

»Wir schauen uns nur ein wenig um«, sagte Cedric, ohne sich von dem ablehnenden Ton beirren zu lassen. »Alles in Ordnung bei Ihnen?«

»Was sollte nicht in Ordnung sein?« fragte Burns ärgerlich.

»Ich weiß nicht«, sagte Cedric. »*Sie* sind der Sicherheitsexperte.« Und ganz im Tonfall eines Berufskollegen, der mit einem anderen über die alltägliche Arbeit plauderte, fügte er hinzu: »Sie haben das Quartier des Admirals doch bestimmt daraufhin untersucht, ob es irgendwelche Überwachungseinrichtungen gibt?«

»Natürlich habe ich das«, erwiderte Burns. Es klang, als fühle er sich in seiner Ehre getroffen. »Unsere Unterkunft ist sauber. Sandara würde es nie wagen, die Privatsphäre ihrer Gäste in derart eklatanter Weise zu verletzen.«

Cedric war sich da bei weitem nicht so sicher. Aber Burns' Auskunft klang einigermaßen beruhigend. Zumindest, was *diesen* Punkt anging. Er deutete mit beiläufiger Geste auf den Anhänger vor Burns Brust.

»Wie ich Sie einschätze, haben Sie dieses Schmuckstück ebenfalls untersuchen lassen. Zum Beispiel darauf, ob es mikroelektronische Bestandteile enthält.«

»Für wen halten Sie mich? Das versteht sich doch von selbst. Obwohl ich es mir hätte sparen können. Das ist nur ein ganz normales Schmuckstück.« Er hielt inne und betrachtete Cedric von oben bis unten, als hätte er das bei ihren bisherigen Treffen noch nicht ausführlich genug getan. Und sein Blick schloß auch Maylor mit ein, den er ein paar Meter weiter entdeckte. »Sagen Sie, wer sind Sie eigentlich, daß Sie das interessiert?«

»Nun«, meinte Cedric gedehnt. »Man könnte sagen, daß wir gewissermaßen in der gleichen Branche arbeiten.«

»Ach ja«, brummte Burns, von dieser Antwort nicht gerade zufriedengestellt. »Mein Instinkt sagt mir, daß mit Ihnen irgend etwas nicht stimmt. Warum sollte ich Sie nicht einmal näher unter die Lupe nehmen? Mich mal erkundigen, aus welchem Grund Sie auf der Gästeliste stehen. Wie, sagten Sie, wären doch noch gleich ihre Namen?«

Cedric bemühte sich, sich seine Betroffenheit nicht anmerken zu lassen. Damit hatte Burns haargenau ihren wunden Punkt getroffen. Ob es vielleicht doch keine solch gute Idee gewesen war, sich mit dem Sicherheitsmann zu unterhalten?

»Das steht ihnen natürlich jederzeit frei«, antwortete er so gleichgültig wie möglich. »Aber glauben Sie, der Admiral hätte nicht seine guten Gründe gehabt, als er Ihnen sagte, keine Fragen zu stellen?«

Burns gab sich damit immer noch nicht zufrieden. In seinem Gesicht lag ein lauernder Zug.

»Ach, damit habe ich keine Probleme«, sagte er, und Cedric merkte, daß auch Burns sich sicherer gab, als er war. Er *hätte* seine Probleme gehabt. Die Frage war nur, wie wichtig sie ihm waren. »Ich kann sie genausogut von meinen Kollegen unter die Lupe nehmen lassen. Sie beide und diesen Yoyo, den sie ständig bei sich haben. Wie kommt es überhaupt, daß Sie sich mit einem Angehörigen dieser Fraktion so gut verstehen? Herrscht zwischen uns und den Schlitzaugen nicht ein mehr oder weniger offener Kriegszustand?«

»Es gibt Interessen, die höherrangiger Natur sind«, antwortete Cedric.

»Ja?« erwiderte Burns und beugte sich interessiert vor. »Erzählen Sie mir, welche!«

Cedric Cyper glaubte einen Seitenblick Maylors aufzufangen, der soviel besagte wie: Na siehst du, da hast du die Bescherung. Aber du wolltest es ja nicht anders. Sieh zu, wie du die Suppe selbst wieder auslöffelst!

»Das ist nicht ganz einfach zu erklären«, begann er und überlegte fieberhaft, wie er sich möglichst unverdächtig aus der Affäre ziehen konnte.

Glücklicherweise bekam er Hilfe von höherer Instanz, ehe er sich in noch mehr Lügen verwickelte. McCluskey hatte sie entdeckt und kam mit einem halbvollen Glas in der Hand zu ihnen herüber. Cedric bemerkte, daß er nach wie vor keinen Byranium-Anhänger um den Hals trug. Demnach schien Sandara Verständnis für seinen Wunsch aufgebracht zu haben. Sofern man es überhaupt für nötig befunden hatte, sie über diesen lächerlichen Vorfall zu informieren.

»Na, wie geht's denn bei Ihnen voran?« fragte McCluskey und klopfte Cedric gönnerhaft auf die Schulter. Maylor, der sich immer noch im Hintergrund hielt, mußte sich mit einem freundlichen Nicken zufriedengeben. Maylor revanchierte sich mit einer knappen Verbeugung, von der wohl nur Cedric erkannte, wie gekünstelt und steif sie war. »Kommen Sie gut voran mit Ihrer Arbeit?«

»Oh, danke der Nachfrage«, antwortete Cedric. »Keine Probleme. Wir haben alles unter Kontrolle.«

»Beruhigend, das zu hören. Haben Sie von Burns schon irgendwelche Unterstützung gebraucht?«

»Nein, wir haben nur etwas über unsere Arbeit gefachsimpelt«, antwortete Cedric. McCluskey wirkte richtiggehend enttäuscht über diese Auskunft. Es schien, als würde er die Gewißheit, höchstpersönlich etwas zur Sicherheit während des Festes beigetragen zu haben, gerne zu seinen zahlreichen Ruhmestaten hinzufügen. »Aber ich bin sicher, daß er uns jede erdenkliche Unterstützung gewähren wird, falls wir darum bitten sollten. Er ist wirklich ein Sicherheitsmann, mit dem Sie eine ausgezeichnete Wahl getroffen haben, Admiral. Und vor allen Dingen . . .«

Cedric warf Burns einen bezeichnenden Blick zu, von dem nur sie beide wußten, was er zu bedeuten hatte. ». . . stellte er keine überflüssigen Fragen. Genau, wie Sie es ihm angewiesen haben.«

Burns sah Cedric mit mühsam unterdrückter Wut an, verkniff sich aber jeden Kommentar.

»Ja, ich weiß schon, was ich an ihm habe«, stimmte McCluskey zu. Sein Interesse, sich noch länger mit Cedric zu unterhalten, schien stark nachzulassen, jetzt, da sich herausgestellt hatte, daß keine großen Dinge im Gange waren.

Bevor er sich verabschieden konnte, traten zwei Bedienstete in den üblichen weißen Uniformen der Sternenstadt auf ihn zu.

»Admiral McCluskey?« fragte einer von ihnen höflich.

»Ja, der bin ich. Sie wünschen?«

»Wir kommen im Auftrag von Mr. Gillesbie. Er bittet Sie zu einer Besprechung im *Ten Forward*-Salon. Wir haben Anweisung, Sie dorthin zu führen.«

McCluskey reagierte mit einem erstaunten Stirnrunzeln.

»Aber ich bin doch erst in . . .« Er sah auf seine Uhr. ». . . zwei Stunden mit ihm verabredet.«

»Mr. Gillespie läßt ausrichten, daß sich leider eine Änderung in seiner Terminplanung ergeben hat«, antwortete der Bedienstete. »Er hofft, daß Ihnen diese kurzfristige Verlegung keine Unannehmlichkeiten macht und Sie jetzt Zeit für ihn haben. Anderenfalls läßt sich ein neuer Termin für den morgigen Tag einrichten.«

»Schon gut, das ist nicht nötig«, entschied McCluskey. »Ich hatte beim 3D-Roulette sowieso gerade eine Pechsträhne. Wohin müssen wir?«

»Dort entlang, Sir. Wenn Sie uns bitte folgen würden?«

McCluskey bemerkte, daß er immer noch sein Glas in der Hand hielt, überlegte kurz, wo er es lassen konnte, dann drückte er es Burns in die Hand.

»Hier, Burns, stellen Sie das bitte für mich irgendwo ab.«

»Aber, Sir! Natürlich werde ich Sie begleiten.«

»Nein, Burns, das ist nicht nötig. Es sollte ohnehin ein Vieraugengespräch zwischen Gillespie und mir werden. Warten Sie hier auf mich. Und genehmigen Sie sich in der Zwischenzeit ruhig einen kleinen Schluck.«

Burns schüttelte den Kopf.

»Ich bin nicht zu meinem Vergnügen hier, Sir«, beschied er. »Sie wissen, der Genuß von Alkoholika im Dienst ist mir strengstens . . .«

»Burns!« schnitt McCluskey ihm das Wort ab. »Ich habe von einem kleinen Schluck geredet und nicht davon, daß Sie sich sinnlos besaufen sollen!«

Damit ließ er seinen Sicherheitsbegleiter stehen und folgte den beiden Bediensteten zum Ausgang. Burns blickte ihnen hinterher und wirkte nicht besonders glücklich darüber, hier alleine zurückzubleiben. Und das Glas, das er in seiner Hand hielt, als wüßte er nichts damit anzufangen, verstärkte diesen Eindruck noch.

Cedric fühlte sich ebenfalls nicht sehr wohl in seiner Haut, wenngleich aus ganz anderen Gründen. Er mußte daran denken, daß derjenige, mit dem sich der Admiral gleich traf, niemand anderes als der Chef des *DSD* war, und wenn er ihm gegenüber während des Gesprächs eine Bemerkung über die tüchtige Arbeit seiner beiden verdeckten Mitarbeiter fallen ließ, war es mit Sicherheit um ihre Tarnung geschehen. Doch was hätte er tun können, um es zu verhindern? Hätte er McCluskey noch einmal daran erinnern sollen, sie beide auf keinen Fall zu erwähnen? Das hätte sie höchstens noch verdächtiger gemacht – zumindest für Burns. Der Sicherheitsmann konnte sich zu einem ernsten Risiko für sie entwickeln. Es war besser, ihm künftig möglichst aus dem Weg zu gehen.

»Also«, meinte Cedric und wandte sich Burns zu. Es war an der Zeit, sich zurückzuziehen. »Dann werden wir uns mal wieder auf den Weg machen. Die Pflicht ruft. Halten Sie sich ruhig an den Rat des Admirals, und trinken Sie einen auf unser Wohl.«

»Wenn es jemanden gibt, auf den ich ganz gewiß nicht trinken werde«, setzte Burns an, »dann sind das . . .«

Er brach ab und sah mit großen Augen an Cedric vorbei. Es war, als hätte er dessen Anwesenheit von einem Augenblick auf den anderen vollkommen vergessen. Und wie Cedric bemerkte, war nicht alleine Burns verstummt, innerhalb des gesamten Casinos hatte sich die Atmosphäre schlagartig gewandelt. Hatte eben noch gedämpftes Stimmengewirr in der Luft gelegen, so herrschte jetzt vollkommene Stille. Alle Aufmerksamkeit hatte sich in eine einzige Richtung gewandt.

Cedric hatte das Gefühl, so ziemlich der letzte zu sein, der den Kopf wandte, und dann sah er, was den plötzlichen Stimmungsumschwung ausgelöst hatte.

Es war *sie*!

Sandara, die Juwelenkönigin!

Daran, daß wirklich sie es war und keine andere, daran hätte für Cedric Cyper selbst dann kein Zweifel bestanden, wenn er ihr Antlitz nicht bereits von den Fotos in Dutzenden einschlägiger Illustrierten gekannt hätte, die er sich mit Maylor auf *St. Petersburg Zwei* besorgt hatten. Es hätte dafür nicht einmal der Reaktion der anderen Gäste bedurft; selbst wenn er sich als einziger hier im Casino aufgehalten hätte, es hätte nicht den geringsten Unterschied gemacht. Was ihn so sicher machte, war auch nicht ihr prächtiges Holo-Kleid, das ihren Körper in sanfte Regenbogenfarben tauchte. Nein, es war einzig und allein ihre bloße Erscheinung, die keinen Zweifel daran aufkommen ließ, daß sie die Herrin der Sternenstadt war. Es sprach aus allem an ihr, ihre Haltung, ihrer kühlen und ein wenig hochmütig wirkenden Miene und ihrem langsam durch den Raum wandernden Blick.

Ihre Begleiter, die ihr dichtauf folgten und deren weiße Uniformen weitaus prächtiger waren als die der einfachen Bediensteten, waren ebenfalls nicht mehr als unwichtiges Beiwerk. Cedric schenkte ihnen genau so lange Aufmerksamkeit, wie er brauchte, um festzustellen, daß sie keine Gefahr darstellten. Dann kehrte sein Blick zu Sandara zurück.

Sie war eine wahre Schönheit. Mit ihrem dunklen Haar, dem klassisch geschnittenen Gesicht und den hohen Wangenknochen bot sie einen Anblick, der alle Herzen der Männer unwillkürlich höher schlagen ließ. Sandara besaß eine Ausstrahlung, die nur sehr, sehr wenigen Frauen zu eigen war; eine Aura von

Macht, Klugheit und Unnahbarkeit, der sich auch Cedric nicht zu entziehen vermochte.

Wenn es überhaupt etwas gab, das man an Sandara im weitesten Sinne als störend hätte bezeichnen können, dann, daß sie eine Nuance zu schön, zu beeindruckend und zu perfekt aussah. Sandaras Alter war nur schwer abzuschätzen. Auf den ersten Augenschein wirkte sie wie Anfang Dreißig, aber Cedric ließ sich davon nicht in die Irre führen. Er wußte, daß es für Personen mit entsprechenden finanziellen Mitteln genügend Möglichkeiten gab, sich perfekte Schönheit und Jugend weit über das in der Natur dafür vorgesehene Maß zu erkaufen. Insbesondere die gentechnischen Produkte und Verfahren aus der Hexenküche der Phagon, der wohl unheimlichsten Fraktion des ehemaligen Großen Imperiums, erfreuten sich dabei großer Beliebtheit. Cedric hielt eine Anwendung derartiger Hilfsmittel nicht für unwahrscheinlich. Zugleich würde es erklären, weshalb Sandara im Vergleich zu den Fotos, die er auf *St. Petersburg Zwei* gesehen hatte und von denen manche ein paar Jahre alt gewesen waren, um keinen Deut gealtert aussah. Und da waren nicht zuletzt ihre Augen, die mit ihrer Tiefe, ihrer Klarheit und ihrer Erfahrenheit so ganz und gar nicht zu einer Dreißigjährigen passen wollten. Das konnte Cedric jetzt deutlich erkennen, da sie nur noch sechs, sieben Meter von ihm entfernt war. Plötzlich wurde Cedric etwas bewußt, das völlig unmöglich war. Die wunderschöne Sandara und ihr Gefolge schritten direkt auf sie zu.

Sie weiß es! schoß es ihm durch den Kopf, als ihr kühler Blick ihn traf. Sie weiß, wer wir sind! Sie weiß alles, und sie ist gekommen, um uns höchstpersönlich und eigenhändig aus dem Verkehr zu ziehen!

Einen fürchterlich langen Augenblick war Panik und die Gewißheit, entlarvt worden zu sein, alles, was sein Denken und Fühlen beherrschte, doch dann begriff er, daß die Wahrheit – wie meistens – weitaus unkomplizierter war. Er stand Sandara nur ganz einfach im Weg, das war alles.

Hastig, fast ein wenig zu hastig und mit einer galanten Verbeugung, wie er sie von den anderen Gästen gesehen hatte, trat er zur Seite, wobei er bemerkte, daß Burns, der immer noch neben ihm stand, sich genauso verhielt. Gut! Demnach war er wenigstens nicht der einzige Idiot, der sie, geblendet von ihrer strahlenden Erscheinung, angestarrt und alles andere um sich herum vergessen hatte.

Sandara dankte es ihnen, indem sie ihren Blick noch einen Moment länger auf ihnen ruhen ließ. Auf ihren Lippen spielte ein dünnes Lächeln, in dem ein spöttischer Unterton lag, so als wüßte sie genau, wie sehr sie auf die Anwesenden wirkte. Und dann schwebte sie an ihnen vorbei, ohne ihnen weitere Beachtung zu zollen.

Cedric konnte nicht anders, als ihr hinterherzustarren, bis sie durch den Eingang auf der anderen Seite des Casinos entschwunden war. Er empfand Enttäuschung darüber, daß sie sich nicht an einen der Tische gesetzt und ein Gespräch angefangen hatte; Hauptsache, sie hätte sich noch länger im Casino aufgehalten und ihm Gelegenheit gegeben, wie weiterhin zu bewundern. Ihr Auftritt hatte an eine Königin erinnert, die ihr Reich durchschritt, um sich zu vergewissern, daß ihre Untertanen zufrieden waren.

Das Stimmengewirr setzte nun wieder ein, dafür klang es, nachdem die Unterhaltungen erst einmal in Gang gekommen waren, um so leidenschaftlicher; es stand außer Frage, welche Person im Mittelpunkt der Gespräche stand.

Cedric sah sich suchend um und bemerkte, daß Maylor sich direkt neben ihm befand. Sein Gefährte vermittelte den Eindruck, als wäre ihm soeben über die allseits bekannten sieben Raumwunder dieses Spiralarms ein achtes begegnet. Ein Gefühl, das Cedric gut nachempfinden konnte – sehr viel besser sogar, als er zuzugeben bereit war.

»Ha . . . Hast du das gesehen?« flüsterte Maylor.

»Natürlich habe ich es gesehen. Ich bin ja nicht blind. Das war Sandara.«

»Nein, das meine ich nicht.« Maylor verzog schwärmerisch das Gesicht. »Ich meine, ob du den Blick gesehen hast, den sie mir zugeworfen hat?«

»*Dir*?«

Maylor machte ein verständnisloses Gesicht.

»Ja, natürlich mir«, antwortete er. »Wem hätte er denn sonst gelten sollen? Und es war ein ganz besonderer Blick. So, als wolle sie mir sagen . . .«

»Unsinn!« mischte Burns sich ein. »Wenn Sandara hier irgend jemanden angesehen hat, dann war ich das!« Ein verträumter Ausdruck legte sich in sein sonst eher grobschlächtigen Gesicht, und wahrscheinlich ohne es überhaupt zu bemerken, nahm er einen kräftigen Schluck aus dem halbvollen Glas des Admirals.

»Ach ja?« Maylor reckte streitlustig das Kinn vor. »Soll das etwa heißen, ich wüßte nicht, was ich gesehen habe?«

»Nein«, erwiderte Burns, ebenso streitlustig, »aber es soll heißen, daß *ich* weiß, was ich gesehen habe!«

Die beiden musterten sich wie zwei Rivalen, die um dasselbe Revier stritten. Cedric trat zwischen sie und sah sie ungehalten an. Und das galt in erster Linie Maylor. Wenigstens er hätte doch vernünftiger sein müssen. Wenigstens er hätte doch erkennen müssen, was er aufs Spiel setzte, wenn er Burns über Gebühr provozierte.

»Hört auf mit dem Unsinn!« sagte er. »Ihr benehmt euch ja wie kleine Kinder. Sandara hat nur ganz unverbindlich in unsere Richtung gesehen, das ist alles.« Er sagte es wider besseres Wissen. Denn ganz zweifellos hatte sie gelächelt, daran erinnerte er sich geradezu überdeutlich, und wenn ihr Blick irgend jemandem von ihnen gegolten hatte, dann einzig und allein ihm, Cedric!

Eine Sekunde lang herrschte Schweigen.

»Wahrscheinlich hast du recht«, lenkte Maylor in versöhnlichem Ton ein, um sofort darauf zu beharren: »Aber in meine Richtung hat sie trotzdem ganz besonders lange und freundlich gesehen.« Bevor Burns es ihm mit gleicher Münze zurückgeben konnte, packte Cedric Maylor am Arm und zog ihn mit sanfter Gewalt davon, wobei er Burns entschuldigend anlächelte. Glücklicherweise machte er keine Anstalten, sie zurückzuhalten. Im Gegenteil, er schien froh darüber zu sein, daß sie das Feld räumten.

Cedric dirigierte Maylor auf den Ausgang zu.

»Was ist bloß in dich gefahren?« zischte er. »Hast du den Verstand verloren?«

»Was soll in mich gefahren sein?« fragte Maylor unschuldig. »Ich bin ganz einfach nur ein Mann und gerade der faszinierendsten, bezauberndsten Frau des gesamten Universums begegnet. Das ist alles. Glaubst du denn, ich hätte gar keine Gefühle?«

Cedric schüttelte den Kopf.

»Du solltest deine Hormone etwas besser unter Kontrolle behalten«, riet er. »Ich weiß ja nicht, wie sich deine Vorlieben in den zwei Jahren unserer Trennung entwickelt haben, aber so kenne ich dich gar nicht. Mußt du denn plötzlich jeder Frau hinterherlaufen? Erst die Bedienstete vorhin, und jetzt . . .«

»Wer?« fragte Maylor irritiert.

»Die Bedienstete, mit der du in der Empfangshalle so kräftig geflirtet hast«, erinnerte Cedric.

»Ach so!« Maylor winkte ab, als gehöre diese Episode längst der Vergangenheit an. »Das war doch nur ein Versuch, an etwas mehr Informationen zu kommen. Aber sag selbst, was ist dieses Mädchen im Vergleich zu einer Frau wie Sandara!«

Es dauerte einen Augenblick, ehe Cedric die richtige Antwort einfiel.

»Ungefährlich.«

»Du glaubst doch nicht etwa, daß sie auf seiten der Verschwörer mitmischen könnte?« fragte Maylor. »Jemand wie sie würde ihre hübschen Finger niemals in einem solch dreckigen Geschäft haben!«

Das war haargenau der Schluß, zu dem auch Cedric Cyper gekommen war. Aber er war sich im Gegensatz zu Maylor bewußt darüber, daß diese Schlußfolgerung höchst subjektiver Natur war.

»Was meinst du?« redete Maylor weiter, als bemerke er Cedrics Vorbehalte nicht. »Ob es möglich wäre, sich einmal persönlich mit Sandara zu treffen?«

Cedric mußte an sich halten, um nicht gequält aufzustöhnen.

»Welches Interesse könnte jemand wie Sandara schon an einem einfachen Raumschiffkommandanten wie dir haben?

Machst du dir da nicht ein wenig übertriebene Hoffnungen? Verzeih, das war vielleicht etwas unklar ausgedrückt. Ich meine natürlich himmelhoch übertriebene und absolut unrealistische Hoffnungen!«

»Vergiß nicht«, erinnerte Maylor ihn mit einem versonnenen Lächeln, »ich bin alles andere als ein armer, mittelloser Raumschiffkommandant. Ich bin einer von zwei Prospektoren, die womöglich auf das ertragreichste Byranium-Vorkommen gestoßen sind, das je entdeckt wurde. Warum sollte sie da nicht einem persönlichen Treffen zustimmen?«

Er lauschte dem Klang seiner eigenen Stimme nach, der Kraft seiner eigenen Argumente, und kam offensichtlich zu dem Schluß, daß sie gut waren. Einleuchtend, überzeugend. Jedenfalls so lange, bis Cedric erwiderte:

»Und vergiß *du* nicht, daß wir nur aus einem einzigen Grund hier sind. Nämlich um Sheryl und Nabtaal zu befreien und den Hintermännern des Überfalls auf Hadrians Mond auf den Zahn zu fühlen.«

Maylor bedachte Cedric mit einem langen Blick. Erst schien es, als wolle er widersprechen, dann lenkte er mit einem schweren Seufzen ein.

»Glaube mir«, sagte er mit düsterer Miene, so als wäre er gerade aus einem wunderschönen Traum in die Wirklichkeit zurückgekehrt, »das habe ich keinen Augenblick vergessen.«

»Beruhigend, das zu hören. Ich hatte da schon meine Bedenken.«

Sie näherten sich ihrer Kabine, wofür sie mittlerweile nicht einmal mehr ihre Orientierungscards benötigten. Sie hatten den langen gewundenen Gang, in dem sie lag, fast erreicht, als Maylor plötzlich wie vom Schlag getroffen stehenblieb.

»Was hast du?«

Maylor wies mit unsicherer Geste nach vorne, den Korridor entlang.

»Da ... da ...«, sagte er.

Cedric sah gerade noch, wie ein weißbekleideter Bediensteter um eine Ecke verschwand, ansonsten war nichts zu sehen.

»Was ist da?« fragte er.

»Ich weiß nicht. Ich ... ich hatte den Eindruck, als ob ...«

Maylor sprach nicht zu Ende, sondern lief statt dessen zu der Abzweigung, hinter der der Bedienstete verschwunden war. Als Cedric ihn eingeholt hatte, erwartete sie nichts außer einem leeren Seitengang, der vor einem verschlossenen Liftschott mündete, auf dem der Schriftzug ›Kein Zutritt für Gäste‹ prangte.

»Du warst stehengeblieben bei ›als ob‹«, erinnerte Cedric. »Was glaubst du, gesehen zu haben?« Maylor schüttelte den Kopf, als könne er selbst nicht so recht daran glauben und als wolle er diesen Eindruck aus seinen Gedanken verscheuchen.

»Ich weiß, es klingt verrückt«, begann er, »aber eine Sekunde lang hatte ich den Eindruck, als ob dieser Bedienstete ... als ob ...«

»Als ob er *was*?«

Maylor sah Cedric an, und in seinem Blick lag die Erkenntnis, daß er genau wußte, daß das, was er gesehen hatte, eigentlich unmöglich war.

»Als ob dieser Bedienstete Nabtaal gewesen wäre!« sagte er leise.

Cedric hätte wahrscheinlich laut aufgelacht, wenn er nicht gewußt hätte, daß, Maylor es absolut ernst damit war.

»Nabtaal?« wiederholte er ungläubig.

»Ja.«

»Und du bist dir da ganz sicher?«

»Verdammt – nein!« meinte Maylor erregt. »Ich kann es ja selbst nicht glauben. Wenn Nabtaal überhaupt hier auf *Star City* ist, dann als Gefangener der Verschwörer und nicht als Bediensteter der Sternenstadt!«

Cedric versuchte, sich das Aussehen des Bediensteten ins Gedächtnis zurückzurufen, aber alles, was er gesehen hatte, waren ein Arm, ein Bein und ein schemenhaft erkennbarer Körper in einer weißen Uniform gewesen, der einen Lidschlag später im Seitengang verschwunden war.

»Du mußt dich getäuscht haben«, sagte er. »Es war ganz einfach jemand, der Nabtaal ähnlich gesehen hat. Außerdem hast du ihn nur für Augenblicke gesehen.«

»Ja, das schon«, bekannte Maylor. Abermals schüttelte er den Kopf. Der Eindruck, den er im Kopf hatte, war anscheinend nachhaltigerer Natur. »Aber trotzdem, irgendwie . . .« Er strich sich nachdenklich durch das Haar. »Okay, vergessen wir es. Es war ganz einfach nur eine Verwechslung. Sandaras Anblick hat mir wohl zu sehr den Kopf verdreht.«

Das war eine Version, der Cedric vorbehaltlos zustimmen konnte.

»Schön, daß du das einsiehst.«

»Sag mal«, meinte Maylor, »kannst du mich nicht einmal, nur ein einziges Mal etwas sagen lassen, ohne unbedingt das letzte Wort zu behalten?«

»Klar. Warum?«

Maylor verdrehte die Augen und enthielt sich einer Antwort. Sie kehrten in ihr Quartier zurück. Als sie es betraten, erwartete sie ein Kara-Sek, dessen Miene zwar weiterhin eine ausdruckslose Fassade yoyodynischer Verschlossenheit war, aber seine Haltung und seine nervös zuckenden Wangenmuskeln besagten, daß irgend etwas vorgefallen sein mußte.

»Was ist los?« fragte Cedric, der vermutete, daß der Byranium-Brocken in dem Koffer während ihrer Abwesenheit verrückt gespielt hatte. »Was hast du?«

Kara-Sek klärte ihn darüber auf, daß vor ein paar Minuten der Türsummer ertönt war, und als er den Öffnungsmechanismus betätigt hatte, hatte sich draußen auf dem Korridor keine Menschenseele aufgehalten. Dafür hatte ein zusammengefaltetes Stück Papier auf dem Boden gelegen.

»Es war dieses hier«, sagte Kara-Sek und reichte es ihm.

Cedric nahm es in die Hand und las: *Unternehmt nichts, um Nabtaal und Sheryl zu befreien. Für sie wird gesorgt. Wartet weitere Anweisungen ab!* Es folgte ein kleiner Absatz, und darunter stand geschrieben: *»PS: Es gibt viele Rätsel, und nur für den, der darauf verzichtet, sie alle gleichzeitig lösen zu wollen, kommt der Tag, an dem sie sich von ganz allein lösen.«*

Cedric reichte den Zettel an Maylor weiter.

»Das klingt verdächtig nach dem Daily Lama«, sagte er dabei.

»Du hast recht«, stimmte Maylor zu, als auch er den kurzen Text überflogen hatte. »Aber das . . .« Er zögerte, als er sich den daraus ergebenden Schlußfolgerungen bewußt wurde. ». . . das würde bedeuten, daß der Daily Lama sich hier aufhält. Daß er unter den Gästen ist.«

»Ja«, ergänzte Cedric. »Und er weiß auch, daß wir hier sind. Vielleicht hat er sogar von Anfang an damit gerechnet, daß wir nach *Star City* kommen würden.«

»Warum hat er es dann auf *St. Petersburg Zwei* abgelehnt, uns mit hierher zu nehmen?«

»Ich wäre froh, ich wüßte eine Antwort darauf.«

Maylor schwieg einen Moment lang.

»Diese Nachricht könnte allerdings genausogut eine Falle sein«, gab er dann zu bedenken.

Cedric dachte kurz nach und zog alle Möglichkeiten in Erwägung, in die sie aus ihrer beschränkten Perspektive heraus Einblick hatten.

»Nein«, entschied er, »das hätte man weitaus einfacher haben können. Es hätte seit unserer Ankunft genügend Gelegenheiten gegeben, uns aus dem Verkehr zu ziehen. Nein, diese Nachricht hier kann nur vom Daily Lama stammen. Etwas anderes kann ich mir schlecht vorstellen.«

»Warum hat er dann nicht persönlich Kontakt mit uns aufgenommen? Das wäre doch viel einfacher gewesen.«

»Vielleicht ist ihm das zu gefährlich. Oder er will es nicht. Ich habe schon immer Schwierigkeiten gehabt nachzuvollziehen, was in seinem kahlen Kopf vor sich geht.«

Maylor nickte und brummte etwas, das wie ein Einvernehmen klang.

»Schön«, meinte er. »Was tun wir jetzt?«

»Das, was er uns gesagt hat. Wir warten weitere Anweisungen ab.«

»Und wenn keine kommen? Wenn er uns nur nicht im Wege haben will?«

Das war eine Befürchtung, die auch Cedric hegte.

»Schlafen wir erst einmal«, sagte er. »Die Nachtperiode hat gerade begonnen. Morgen wird ein anstrengender Tag.«

Synfile 4

In hochkarätiger Gesellschaft

Sheryl hätte nie geglaubt, noch einmal das Bewußtsein zurückzuerlangen und an die Gestaden des Lebens geschwemmt zu werden. Im ersten Moment glaubte sie noch an eine Art Trugbild, an eine gnädige Phantasie ihres sterbenden Geistes, doch der Schmerz und die Erschöpfung, die jede Faser ihres Körpers ausfüllten, belehrten sie eines Besseren. Denn diese Empfindungen waren äußerst *real*.

Sie öffnete die Augen, und allein das verlangte ihr alle Kraft ab. Irgendwo über sich sah sie so etwas wie eine Wand oder Decke aus rauhem, dunklem Gestein, viel mehr vermochte sie nicht zu erkennen; aber immerhin war das peinigende, grelle Licht verschwunden, das ihre Netzhäute während des Verhörs gequält hatte. Es herrschte angenehmes, mattes Halbdunkel. Eine Wohltat.

Stöhnend bewegte sie die Glieder. Es waren nicht mehr als ein paar Zentimeter, aber es reichte aus, um sie spüren zu lassen, daß sie nicht mehr gefesselt war. Und daß sie auf dem Rücken lag. Die Unterlage war hart und kühl; eine Kühle, die durch den Stoff ihres Overalls drang. Zu weiteren Empfindungen oder körperlichen Aktivitäten war sie nicht fähig. Sämtliche ihrer Muskeln waren steif und verkrampft, und sobald

Sheryl sie zu bewegen oder auch nur anzuspannen versuchte, antworteten sie mit nichts anderem als feurigem Brennen.

Ein Schatten schob sich in ihr Blickfeld, zu undeutlich, als daß sie ihn hätte identifizieren können. Dann drang eine Stimme in ihr Bewußtsein vor.

»Ganz ruhig«, sagte die Stimme in beruhigendem Tonfall. »Du bist in Sicherheit.« Eine Pause, dann schränkte sie ein: »Jedenfalls vorerst.«

Die Stimme kam Sheryl bekannt vor, aber sie vermochte sie keiner Person zuordnen. Ihr Gedächtnis war ein einziger zähflüssiger Klumpen Gelee, der träge hin und her schwappte. Trotzdem verband sie bestimmte Eindrücke und Empfindungen mit dieser Stimme. Eindrücke, die nicht angenehm waren. Eindrücke, die sie an eine schlaksige Gestalt denken ließen, die sich nicht gerade durch Scharfsinn auszeichnete und ihren Mund partout nicht halten konnte. Eine Gestalt, die...

Natürlich! dachte sie, als es ihr endlich eingefallen war. Wer anders könnte es sein?

Nabtaal, bist du das? wollte sie fragen, aber es wurde nur ein heiseres Krächzen daraus. Nabtaal schien sie trotzdem zu verstehen. »Ja, ich bin es«, sagte er. »Meine Güte, bin ich froh, daß du endlich wieder zu dir gekommen bist. Ich dachte schon, du würdest es nicht schaffen, in dem üblen Zustand, in dem sie dich hier abgeliefert haben.«

»Wo... wo...?«

»Nein, versuch jetzt nicht zu sprechen. Bleib ganz ruhig liegen. Es wird noch ein paar Stunden dauern, ehe du dich wieder richtig bewegen kannst. Hier, trinke erst mal etwas. Aber vorsichtig.«

Sheryl spürte, wie sich eine Hand hinter ihren Nacken schob und ihren Kopf leicht anhob. Allein wäre sie dazu nicht in der Lage gewesen. Irgend etwas berührte ihre Lippen, und dann spürte sie, wie kühle Flüssigkeit in ihre Kehle rann. Es war Wasser. Reines, klares Wasser – die köstlichste Flüssigkeit des Universums.

Sie trank gierig, verschluckte sich und mußte mit einem Hustenanfall kämpfen, der sie glauben ließ, ersticken zu müssen. Danach war sie vorsichtiger und trank in kleinen, knapp bemessenen Schlucken. Sie konnte spüren, wie mit jedem Tropfen mehr Lebenskraft in sie zurückkehrte. Als sie genug hatte, ließ Nabtaal ihren Kopf sanft auf den Boden zurücksinken.

»Da . . . danke«, hauchte sie. Eine Weile blieb sie einfach liegen und versuchte, die wenigen Kräfte zu sammeln, die sie geschöpft hatte. Zu mehr als ein paar Worten reichte es dennoch nicht. »Wo . . . sind wir?«

»Das ist die Zelle, in der ich wieder zu mir gekommen bin, nachdem uns unsere Verfolger auf *St. Petersburg Zwei* einkassiert hatten«, klärte er sie auf. »Vor ein paar Stunden hat man dich hierhergebracht. Da man mir während der Verhöre nichts über dich hat sagen wollen, hatte ich mir schon Sorgen gemacht. Sie müssen dir wirklich fürchterlich zugesetzt haben. Du warst mehr tot als lebendig.«

Im Gegensatz zu Sheryl machte Nabtaal einen überraschend munteren Eindruck, zumindest seiner Stimme und seinem Tonfall nach zu urteilen. Dabei hatte er ebenfalls Verhöre über sich ergehen lassen müssen. Aber wahrscheinlich lag das einfach länger zurück, und er hatte bereits Zeit und Gelegenheit gehabt, sich von den Strapazen zu erholen.

»Der Gefangenentrakt mit dieser Zelle liegt irgendwo in den Tiefen von *Star City*«, sprach Nabtaal weiter, und Sheryl war froh darüber. Früher, als sie sich auf Hadrians Mond kennengelernt hatten und zusammen mit den anderen von dort geflohen waren, hatte sie seine endlosen Litaneien stets als nervtötend und störend empfunden – jetzt war es geradezu eine Wohltat, ihm einfach nur zuhören zu können. »Dabei handelt es sich um eine künstliche Sternenstadt auf irgendeinem abgelegenen Asteroiden. Soweit ich mal gehört habe, befindet sich hier auch die Hauptresidenz der *Sandara Star Company*, eines der größten Handelskonzerne für Schmuck und Edelsteine aller Art.« Er machte eine kurze Pause. »Und hier müssen die Drahtzieher für den Überfall auf die Byranium-Minen sitzen.« Sheryl wollte sich erkundigen, warum er sich dessen so sicher war, aber er ahnte ihre Frage schon.

»Es muß ganz einfach so sein, sonst hätte man sich nicht die

Mühe gemacht, uns hierherzubringen und uns nach allen Regeln der Kunst auszuquetschen. Sie haben Angst vor uns, Sheryl, soviel steht fest. Sie fürchten, wir könnten ihr Vorhaben in letzter Sekunde vereiteln.« Seine Stimme nahm einen grimmigen Unterton an, den sie bei ihm noch nie gehört hatte. »Und genau das werden wir auch tun!«

Sie wunderte sich, woher er soviel wußte, über *Star City* und all die anderen Dinge, von denen sie noch niemals etwas gehört hatte, aber sie kam nicht mehr dazu, ihre Frage in Worte zu kleiden. Die bleiernde Müdigkeit in ihren Gliedern überwältigte sie wie ein alles einhüllender Nebel und zog sie in den Schlaf hinab.

Dieses Mal war es ein erholsamer und wohltuender Schlaf.

Als Sheryl wieder erwachte, fühlte sie sich schon bedeutend besser und kräftiger – so kräftig, daß sie es alleine schaffte, bis zur Zellenwand zu kriechen und sich mit dem Rücken dagegen zu lehnen, ohne Nabtaals Hilfe in Anspruch nehmen zu müssen. Der Freischärler hatte auf der gegenüberliegenden Seite der Zelle gehockt, den Kopf auf die Arme gestützt, mit geschlossenen Augen, so als würde er schlafen. Kaum hatte er jedoch bemerkt, daß sie sich bewegte, war er aufgesprungen.

»Danke, es geht schon«, flüsterte sie, schwach zwar, aber wenigstens hörte sich ihre Stimme nicht mehr so an, als würde man Sandpapier aneinanderreiben.

»Brauchst du etwas?«

Sie schüttelte den Kopf. Einstweilen war sie vollkommen zufrieden damit, gegen die Wand gelehnt dazusitzen, die Arme um die angezogenen Knie geschlungen, und sich daran zu gewöhnen, noch am Leben zu sein. Die Kälte, die sie das letzte Mal als angenehm empfunden hatte, ließ sie dieses Mal leicht frösteln, aber es störte sie nicht sonderlich, denn schließlich war auch dieses Gefühl ein Teil des Lebens, in das sie zurückgekehrt war. Ihre Muskeln waren mittlerweile nicht mehr so verkrampft. Trotzdem überschätzte Sheryl ihre Kräfte keineswegs. Zu versuchen, ohne fremde Hilfe aufzustehen, erschien ihr noch ein zu großes Wagnis. Dafür hatte sich wenigstens ihr Sehvermögen wieder vollständig normalisiert, und sie vermochte ihre Umgebung besser zu erkennen.

Die Zelle, in der sie saßen, war vielleicht fünf mal fünf Meter groß. Eine Inneneinrichtung gab es nicht; der Raum war leer und kahl, und die einzige Möglichkeit, sich zu setzen oder hinzulegen, war der nackte Boden. Die Wände waren dunkel und sahen aus, als wären sie mit grobem Werkzeug ins dunkle Asteroidengestein geschlagen worden. Doch für jemanden wie Sheryl, die das letzte halbe Jahr als Strafgefangener verbracht hatte, war erkennbar, daß die auf den ersten Blick so zufällig wirkenden Strukturen zu regelmäßig waren, als daß sie ohne die Anwendung moderner Technologie hätten zustande kommen können. Nein, hier waren automatische Präzisionsmaschinen am Werke gewesen, und die Vorsprünge, Kanten und Unebenmäßigkeiten waren zuvor computerberechnet worden. Es sollte lediglich der *Eindruck* einer prä-atomaren Kerkerzelle erweckt werden – ob nun zur Demoralisierung der Insassen oder zur Befriedigung irgendeiner architektonischen Leidenschaft, wußte Sheryl nicht.

Dem prä-atomaren Eindruck entsprach auch die scheinbar schmiedeeiserne Pforte mit ihren armdicken Gitterstäben, die den Zugang versperrten. Das leichte Flimmern zwischen den einzelnen Streben verriet einem geübten Beobachter jedoch, daß der Eingang zusätzlich mit einem hochwirksamen Strahlenvorhang abgeschirmt war, der jeden Kontakt zu einem höchst unerfreulichen Erlebnis machen dürfte. Noch immer herrschte angenehmes Halbdunkel. In der Zelle selbst gab es keine Lichtquelle; die spärliche Helligkeit wurde einzig von dem Lichtschein genährt, der von draußen durch die vergitterte Zellentür hereindrang.

Nabtaal ließ einige Zeit verstreichen, um Sheryl Gelegenheit zu geben, diese Eindrücke in sich aufzunehmen und zu verarbeiten, dann erkundigte er sich mit leiser Stimme:

»Wie geht es dir?«

Sie sah zu ihm auf, ein dankbares Lächeln auf ihren Lippen. Noch vor Tagen hätte sie sich nicht vorstellen können, Nabtaal ein solches Lächeln zu schenken, jetzt kostete es sie nicht einmal sonderliche Überwindung. Sie war froh, ihn in ihrer Nähe zu wissen.

»Gut«, antwortete sie, was natürlich eine ziemliche Übertreibung war.

Nabtaal erwiderte ihr Lächeln schüchtern, und in diesem Moment gab es zwischen ihnen eine stumme Gemeinsamkeit, eine Verbundenheit, die sie zuvor nie für möglich gehalten hätte. Vielleicht lag es lediglich daran, daß zwei Menschen, die verdammt in der Klemme steckten, zwangsläufig Sympathie füreinander empfanden.

»Wie lange war ich weg?« fragte Sheryl. »Seit meinem ersten Erwachen?«

Er hob die Schultern in der für ihn so typischen ungelenken, hilflosen Art.

»Schlecht zu sagen. Eine Uhr hat man uns leider nicht gelassen. Aber ich würde schätzen, so ungefähr einen halben Tag. Vielleicht auch etwas länger.« Er lächelte schüchtern. »Warte, ich habe etwas für dich. Es wird dir bestimmt guttun.«

Er wandte sich um und brachte ihr eine halbvolle Karaffe mit Wasser und einen Teller mit trockenem Algenbrot, die in einer Ecke ihrer Zelle standen.

Wasser und Brot, dachte sie, als sie es entgegennahm, an dieser Grundverpflegung für Gefangene würde sich wohl selbst in fünftausend Jahren nichts ändern.

»Mehr kann ich dir leider nicht bieten«, sagte er entschuldigend.

»Schon gut«, beruhigte sie ihn. »Glaubst du etwa, ich hätte plomboyanischen Sekt und rigelianische Trüffeln erwartet?«

Sie aß und trank, anfangs nur zögernd, dann mit wachsendem Appetit, und mochte das Brot auch noch so fade schmecken, das Wasser noch so schal, jeder Bissen und jeder Schluck versorgte sie mit neuen Kräften. Schließlich war sie sogar soweit, sich mit Nabtaals Hilfe auf die Beine zu stemmen und sich von ihm zur Zellentür bringen zu lassen.

»Vorsichtig«, warnte er sie. »Zwischen den Gitterstäben ist ein elektronischer Vorhang aufgespannt.«

»Keine Bange, Nabtaal! Ich bin vielleicht ein wenig angeschlagen, aber nicht blöd.«

Sie lehnte sich schweratmend neben der Pforte gegen die Wand und sah durch die Gitterstäbe nach draußen. Vor der Zelle lag ein runder, hell erleuchteter Kuppelsaal, um den herum sich in zwei Ebenen Dutzende von anderen vergitterten Zellentüren erstreckten. Der Saal selbst hatte im Gegensatz zu den Zellen nichts Altertümliches an sich, sondern war aus modernen Bauelementen errichtet. Oben an der Decke waren neben mehreren Lichtelementen auch Überwachungseinrichtungen zu erkennen, die jeden Winkel der Halle erfaßten.

Sheryl senkte ihren Blick wieder und ließ ihn über die Zellentür streifen. Das Licht, das kaum bis in die einzelnen Kerker vordrang, ließ meist nur erahnen, welche von ihnen besetzt war und welche nicht. Schräg über ihnen war eine verwahrloste, bärtige Gestalt zu sehen, die hinter den Gitterstäben stand und mit weit aufgerissenen, blicklosen Augen, in denen blanker Wahnsinn funkelte, in Sheryls Richtung starrte. Der Mann sah aus, als wäre er bereits Jahre eingekerkert und mit der Zeit vergessen worden. Ein Anblick, der nicht gerade Anlaß zur Hoffnung gab.

»Täusche ich mich«, fragte Sheryl leise, »oder kann es sein, daß der Kerl dort drüben die Uniform eines Fünf-Sterne-Generals trägt?«

»Gratuliere, du hast wirklich sehr gute Augen«, antwortete Nabtaal.

Sheryl sah stirnrunzelnd in seine Richtung. Es war nicht unbedingt das, was sie als Antwort erwartet hatte, aber als er entgegen seiner sonstigen Redseligkeit nichts hinzuzufügen hatte, wandte sie ihre Aufmerksamkeit wieder den vergitterten Eingängen zu und versuchte einen Blick auf andere Zelleninsassen zu erhaschen. Sie erblickte die eine oder andere verwahrloste und stumpfsinnig vor sich ins Leere stierende Gestalt, die sie eher an einen Geisteskranken denn an einen vernunftbegabten Menschen erinnerte. Die meisten von ihnen hatten sich wie ein eingesperrtes Tier in irgendeine stupide, endlos wiederholte Bewegung geflüchtet, wie etwa den Oberkörper beständig hin und her zu wiegen oder ohne Unterlaß von einer Zellenecke in die andere zu wandern. Alle machten sie den Eindruck von geistig Umnachteten.

Es warf ein bezeichnendes Licht auf das Schicksal, das Nabtaal und ihr bevorstand, doch viel mehr als diese unerfreulichen Aussichten beunruhigte Sheryl die Tatsache, daß etliche der Zelleninsassen hochrangige Uniformen trugen – beziehungsweise die Fetzen, die im Laufe der Zeit davon übriggeblieben waren.

»Ich verstehe das einfach nicht«, flüsterte Sheryl. »Siehst du diesen Idioten dort oben, der seinen Kopf ständig gegen die Zellenwand schlägt? Ich könnte schwören, daß er die Uniform und die Rangabzeichen eines Admirals der sarday'kinschen Raumflotte trägt.«

»Wieder gut beobachtet«, pflichtete Nabtaal ihr bei. »Den Abzeichen nach ist es die Uniform des Befehlshabers der Schnellen Raumverbände.« Er hob den Arm. »Und dort, drei Zellen weiter rechts, da findest du jemanden in der Gala-Uniform eines Militärattachés. Schräg darunter hast du einen Brigadegeneral. Aber damit noch nicht genug. Alles in allem befinden sich hier ein knappes Dutzend Generäle, vier oder fünf Flottenadmiräle, zwei Stabschefs, dazu noch ein paar Staatssekretäre, Botschafter, Attachés und andere Befehlshaber. Und das bezieht sich nur auf die Insassen der Zellen, in die man von hier aus Einblick hat.«

»Und alle diese Leute sind Sarday'kin«, fügte Sheryl hinzu.

»Richtig. Den Prominentesten findest du übrigens in der Zelle dort oben, obwohl du jetzt nicht mehr als ein zusammengekrümmtes Bündel Mensch erkennen kannst. Erinnerst du dich noch an die exzentrische Gala-Uniform, die Kaspadow bei jedem feierlichen Anlaß getragen hat?«

»Du meinst – *den* Kaspadow?«

Es war der Name des derzeitigen sarday'kinschen Ministers für Verteidigung, was womöglich ein leicht irreführender Titel war, wenn man berücksichtigte, daß alle bisherigen Amtsinhaber stets getreu der Devise gehandelt hatten, daß ein vollkommen überraschender und schlagkräftiger Angriff, insbesondere gegen die Phagon oder Yoyodyne, noch immer die beste Methode war, sich zur Wehr zu setzen – eine Taktik, die auf der Flottenakademie unter dem Begriff ›präventive Vorwärts-Verteidigung‹ geführt wurde.

»Genau den meine ich«, bestätigte er. »Und dieser Kerl dort in der Zelle trägt haargenau die gleiche unverwechselbare Gala-Uniform wie Kaspadow.« Ein kurzes Innehalten. »Vielleicht sogar dieselbe.«

Sheryl schüttelte ratlos den Kopf.

»Was sind das nur für Leute, Nabtaal?« fragte sie. »Wieso hält man sie hier gefangen? Und warum zum Teufel tragen sie Uniformen von hochrangigen Sarday'kin?«

Nabtaal antwortete nicht sofort, sondern wartete, bis sie in seine Richtung sah.

»Das ist *die eine* Möglichkeit«, sagte er dann.

»Was willst du damit sagen? Was soll es denn noch für eine andere ...« Sheryl zögerte, runzelte nachdenklich die Stirn und sah Nabtaal eindringlich an. »Du ... du meinst, daß die Leute hier ... daß sie ...«

»Genau das meine ich. Daß sie nicht nur die Uniformen dieser hohen Würdenträger anhaben, sondern daß sie es womöglich selbst sind.«

Sheryl schüttelte abermals den Kopf, diesmal jedoch nicht aus Ratlosigkeit, sondern weil sie sich damit nie und nimmer einverstanden erklären konnte.

»Das ist absolut unmöglich, Nabtaal! Niemand kann derart viele hochrangige Befehlshaber aus dem Verkehr ziehen, ohne daß es auffallen würde. Und im selben Augenblick wären sämtliche Streitkräfte der sarday'kinschen Fraktion hinter ihm her.« Sie wartete, ob Nabtaal etwas dagegen einzuwenden hatte, doch er schwieg. Eine Idee verirrte sich in ihr Bewußtsein. »Moment mal, Nabtaal. Wenn du Kaspadows Gala-Uniform so genau gesehen hast, mußt du doch auch erkannt haben, ob er es selbst ist oder nicht!«

»Das ist schlecht zu sagen. Er sieht ungefähr aus wie die meisten anderen hier. Wirres Haar, langer Bart. Von seinen Gesichtszügen konnte ich nicht viel erkennen. Der Haarfarbe nach könnte er es aber sein.«

»Wie lang war sein Bart?«

»Wie bitte?«

»Du hast mich schon ganz richtig verstanden. Ich meine, wie lang war sein Bart, und wie lange dauert es, ehe jemandem ein Bart dieser Länge wächst? Du bist ein Mann. Du mußt das doch wissen.«

Nabtaal schürzte die Lippen.

»Vielleicht ein Jahr, vielleicht etwas länger«, schätzte er. »Keine Ahnung. Ist das denn so wichtig?«

»Ja. Denn wenn der Kerl dort seit über einem Jahr hier eingesperrt ist, dann kann er gar nicht der Verteidigungsminister sein. Den habe ich nämlich noch ein paar Wochen vor meiner Aburteilung auf Hadrians Mond in einem TV-Programm gesehen. Er hat in irgendeiner Presseerklärung etwas darüber verlautbaren lassen, daß er den Yoyodyne demnächst mehr Dampf unter dem Hintern machen wolle oder etwas anderes in dieser Richtung. Aber das ist jetzt eher nebensächlich. Wichtig daran ist nur, daß Kaspadow vor nicht mehr als einem halben Jahr noch in der Öffentlichkeit zu sehen war. Und zwar ohne Bart! Und das bedeutet, daß er auf keinen Fall derselbe sein kann, der da in der Zelle sitzt.«

Das schien ein Punkt zu sein, den Nabtaal bislang noch nicht bedacht hatte. Er hob die Schultern.

»Vielleicht«, erwiderte er. »Aber das erklärt immer noch nicht, wie diese Leute an die Uniformen kommen.«

»Nein, das tut es nicht«, sagte Sheryl nachdenklich und streckte ihm ihre Hand entgegen. Zu sprechen strengte sie sehr an. »Komm, hilf mir bitte zurück.«

Nabtaal brachte sie an ihren Platz zurück. Die Verkrampfungen in Sheryls Muskulatur hatten sich zwar weitgehend gelöst, dafür fühlten sich ihre Knie weich und kraftlos wie Pudding an. So angenehm seine Hilfe war, etwas daran machte sie plötzlich stutzig, und sie benötigte eine Sekunde, um daraufzukommen, was es war.

»Sag mal«, meinte sie in Nabtaals Richtung. »Wie kommt es eigentlich, daß du so gut auf den Beinen bist? Wenn ich mich recht erinnere, dann hast du dir doch bei unserer Flucht auf *St.*

Petersburg Zwei ein Bein gebrochen und konntest keinen weiteren Schritt laufen.« Sie erinnerte sich noch deutlich daran. Bei der Flucht hatte er sich zusammen mit ihr durch die gläserne Fensterfront ihres Hotelzimmers geworfen und war hart auf der Straße aufgeprallt. So hart, daß er sich den rechten Unterschenkelknochen gebrochen hatte. Diese Verletzung war der Grund gewesen, warum Sheryl allein weitergeflohen war, während er versucht hatte, ihr den Rücken zu decken. Beides war geradezu kläglich gescheitert. Obwohl sie nicht genau einzuschätzen vermochte, wie lange nach ihrer Gefangennahme sie betäubt gewesen war, ihrem Gefühl nach konnten nicht mehr als ein paar Tage vergangen sein. Und in dieser Zeit hätte Nabtaals Beinbruch niemals auf natürliche Art hätte heilen können. »Und jetzt hinkst du nicht einmal mehr.«

»Das habe ich diesem Ding hier zu verdanken.« Er drehte sich in ihre Richtung und zog das rechte Hosenbein etwas hoch, damit sie durch die Löcher und Risse in dem grauen Overall die glatte Oberfläche des Medo-Pak erkennen konnte, das seinen Unterschenkel bedeckte. Solche Erste-Hilfe-Sets gehörten zur Grundausrüstung jeder Medo-Station. Sheryl wußte, daß sie in der Lage waren, einfache Frakturen so zu stabilisieren, daß unverzüglich wieder eine eingeschränkte Bewegungsfähigkeit gegeben war. Und eine vollkommene Heilung dauerte nicht länger als zwei, drei Tage. Doch Sheryl war mit dieser Antwort nicht zufrieden. »Erklär mir bitte«, sagte sie forsch, »warum man dir ein Medo-Pak überlassen hat, während man mir während des Verhörs am liebsten eigenhändig beide Beine gebrochen hätte?«

Nabtaal hob in der für ihn so typischen, hilflosen Art die Schultern.

»Das kann ich dir nicht so einfach sagen, Sheryl. Vielleicht habe ich sie ganz einfach davon überzeugen können, daß es für eine ... gewisse gegenseitige Kooperation das beste ist, wenn sie ein paar Zugeständnisse machen.«

»Zugeständnisse?« fragte sie argwöhnisch. »Was für Zugeständnisse?«

»Zum Beispiel dieses Medo-Pak. Oder die Tatsache, daß wir

in unserer Zelle überhaupt regelmäßig Wasser und Algenbrot bekommen.«

Sheryl konnte kaum glauben, was sie hörte. Sie selbst hätte Sartorius Wosch nie und nimmer das kleinste Zugeständnis abringen können. In keiner Phase des Verhörs.

»Und was hast *du* ihnen dafür geboten?«

»Ich habe ihnen vorbehaltslos alles erzählt, was sie wissen wollten«, antwortete er, als wundere er sich, daß sie überhaupt danach fragte. »Und ich habe ihnen klargemacht, daß sie es sich mit jeder Quälerei, die sie mir zufügen, höchstens selbst schwerer machen.«

»Du hast – *was*?« wiederholte sie ungläubig.

»Ich habe ihnen klar gemacht, daß sie sich mit jeder Quälerei...«

»Nein! Das meine ich nicht. Ich meine, was du vorher gesagt hast!«

»Daß ich ihnen alles erzählt habe?«

»Mein Gott, ja!« rief Sheryl ärgerlich. »Wie hast du das nur tun können?«

Wieder dieses Schulterzucken. »Ich habe gewußt, daß ich ihren Foltermethoden nicht standhalten könnte«, bekannte Nabtaal kleinlaut. »Weißt du, Sheryl, ich bin einfach nicht der Typ, der glaubt, er wäre zum Helden geboren. Also habe ich alles ausgeplaudert und ihnen nach Möglichkeit die eine oder andere Gegenleistung abverlangt.« Und in empörtem Tonfall fügte er hinzu: »Manchmal haben sie mir sogar das Wort abgeschnitten und wollten gar nicht alles hören, was ich ihnen zu sagen hatte.«

Sheryl funkelte Nabtaal böse an und wußte nicht, ob sie nur zornig oder überschäumend vor Wut sein sollte. Mit einem Male kam es ihr so vor, als wäre ganz allein er an all den Qualen des Verhörs schuld. Eine Schuldzuweisung, die so sicherlich überzogen war, das wußte sie, aber etwas anderes hatte Nabtaal ihr ganz sicherlich angetan: Er hatte ihren verzweifelten Bemühungen, Wosch zu widerstehen, im nachhinein jeden Sinn genommen. Und das schmerzte beinahe ebenso stark wie alles, was sie zu ertragen gehabt hatte. Und am schlimmsten war, daß dieser Idiot es nicht einmal merkte. Sie verspürte den Wunsch, sich auf ihn zu stürzen und ihm mit ein paar Ohrpfeifen verstehen zu geben, wie sehr sie sich verletzt fühlte. Und wenn sie nicht so geschwächt gewesen wäre, hätte sie es mit Sicherheit auch getan. Wozu hatte sie überhaupt versucht, jede noch so winzige Einzelheit geheimzuhalten, wenn dieser Idiot alles ohne ein Wimpernzucken ausgeplaudert hatte?

Ja, wozu eigentlich? fragte sie sich niedergeschlagen. Hätte sie sich das nicht ersparen können? Was hatte ihr Widerstand ihr denn eingebracht? Letztlich hatte sie ja doch alles verraten, was Wosch hatte wissen wollen.

Nein, korrigierte sie sich. Nicht alles. Den Koffer mit dem Byranium-Brocken, den Cedric seit der Flucht von Hadrians Mond mit sich schleppte, hatte sie nicht erwähnt. Und ein paar weitere Kleinigkeiten ebenfalls nicht.

»Weißt du, Sheryl, ich . . .«

»Nein, Nabtaal, nicht.« Sie hob müde den Arm. »Sag jetzt einfach nichts. Es ist besser so.«

»Gut, ganz wie du willst«, sagte Nabtaal. »Dann halte ich eben den Mund.«

Entgegen Sheryls Befürchtungen, er würde ihr nun endlos versichern, kein einziges Wort mehr zu sagen, schwieg er tatsächlich, und mit jeder Minute, die verrann, spürte sie, wie ihr Zorn auf ihn immer mehr verrauchte. Wenn sie sich von Nabtaal verletzt und hintergangen fühlte, dann war es weniger sein Fehler als vielmehr ihr eigener. Sie hätte von Anfang an damit rechnen müssen, daß er einem scharfen Verhör nicht standhielt und so reagierte, wie er es getan hatte. Nabtaal war ein Freischärler, und für Angehörige dieser galaktischen Fraktion waren Eigenschaften wie Standhaftigkeit oder Disziplin seit jeher kaum mehr als Begriffe aus einer Fremdsprachen-Datenbank gewesen.

Dieser Gedanke stimmte sie wieder etwas versöhnlicher, dafür nistete sich jedoch eine andere Frage in ihrem Kopf ein: Wieso wußte ein Freischärler wie Nabtaal eigentlich so erstaunlich gut über sarday'kinsche Uniformen und Rangabzeichen Bescheid?

Bevor sie die Frage ansprechen konnte, war draußen in der kuppelförmigen Halle das Geräusch von Schritten zu hören.

Schritte, die sich ihrer Zelle näherten!

Sheryl wechselte einen erschrockenen Blick mit Nabtaal und spürte Panik in sich aufsteigen. Die Angst, daß man sie zu einem erneuten Verhör abholte, brandete wie eine riesige eiskalte Woge über sie hinweg. Zugleich verlieh sie ihr die Energie, aus eigener Kraft auf die Beine zu kommen. Dann war Nabtaal auch schon bei ihr, griff ihr unter die Arme und half ihr bis zur Zellentür.

Die Schritte stammten von zwei breitschultrigen, weißgekleideten Uniformierten, die Sheryl sofort als die Muskelprotze wiedererkannte, von denen sie schon das erste Mal aus ihrer Zelle geholt und zum Verhör geprügelt worden war. Diesmal jedoch kamen sie nicht, um jemanden zu holen, wie Sheryl erleichtert feststellte, sondern sie brachten jemanden; jemanden, der offenbar nicht mehr selbst zu gehen in der Lage war, denn sie schleiften ihn auf dem Boden hinter sich her. Dabei plauderten und scherzten sie miteinander wie zwei Lagerarbeiter, die leblose Containerkisten hin und her bewegten.

Ein hagerer, grauhaariger Mann mußte sich diese liebevolle Behandlung gefallen lassen. Gekleidet war er in eine dunkle, gepflegte Uniform – die Gala-Uniform eines Flottenadmirals, wie Sheryl erkannte, als die Wachen ihn an ihrer Zelle vorbeischleppten. Ganz kurz hob der Mann dabei seinen Kopf, und sie konnte sein Angesicht mit den schütteren, unordentlich herabhängenden Haarsträhnen, den aufgerissenen, glasigen Augen und dem sabbernden Mund sehen.

»Was ist?« fragte Nabtaal. »Was hast du?«

Sie schien ihn gar nicht zu hören, sondern starrte wie betäubt den beiden Wächtern hinterher, die den Mann auf eine unbesetzte Zelle zu schleiften.

»Sheryl! Kennst du diesen Mann?«

Endlich reagierte sie.

»Darauf kannst du Gift nehmen!« flüsterte sie. »Ich kenne ihn sogar sehr gut. Viel zu gut.«

Als sie nicht weiterredete, schüttelte er sie leicht, wie um sie zur Besinnung zu bringen.

»Sheryl! Sag mir bitte, wer das ist.«

»McCluskey.« Sie holte tief Atem. »Es ist McCluskey. Genauer gesagt: *Flottenadmiral* McCluskey. Er ist der Oberbefehlshaber der 27. Taktischen Raumflotte.«

»Bist du dir ganz sicher?«

»O ja. Ihm habe ich schließlich meinen kleinen Erholungsurlaub auf Hadrians Mond zu verdanken. Ein Erholungsurlaub, der lebenslang gebucht war. Und das nur, weil ich mich nicht an seinen Plan gehalten habe, mich und meine Mannschaft vollkommen sinnlos zu opfern.« Ein freudloses Lächeln lag auf ihren Lippen. »Wie, glaubst du, könnte ich sein Gesicht da jemals vergessen?«

Sie sahen zu, wie die beiden Muskelprotze die Zelle erreichten. Einer von ihnen öffnete die vergitterte Tür, während der andere den hageren Admiral geradezu spielerisch in die Höhe zog und ihn mit einem kräftigen Fußtritt in die Zelle beförderte. McCluskey prallte hart gegen die Zellenwand und stürzte zu Boden. Den Wachen entlockte es nicht mehr als ein kurzes Lachen. Sie schlugen die Tür zu und verließen die kuppelförmige Halle, ohne ihnen oder den anderen Zelleninsassen einen einzigen Blick gegönnt zu haben.

»McCluskey macht nicht gerade den Eindruck«, sagte Nabtaal, »als würde er viel von dem mitbekommen haben, was hier vor sich geht.«

»Vielleicht die Nachwirkungen eines Verhörs«, mutmaßte Sheryl, um im selben Moment zu wissen, wie töricht dieser Gedanke war. Wer könnte es schon wagen, einen honorigen sarday'kinschen Flottenadmiral wie McCluskey einem Verhör zu unterziehen? Andererseits – die Vorstellung, daß jemand denselben Admiral in solch einen Gefängnistrakt steckte, wäre für sie bis vor wenigen Augenblicken auch undenkbar gewesen.

»Nein, das ist es nicht«, meinte Nabtaal. »Er wirkt eher wie all die anderen, die man hier eingesperrt hat. Nur mit dem Unterschied, daß er noch nicht so lange hier ist. Und noch nicht so heruntergekommen.«

Instinktiv spürte Sheryl, daß Nabtaal damit der Wahrheit ganz nahegekommen war. Obwohl sie es noch immer nicht akzeptieren konnte. Denn wenn Admiral McCluskey echt war, müßte das dann nicht zwangsläufig bedeuten, daß auch all die anderen Gefangenen hier ›echt‹ waren? Doch wie paßte Kaspadow dann in dieses Bild? Wenn tatsächlich der echte Verteidigungsminister hier inhaftiert war, wer war dann derjenige gewesen, den sie vor einem halben Jahr in der TV-Übertragung gesehen hatte?

Je länger Sheryl darüber nachdachte, desto verwirrter fühlte sie sich.

Sie rief McCluskeys Namen, ohne irgendeine Reaktion darauf zu erhalten. Der Admiral kroch auf dem Boden seiner Zelle herum und schien sich nicht im geringsten angesprochen zu fühlen. Dabei hätte er sie hören müssen. Die elektronischen Felder zwischen den Gitterstäben blockierten den Schall in keinster Weise.

»Es hat keinen Sinn«, sagte Nabtaal. »Du wirst keine Antwort bekommen. Höchstens ein nichtssagendes Lallen.«

Sheryl gab ihre nutzlosen Versuche auf und ließ sich zu ihrem Platz zurückführen. Nabtaal setzte sich auf die gegenüberliegende Seite der Zelle.

»Hast du eine Ahnung, was man mit diesen Leuten angestellt hat?« fragte sie.

»Es sieht so aus, als hätte man sie einer Gedächtnislöschung unterzogen«, vermutete er.

»Aber wozu?«

»Vielleicht hat man es auf ihr Wissen und ihre Erinnerungen abgesehen. Es mag sein, daß man einen Weg gefunden hat, diese Dinge irgendwie auszuwerten und für eigene Ziele zu verwenden. Stell dir vor, was du mit dem Wissen eines Verteidigungsministers alles anfangen könntest.« Es klang nicht besonders stichhaltig, aber letztendlich war diese Vermutung so gut oder schlecht wie jede andere auch.

»Warum macht man sich dann aber die Mühe, solch ausgebrannte, hirnlose Idioten noch jahrelang hier unten einzusperren, wenn sie doch sowieso zu nichts mehr nütze sind? Warum erschießt man sie nicht gleich? Und für sie selbst dürfte das auch das beste sein.«

»Du hast es fast schon selbst beantwortet. Für irgend etwas müssen sie ihren Entführern doch noch nütze sein. Selbst in diesem Zustand.«

»Aber wozu, Nabtaal?« rief sie. »Wozu? Und was mir nach wie vor nicht in den Kopf will: Wie kann jemand so viele Persönlichkeiten aus dem Verkehr ziehen, ohne daß es auffällt?«

»Frag mich bitte nicht, Sheryl«, sagte er leise. »Ich weiß keine Antwort darauf.« Er lächelte schüchtern. »Wir wissen lediglich, daß wir uns in hochkarätiger Gesellschaft befinden.«

Als ob ihnen das in irgendeiner Weise half! dachte Sheryl wütend.

Nabtaal merkte, daß sein Scherz nicht besonders gut angekommen war, und das Lächeln verschwand von seinem Gesicht. Er legte seine Unterarme auf die angezogenen Knie und barg seinen Kopf darin, als wolle er schlafen. Sheryl war eine Zeitlang vollauf damit beschäftigt, ihre Eindrücke und widerstreitenden Gedanken zu ordnen, ohne daß es ihr gelang, sonderlich viel System in sie hineinzubringen. Irgendwann fiel ihr auf, wie schweigsam Nabtaal war. Normalerweise hätte er auf eine solche Situation mit vielen wilden Spekulationen reagiert, jetzt allerdings war er in sich gekehrt und verschlossen.

»Was ist los mit dir, Nabtaal?« fragte sie. »So kenne ich dich ja gar nicht. Auf Hadrians Mond warst du nicht so ernst und nachdenklich.«

»Meinst du?« sagte er, ohne den Kopf zu heben. »Vielleicht habt ihr ganz einfach nur nicht genug auf mich geachtet.«

»Ja, das mag sein«, gab Sheryl zu. In der Tat war sie Nabtaal während ihrer Gefangenschaft nach Möglichkeit aus dem Weg gegangen.

»Versuche, noch etwas zu schlafen«, riet er ihr. »Du mußt dich so rasch wie möglich erholen.«

»Wozu die Eile?« fragte sie ironisch. »Wenn ich mir unsere Umgebung genauer anschaue, werde ich dazu in den nächsten Jahren wohl noch genügend Zeit haben.«

»Glaub mir, Sheryl, es ist wichtig, daß du schnell wieder zu Kräften kommst. In deinem jetzigen Zustand würdest du es allein kaum weiter als ein paar Meter weit schaffen. Ich werde mich nicht ständig um dich kümmern können.«

Einen Augenblick lang war es so still, daß man eine Feder hätte fallen hören können. Wovon zum Teufel redete Nabtaal da?

»Wenn *was* soweit ist?«

Er runzelte die Stirn, als frage er sich, ob er das nicht längst erwähnt hatte.

»Wenn wir hier ausbrechen«, antwortete er schlicht.

»Von hier ausbrechen?« So wie Sheryl es aussprach, klang es, als rede sie von einem besonders ekelhaften Insekt. Sie starrte Nabtaal ungläubig an. »Wie willst du das denn anstellen?« Sie verkniff sich hinzuzufügen: Bist du jetzt völlig übergeschnappt?

Er lächelte sein hilfloses Lächeln.

»Das weiß ich nicht. Jedenfalls noch nicht.« Bevor sie etwas erwidern konnte, fügte er schnell hinzu: »Aber ich weiß, daß es nicht mehr lange dauern wird. Bald wird es soweit sein. Und dann mußt du wieder bei Kräften sein.«

»Klar«, erwiderte sie und erinnerte sich an den Rat, daß man Geisteskranken nach Möglichkeit nicht widersprechen sollte. Sie fragte sich, ob das vielleicht seine Art und Weise war, mit der Last der Gefangenschaft fertig zu werden. Eine verrückte Methode, aber war nicht so ziemlich alles verrückt, was Freischärler taten? »Mach dir keine Sorgen. Wenn's losgeht, bin ich wieder hundertprozentig fit. Verlaß dich drauf.«

Er sah sie zweifelnd an, als frage er sich, ob sie es ernst gemeint hatte, sagte aber nichts.

»Sag mal, Nabtaal«, fragte sie gedehnt. »Kann es sein, daß du mir irgend etwas vorenthältst?«

Er zuckte zusammen. Es schien, als dächte er kurz über das nach, was er gesagt hatte, dann flüchtete er sich in ein unsicheres Lächeln und eine hilflose Handbewegung.

»Nein, Sheryl, das tue ich nicht«, versicherte er treuherzig. »Was sollte ich dir denn verschweigen?«

Er klang nicht besonders überzeugend, aber andererseits – was könnte er ihr schon verschweigen? Wie wäre es denn zum

Beispiel damit, dachte sie, daß er einen Handel mit den Entführern geschlossen hatte, längst mit ihnen zusammenarbeitete und sie nur in eine Zelle mit ihm gesteckt worden war, damit er sie aushorchte? Unsinn! Sheryl ärgerte sich über sich selbst. Das war völlig absurd. Wenn es jemanden gab, der dafür ganz bestimmt nicht geeignet war, dann war es Nabtaal. Und außerdem hatte er ihr bei weitem mehr Informationen gegeben als umgekehrt. Was sie beizusteuern hatte, waren in erster Linie Fragen gewesen.

»Versuch zu schlafen«, wiederholte er seinen Rat, als sie nicht antwortete, und er ließ seinen Kopf wieder auf seine Arme herabsinken.

Sheryl betrachtete Nabtaal kopfschüttelnd. Ob er allen Ernstes glaubte, daß sie je eine Chance bekommen würden, aus eigener Kraft von hier zu fliehen? Sie hätten ja nicht einmal gewußt, wohin sie sich in diesem Bauwerk wenden sollten. Und selbst wenn sie es schaffen würden, aus der Zelle auszubrechen, so hätten sie dieses Gefängnis nur gegen ein anderes, größeres eingetauscht. Denn selbst nach einer Flucht saßen sie immer noch auf diesem Asteroiden fest. Um ihn zu verlassen, bräuchten sie schon ein überlichtschnelles Raumschiff und eine Besatzung. Nein, ihre Aussichten, daß so ein Vorhaben gelingen könnte, waren gleich Null. Wenn niemand von außen kam, um ihnen zu helfen, würden sie genauso enden wie all die lallenden Idioten in den anderen Zellen: als abgestumpfte, geistig leere Hüllen, die gerade intelligent genug waren, sich nicht aus Versehen selbst umzubringen.

Doch wer sollte ihnen bei einer Flucht helfen?

Cedric, lautete die erste Antwort, die ihr in den Sinn kam, aber diese Hoffnung war reine Illusion. Es wäre ein Wunder, wenn Cedric überhaupt wußte, wo er nach ihnen zu suchen hatte, und wenn es ihm gelang, tatsächlich hierherzukommen.

Sheryl nahm noch etwas von dem Wasser und von dem Algenbrot zu sich. Nabtaal rührte sich die ganze Zeit über nicht. Sie wollte ihn nicht stören und streckte sich auf dem nackten Fußboden aus, die Arme hinter dem Kopf verschränkt.

Kaum waren ihre Atemzüge regelmäßig geworden, hob Nabtaal den Kopf. Von Schläfrigkeit keine Spur, im Gegenteil, seine Miene wirkte hellwach, ernst und äußerst konzentriert. Sein Blick traf Sheryl und blieb auf ihr liegen, bis er sicher sein konnte, daß sie tatsächlich schlief.

Ein schmales, fast verschlagen anmutendes Lächeln zeigte sich auf seinen Lippen. Er hob die Arme und legte wie bei einer Massage Zeige- und Mittelfinger beider Hände an die Schläfen. Seine schmale Brust hob und senkte sich ein paar Male, als wolle er vor einem großen Kraftakt ein letztes Mal Luft tanken, noch eine kurze Bewegung, wie um die Muskeln zu lockern, dann verharrte er und schloß die Augen.

Eine Weile saß er vollkommen entspannt da, wie ein Meditierender, dann verzerrte sich seine Miene. Auch sein Atem beschleunigte sich, wurde gepreßter, keuchender. Ein Röcheln, das aus den düsteren Tiefen der Hölle zu stammen schien, fand durch seinen halbgeöffneten Mund den Weg in die Freiheit, und seine Finger preßten sich so stark gegen seine Schläfen, als wollten sie die Schädelwände eindrücken und durch sie hindurch direkt in sein Gehirn vordringen. Längst hatte sein Gesicht sich in eine vor Anstrengung verzerrte Grimasse verwandelt.

»Bruder«, preßte er nahezu tonlos über seine Lippen. »Bruder! Hörst du mich?«

Ein paarmal wiederholte er diese Sätze, wie ein beschwörendes Ritual, und dann ging ein Ruck durch seinen Körper. Seine Augenlider öffneten sich und entblößten zwei weiße Pupillen, die vollkommen blicklos und leer waren. Er hob seinen Kopf, wie um in ferne Weiten zu blicken, und es war, als flögen gespenstische Schatten über sein Gesicht.

»Ich . . . höre . . .«, formten Nabtaals Lippen. »Ich höre, Bruder . . . Meiler Zweihundertsiebzehn . . . Raum Siebenundvierzig-Elf . . . Neun, sieben, sechs, vier . . .«

Synfile 5

Der große Unbekannte

Maylors Befürchtung, sie würden vergeblich auf weitere Nachrichten warten, schien sich fast zu bewahrheiten. Es dauerte bis zum frühen Nachmittag, ehe der Unbekannte sich meldete.

Es ging auf dieselbe Weise vor sich, wie Kara-Sek es ihnen geschildert hatte. Der Türsummer ertönte und ließ sie erschrocken innehalten. Cedric näherte sich der Tür mit einem flauen Gefühl. Es war nicht ausgeschlossen, daß es sich bei dem Besuch um eine Handvoll Wachen handelte. Vielleicht hatte McCluskey gestern doch eine unbedachte Bemerkung fallenlassen, und der *DSD*-Chef war erst heute dazu gekommen, ihr nachzugehen und ihre Identität überprüfen zu lassen. In diesem Fall würden draußen vermutlich gar keine Wachleute der Sternenstadt warten, sondern Männer des sarday'kinschen Sicherheitsdienstes. Unwillkürlich überlegte Cedric, welches von beiden wohl die unerfreulichere Alternative wäre.

Seine Frage durch die Sprechanlage, wer da wäre, blieb unbeantwortet, und als er die Tür auffahren ließ, offenbarte sich der Grund dafür. Draußen befand sich niemand mehr. Einzig ein kleiner zusammengefalteter Zettel lag vor seinen Füßen auf dem Boden.

Cedric Cyper hob ihn auf und blickte dabei den Korridor

entlang. Der einzige, der zu sehen war, war ein sarday'kinscher General, der in gemächlichem Schritt auf sein Quartier zukam. Von ihm stammte der Zettel mit Sicherheit nicht. Doch abgesehen von dem General war der Gang leer. Wer immer den Zettel abgelegt hatte, hatte sich schnell aus dem Staub gemacht. Seit dem Läuten war nicht sehr viel Zeit vergangen.

»Verzeihen Sie«, sprach Cedric den General an, als er auf gleicher Höhe war. »Haben Sie eben jemanden gesehen? Hier vor unserer Tür?«

Der Mann blieb stehen.

»Ja«, sagte er nach kurzer Überlegung. »Ich glaube, da war jemand. Wenn ich mich recht erinnere, ein Bediensteter.«

»Haben Sie ihn gesehen? Könnten Sie ihn beschreiben?«

Der General hob die Schultern.

»Bedaure«, sagte er. »Ich habe nicht darauf geachtet. Viel mehr als seine weiße Uniform habe ich nicht gesehen. Und er war schlank, glaube ich. Ja, ziemlich schlank sogar. Fast dürre.« Er sah Cedric erstaunt an. »Wieso interessiert Sie das?«

»Ach, das . . . das ist nicht weiter wichtig«, antwortete Cedric und hielt den Zettel so, daß ihn sein Gegenüber nicht sehen konnte. »Hier hat sich jemand nur so einen kleinen Scherz erlaubt.«

»Hat man Ihnen etwa ein falsches Frühstück geliefert?« fragte der General. »Mir ist im letzten Jahr etwas ganz Ähnliches passiert. Ich empfehle Ihnen, sich unverzüglich darüber zu beschweren, dann wird man den Übeltäter sicherlich schnell entlarven und bestrafen. Glauben Sie mir, das ist die einzige Methode, eine gesunde Disziplin aufrechtzuerhalten. Am besten, Sie nehmen Kontakt mit der Personalleitung auf.«

»O ja, das . . . das werde ich sicherlich tun«, heuchelte Cedric und zwang sich ein Lächeln ab. »Sie haben vollkommen recht. Man darf solche Nachlässigkeiten erst gar nicht einreißen lassen. Vielen Dank und . . . einen schönen Tag noch.«

»Bitte, gern geschehen«, antwortete der General gutgelaunt, tippte sich an seine Mütze und ging weiter.

Cedric sah gequält zur Korridordecke. Ein falsches Frühstück! dachte er und stöhnte auf. Was für Probleme diese Leute doch hatten!

Er trat in die Suite zurück und entfaltete den Zettel, kaum daß sich die Eingangstür geschlossen hatte. Maylor war längst neben ihm, um ihm über die Schulter zu sehen.

Begebt euch sobald wie möglich zu Raum 85555, Level 1982, Trakt LC 0149, stand darauf, in derselben, leicht geschwungenen Handschrift wie beim ersten Mal. *Dort erthaltet ihr weitere Informationen.*

Das war alles. Cedric drehte und wendete den Zettel vergeblich. Auch ein Zusatz mit einer Art Weisheit, wie sie vom Daily Lama hätte stammen können, fehlte. Dabei hatte er unbewußt fest damit gerechnet, daß sich auch dieses Mal etwas Ähnliches darauf befinden würde – quasi als chiffrierte Absenderangabe, die nur von Eingeweihten erkannt werden konnte. Er bedauerte, daß der Daily Lama, als er noch als Ausbilder auf der Flottenakademie tätig gewesen war, im Unterricht niemals mit handschriftlichen Unterlagen gearbeitet hatte, sonst wäre es vielleicht möglich gewesen, die Schrift wiederzuerkennen.

»Das ist ziemlich dünn«, brachte Maylor es auf den Punkt. »Äußerst dünn sogar.«

»Vielleicht brauchen wir nicht mehr.« Cedric ging mit dem Zettel zum Auskunftsterminal und tippte die darauf enthaltenen Koordinaten ein. Er musterte die Bildschirmdarstellung. »Trakt LC 0149«, murmelte er. »Sieh dir das an! Dieser Teil der Sternenstadt ist gar nicht weit von hier entfernt. Er grenzt direkt an die Besucherzone an.«

»Schön«, meinte Maylor säuerlich, der herangetreten war und die schematische Darstellung mit einem flüchtigen Blick bedachte. »Und die schlechte Nachricht?«

Cedric wandte sich seinem ehemaligen Freund zu und musterte ihn halb erstaunt, halb amüsiert.

»Wie kommst du darauf, daß es eine schlechte Nachricht gibt?«

Maylor seufzte.

»Weil es bislang immer, wenn ich mit dir zusammengearbeitet habe, schlechte Nachrichten gegeben hat. Und jetzt ist genau einer der typischen Augenblicke dafür. Also, rück schon raus mit der Sprache. Was ist es diesmal?«

»Der Raum selbst und die angegebene Etage befinden sich in den Bereichen der Sternenstadt, die den Gästen nicht zugänglich sind«, sagte Cedric. »Insofern findet sich in der Auskunftsdatei weder etwas über die genaue Position von beidem noch sonst irgendwelche Angaben.«

Maylor knurrte einen plomboyanischen Fluch, der soviel wie ›hunderttausend heulende Höllenhunde‹ bedeutete.

»Das gefällt mir nicht«, sagte er. »Das riecht nach einer Falle.«

»Nein«, hielt Cedric an der Meinung fest, die er bereits gestern vertreten hatte. »Wenn man das gewollt hätte, hätte man es längst viel einfacher haben können.«

»Trotzdem gefällt es mir nicht«, beharrte Maylor. »Ich bin nicht gerne ein Spielball in der Hand irgendeines Unbekannten. Vor allen Dingen dann nicht, wenn ich das Spiel nicht überblicken kann.«

»Warum bist du dann in die Raumflotte gegangen?« fragte Cedric ironisch.

»Weil ich dort wenigstens die Regeln gekannt habe.«

»Stimmt«, bemerkte Cedric spöttisch. »Vorschriften und Regeln waren schon immer deine Leidenschaft gewesen.« Er hob die Arme, um anzuzeigen, daß er jetzt keine Lust hatte, weiter darüber zu philosophieren. »Zugegeben, mir gefällt das alles ebenfalls nicht sonderlich. Aber etwas zu tun, was einem nicht gefällt, ist schließlich immer noch besser, als einfach nur dazusitzen und zuzusehen, wie einem die Zeit in den Händen verrinnt.«

»Sehr richtig«, stimmte Kara-Sek ihm huldvoll zu.

Maylors und Cedrics Köpfe wandten sich nahezu zeitgleich in seine Richtung. Es war stets eine kleine Überraschung, wenn er von sich aus in eine Unterhaltung eingriff. Cedric überlegte, ob er eben versehentlich etwas gesagt hatte, was mit dem yoyodynischen Ehrenkodex übereinstimmte. Und ob es dann wirklich so klug gewesen war.

»Mag sein, daß ihr euch diesbezüglich einig seid«, sagte Maylor, und sein Blick pendelte zwischen Cedric und Kara-Sek hin und her, »für mich klingt das allerdings nicht gerade nach einer umwerfenden Weisheit.«

»Du kannst ja hierbleiben und warten«, stellte Cedric ihm anheim.

»Das hättest du wohl gerne, wie?« fragte Maylor, und sein breites Grinsen machte deutlich, daß er keine Sekunde lang mit dem Gedanken gespielt hatte, der Anweisung auf dem Zettel nicht zu folgen. »Nein, irgend jemand muß dich schließlich begleiten und auf dich aufpassen. Und wer wäre da besser geeignet als ich?«

»Bei soviel Fürsorge frage ich mich, wie ich es die letzten beiden Jahre überhaupt geschafft habe, mir überhaupt alleine die Schuhe zuzubinden.«

Maylor murmelte etwas, das sich wie ›Ich mich manchmal auch‹ anhörte.

Ding-Dong, klang es durch verborgene Lautsprecher in ihrer Suite. Es war nahezu der gleiche Doppelklang wie an Bord der STERNENMEDAILLON, nur die anschließend zu Wort kommende Stimme einer superblonden Schönheit gehörte dieses Mal einem Mann, in dessen Stimme auch kein perfekt gestylter Sex-Appeal lag, sondern reine Nüchternheit: *»Werte Gäste der Sternengala. Unregelmäßig auftretende Gravitationsfelder innerhalb des Sonnensystems machen es leider unumgänglich, eine geringfügige Kurskorrektur der Bahn dieses Asteroiden vorzunehmen. Es besteht kein Grund zur Beunruhigung, es handelt sich um eine reine Routineangelegenheit. Es kann jedoch vorübergehend zu leichten Erschütterungen und Gravitationsschwankungen kommen, die sich beeinträchtigend auf Ihren Gleichgewichtssinn auswirken könnten. Wir bitten Sie daher, sich zu Ihrer eigenen Sicherheit während des Manövers vorsorglich auf geeignete Ruheplätze zurückzuziehen. Die Kurskorrektur erfolgt in fünfzehn Minuten und wird zirka fünf Minuten in Anspruch nehmen. Sie werden durch weitere Durchsagen informiert. Vielen Dank.«*

»Eine Kurskorrektur?« knurrte Maylor. »Was soll denn der Unsinn? Das hätte man doch schon vor Beginn des Festes machen können. Solche Gravitationsfelder entstehen nicht von heute auf morgen!«

»Wir sollten uns lieber freuen. Besser hätte es kaum kommen können. Denn innerhalb der nächsten Minuten werden die Gänge und Korridore innerhalb der Sternenstadt so gut wie leergefegt sein. Das ist eine Chance, die wir kaum ein zweites Mal bekommen werden.«

Cedric wandte sich abermals dem Terminal zu. Zwar erhielt er nach wie vor keinerlei Informationen über den angegebenen Raum oder Trakt, aber anhand der Etagennummer und unter der Voraussetzung, daß sämtliche Bereiche der Sternenstadt nach ähnlichen architektonischen Gesetzmäßigkeiten aufgebaut waren wie der Besuchertrakt, gelang es ihm, recht genau zu lokalisieren, wo sich der Zielraum befinden mußte. Und welchen Weg sie nehmen mußten, um am schnellsten und einfachsten dorthin zu gelangen.

»Hier«, sagte er und tippte mit dem Finger auf den Bildschirm.

»Siehst du diesen Aufzug am Rand der Besucherzone? Mit ihm und etwas Glück müßten wir direkt in die angegebene Etage mit unserem Raum kommen.«

»Die Aufzüge werden bestimmt gesichert sein«, wandte Maylor ein.

»Ich habe nicht gesehen, daß die Bediensteten irgendwelche Codekarten benutzt hätten«, sagte Cedric. »Und jetzt hör auf, an allem herumzunörgeln! Muß ich denn ständig derjenige sein, der Optimismus verbreitet? Und jetzt komm endlich! Wir müssen uns beeilen.«

»Sagte der Lemming zu seinen Artgenossen, bevor sie sich die Klippen hinabstürzten«, ergänzte Maylor.

Cedric überhörte es einfach. Bevor sie aufbrachen, machte er Kara-Sek klar, daß er einmal mehr dazu auserkoren war, hierzubleiben und in ihrem Quartier die Stellung zu halten. Der Yoyodyne akzeptierte es – wie nicht anders zu erwarten gewesen war – ohne jeden Widerspruch.

»Glaubst du nicht«, fragte Maylor, als sie die Suite verlassen hatten, »daß du Kara-Sek genausogut auf *St. Petersburg Zwei* hättest zurücklassen können, wenn wir ihn ohnehin niemals mitnehmen können?«

»Mag sein«, sagte Cedric Cyper. »Aber ich habe das Gefühl, als würden wir ihn noch brauchen. Außerdem ist es sehr beruhigend, einen dritten Mann wie ihn dabeizuhaben, auf den man sich hundertprozentig verlassen kann und der einem den Rücken deckt.«

»Deine Meinung in Ehren«, sagte Maylor düster. »Aber vergiß nicht: Er ist und bleibt ein Yoyodyne.«

»Sicher ist er ein Yoyodyne«, sagte Cedric und wünschte sich, Maylor würde endlich seine Vorbehalte über Bord werfen, »aber vielleicht ist er gerade deshalb viel zuverlässiger als die meisten Sarday'kin, denen ich je begegnet bin.«

»Sprichst du auch von mir?«

Cedric spürte, daß diese Frage weit über diese Situation hinausging und sich unausgesprochen auf die Ereignisse vor zwei Jahren bezog, die zu Cedrics Verurteilung geführt hatten und an denen ihre Freundschaft zerbrochen war. Bis heute waren sie beide der Ansicht, seinerzeit vollkommen rechtens gehandelt zu haben. Doch ihre Erinnerungen waren in vielen Punkten seltsam verschieden. Als sie sich im Killer-Satelliten im Orbit um Hadrians Mond wiederbegegnet waren, hatten sie sich darauf verständigt, diese Dinge zurückzustellen, bis sie ihre dringenderen Probleme gelöst hatten. Und an diese Vereinbarung gedachte Cedric sich auch zu halten.

»Ach was, bei dir ist das doch etwas ganz anderes«, sagte er leichthin. »Du bist noch nie jemand gewesen, der einem den Rücken decken würde. Du bist jemand, mit dem man Seite an Seite kämpft.«

Maylor lächelte bitter. Er bemerkte Cedrics Intentionen, ohne darauf einzugehen. Vielleicht erinnerte er sich ebenfalls an ihr Abkommen.

Wenig später hatten sie den Aufzug erreicht. Er lag am Ende eines kaum zwanzig Meter langen Seitenganges, nicht weit vom Casino entfernt, in dem sie sich gestern aufgehalten hatten. Auf seinem geschlossenen Schott prangte der übliche Schriftzug: Kein Zutritt für Gäste! Da sich noch andere Besucher im

Hauptkorridor aufhielten, blieben Cedric und Maylor wie zufällig am Anfang des Seitenganges stehen, scheinbar in ein Gespräch vertieft, während sie in Wahrheit nur darauf warteten, daß sich die Leute verlaufen hatten. Und sie nutzten die Gelegenheit, den Seitengang unauffällig in Augenschein zu nehmen. Es waren keine Überwachungseinrichtungen zu erkennen. Aber das mußte noch lange nicht heißen, daß es auch wirklich keine gab. Manche waren nicht einmal so groß wie ein Stecknadelkopf.

Ding-Dong hallte es durch den Gang. *»Noch fünf Minuten bis zur Kurskorrektur. Wir bitten alle Gäste, sicherheitstaugliche Plätze einzunehmen.«*

Cedric und Maylor ließen sich von der Lautsprecherstimme nicht nervös machen. Sie hatten in der Raumflotte schon weit mehr überstanden als die lächerlichen Erschütterungen einer solch geringfügigen Kurskorrektur, welche die Bahn des Asteroiden nur um einige hundertstel Grade verändern würde. Mehr wäre bei einem derart großen Himmelskörper nur unter dem Einsatz gigantischer technischer Mittel möglich gewesen, doch von derartigen Einrichtungen hatte man während des Landeanfluges nichts sehen können. Überhaupt war es fraglich, ob eine fragil erscheinende Konstruktion wie diese Sternenstadt größere Kursänderungen überhaupt schadlos überstanden hätte. Ein solches Risiko würde man angesichts des hochkarätigen Besuchs, der hier weilte, kaum eingehen. Mehr als ein paar leichte Erschütterungen waren also nicht zu erwarten. Vielleicht mußte ein dickbäuchiger, praxisferner Parade-Offizier dafür einen sicheren Platz aufsuchen, um nicht den Halt unter den Füßen zu verlieren und sich beim Sturz zu verletzten, aber sie sollten bei all ihrer Erfahrung eigentlich keine Probleme haben.

»Die Luft ist rein«, sagte Cedric, als der Hauptkorridor irgendwann frei von anderen Gästen war. Momentan war jedermann erpicht darauf, einen sicheren Platz zu finden. »Es kann losgehen.«

»Wahrscheinlich bekommen wir nicht einmal das Schott auf«, unkte Maylor, während sie an den Aufzug herantraten.

Cedric wußte, daß Maylor mit seiner Befürchtung schnell

recht behalten konnte. Beispielsweise, wenn die kleine Sensorfläche, die neben dem Schott in Schulterhöhe angebracht war und auf die man die Handfläche legen mußte, mit einer Handlinienerkennung ausgestattet war und jedem, der nicht zum Personal gehörte, automatisch den Dienst verweigerte. Oder womöglich sofort Alarm schlug. Cedric verdrängte diesen Gedanken, hob die Hand und legte sie auf die gekennzeichnete Fläche.

Ein kleines grünes Licht darüber begann aufzuleuchten. Und kurz darauf schwangen die Schotthälften zur Seite und gewährten freien Zutritt zur Fahrstuhlkabine.

Die erste Hürde wäre genommen! dachte Cedric.

Vorsichtig und das Innere der Kabine auf Beobachtungsanlagen inspizierend, bevor sie eintraten, bestiegen sie den Aufzug. Die Türhälften schlossen sich hinter ihnen, und Cedric war froh, daß Maylor sich jede Bemerkung darüber verkniff, daß sie jetzt gewissermaßen in der Falle saßen.

Der Aufzug verfügte mit Sicherheit über eine akustische Steuerung, aber Cedric verzichtete darauf, sie in Anspruch zu nehmen, um nicht Gefahr zu laufen, von einem Stimmdecoder entlarvt zu werden. Zwar war, wenn bereits eine Handlinienkennung gefehlt hatte, kaum davon auszugehen, daß es eine solche Sicherung gab, aber Cedric wollte ihr Vorhaben nicht gefährden, nur weil er eine derartige Möglichkeit übersah. Er wandte sich statt dessen den Bedienungstasten zu und tippte manuell die Nummer des Ziellevels ein. Es schien zu funktionieren. Die Eingabe wurde bestätigt, und der Aufzug setzte sich wunschgemäß in Bewegung. Nach unten.

Die zweite Hürde!

Cedric warf Maylor einen verstohlenen Blick zu, der soviel besagte wie: Siehst du, war doch gar nicht so schwer! Und Maylor antwortete mit einem stummen: Wart's ab – das dicke Ende kommt noch!

Die Fahrt währte nur Sekunden, dann stoppte die Kabine. Die Türhälften glitten auseinander, und Cedrics und Maylors erste und dringendste Befürchtung bewahrheitete sich glücklicherweise nicht. Der vor ihnen liegende Korridorabschnitt war menschenleer. Und die Zahl, die gut lesbar in Augenhöhe die Wand zierte – 1982 –, bewies, daß sie in der richtigen Etage waren.

Die dritte Tür ...

Cedric kam nicht dazu, den Gedanken zu Ende zu denken. Denn in diesem Moment kam ein Bediensteter am Fahrstuhl vorbei, und das kleine rote Emblem auf seiner weißen Uniform sowie die Waffe an seiner Hüfte bewiesen, daß es sich nicht nur um einen einfachen Bediensteten, sondern um einen Angehörigen des Sicherheitspersonals handelte. Als er sie sah, blieb er verblüfft stehen, und der Blick, mit dem er sie musterte, sagte deutlicher als jedes Wort, daß er sofort wußte, es mit Gästen der Sternengala zu tun zu haben.

»Wie kommen *Sie* denn hierher?« entfuhr es ihm, und Cedric nahm erleichtert zur Kenntnis, daß es sich eher erstaunt denn mißtrauisch anhörte. Aber dieser Tonfall konnte sich schnell ändern.

»Natürlich mit dem Fahrstuhl«, antwortete Maylor unwirsch, und mit der größten Selbstverständlichkeit und einer arroganten Haltung, die jedem sarday'kinschen General zur Ehre gereicht hätten, trat er auf den Korridor hinaus. »Haben Sie keine Augen im Kopf, guter Mann?« Maylor stutzte und blickte sich scheinbar irritiert um.

»Nanu, wo ist auf einmal das Casino abgeblieben?«

Der Sicherheitsmann zeigte sich langmütig, vielleicht weil er nicht richtig einzuschätzen vermochte, mit was für hochgestellten Gästen er es zu tun hatte.

»Wenn Sie dorthin wollen, sind Sie hier ganz falsch«, gab er Auskunft. »Das Casino liegt über vierzig Stockwerke weiter oben. Hier sind Sie bereits weit unter der Oberfläche des Asteroiden.«

Maylor blickte abermals in die Runde, als müsse er sich davon selbst überzeugen. Auf seinem Gesicht zeigte sich Einsicht und die Ungehaltenheit eines Mannes, der gewahr wurde, einen Fehler begangen zu haben, aber nie und nimmer bereit war, das einzugestehen. Er zog seine Orientierungscard aus der Tasche.

»Diese verdammten Dinger sind an allem schuld«, schimpfte er. »Das ist jetzt schon das dritte Mal in zwei Tagen, daß wir uns verirren. Sandara hätte ruhig ein anderes Orientierungssystem installieren lassen können. Eines, das wirklich funktioniert.«

»Ich vermute, Sie haben die Anzeige falsch interpretiert«, sagte der Mann diplomatisch. Ihm war anzusehen, daß er ihre geistigen Kapazitäten angesichts der Tatsache, daß sie nicht einmal mit den Orientierungscards umgehen konnten, nicht besonders hoch einschätzte. »In diesen Aufzug hätten Sie auf jeden Fall erst gar nicht einsteigen dürfen. Er führt sie zwangsläufig aus der Besucherzone heraus. Und dann helfen Ihnen die Cards auch nicht mehr weiter.«

»Sag' ich's doch!« brummte Maylor, und Cedric bewunderte nicht zum ersten Mal sein schauspielerische Talent.

»Am besten, Sie fahren gleich wieder zurück, damit Sie sich nicht noch mehr verlaufen«, riet der Mann. Er trat halb in die Kabine hinein, gerade so weit, daß er mit dem Kopf in die Nähe der Tastatur kam, und nannte die Nummer desjenigen Levels, aus dem sie gerade gekommen waren. Die Eingabe wurde angenommen und bestätigte Cedrics Vermutung bezüglich einer akustischen Steuerung.

Maylor sah über den Rücken des Sicherheitsmannes hinweg zu Cedric, eine unausgesprochene Frage im Blick. Cedric reagierte mit einem kaum merklichen Kopfschütteln. Selbst wenn diese Situation wie geschaffen war, den Bediensteten auszuschalten, wo hätten sie ihn anschließend hinschaffen und sicher unterbringen sollen? Und wie sollten sie ihn dazu bringen, nach seinem Erwachen keine Fahndung nach ihnen einzuleiten? Sollten sie ihn etwa umbringen?

»So«, sagte der Mann zufrieden und trat zurück, um Maylor Platz zu geben, in die Kabine zurückzugehen. »Jetzt sollte nichts mehr schiefgehen. Der Lift wird Sie direkt in die Besucherzone zurückbringen. Und sehen Sie zu, daß Sie anschließend schnellstens auf einen sicheren Platz kommen. Sie haben doch von der bevorstehenden Kurskorrektur gehört?«

»Natürlich«, sagte Cedric. »Wir werden uns beeilen. Vielen

Dank. Und wenn wir uns Ihnen irgendwie erkenntlich zeigen können . . . ?«

»Nein, das brauchen Sie nicht«, wehrte der Mann ab. Obwohl er sich Mühe gab, seine tatsächlichen Gedanken zu verbergen, war unverkennbar, daß er seine unvorhergesehene Begegnung mit herausgeputzten Gästen wie ihnen so schnell wie möglich beenden wollte. »Die Gewißheit, Ihnen geholfen zu haben, ist mir Belohnung genug.«

Die sich schließende Tür beendete ihr Gespräch, und der Lift setzte sich wieder nach oben in Bewegung.

»Soweit zu diesem Teil unseres Plans«, bemerkte Maylor. Er hob die Schultern. »Immerhin, es hätte schlimmer kommen können. Und nun?«

»Plan B.«

»Plan B?« Maylor machte ein Gesicht, als frage er sich, wie es kam, daß er davon nichts wußte. »Was ist Plan B?«

Cedric wartete mit der Antwort, bis die Kabine wieder zum Halten gekommen war, und betätigte die Taste, die verhinderte, daß sich die Schotthälften öffneten. Sie mußten ja nicht von jedem gesehen werden, der jetzt noch auf dem Hauptkorridor zu einem sicheren Platz hastete.

»Ganz einfach«, sagte er. »Als erstes zählen wir ganz langsam bis zehn. Also: Eins, zwei, drei . . .«

»Wie?« rief Maylor hilflos. »Bist du jetzt endgültig übergeschnappt?«

»Unterbrich mich nicht! Bis wohin war ich gekommen? War ich jetzt schon bei sechs oder erst bei fünf?«

»Kannst du mir mal erklären, weshalb das irgend jemanden interessieren sollte? Und red zur Abwechslung mal Klartext. Ich bin jetzt nicht in der Stimmung für irgendwelche Ratespielchen. Also, was soll die blöde Zählerei? Und was ist Plan B?«

»Jetzt, wo du so lange geredet hast, sind die zehn Sekunden ohnehin längst abgelaufen. Ich hoffe, das reicht aus, damit sich dieser fürsorgliche Sicherheitsmann dort unten verzieht. Ach ja, und dann wolltest du ja wissen, was Plan B ist. Das will ich dir sagen.« Cedric tippte erneut die Zahl des Ziellevels ein. »Einfach dasselbe noch mal.«

»Hättest du das nicht auch etwas unkomplizierter erklären können?« fragte Maylor, während die Kabine erneut nach unten schoß. »Und was, wenn du dich irrst und der Typ noch da ist? Oder jemand anders?«

Cedric hob die Schultern, als bereite ihm das keinerlei Kopfzerbrechen.

»Was schon? Dann mußt du eben noch einmal den Affen machen. Zu deiner Beruhigung: Du bist wirklich exzellent in der Rolle! Ist dir wie auf den Leib geschneidert.«

»Zum Brüllen komisch«, meinte Maylor griesgrämig.

Er kam nicht in die Verlegenheit, ›den Affen machen‹ zu müssen. Als der Aufzug gehalten hatte, und die Kabinentür sich öffnete, war der Sicherheitsmann verschwunden, und auch andere Leute befanden sich nicht in Nähe, wie Cedric beruhigt feststellte, als er den Kopf aus der Kabine hinausstreckte.

»Niemand zu sehen.« Er trat auf den Korridor hinaus. »Komm!«

Die Beschriftungen an den Wänden zeigten ihnen, in welche Richtung sie sich wenden mußten. Sie hasteten vorwärts, ohne dabei jemandem zu begegnen. Nur einmal hörten sie irgendwo voraus Schritte, die sich näherten. Sie fanden aber eine Nische, in die sie sich drücken konnten. Dort verharrten sie atemlos, bis die Schritte wieder verklungen waren, ohne überhaupt in die Nähe ihres Verstecks gekommen zu sein. Es blieb der einzige Zwischenfall. So kurz vor der Kurskorrektur lagen sämtliche Korridore wie ausgestorben da. Cedric war sich jedoch darüber im klaren, daß dieser Glücksfall lediglich für den Hinweg galt, aber er vermied es, sich jetzt schon den Kopf darüber zu zerbrechen, wie sie es nachher ungesehen zum Aufzug zurück schaffen sollten.

»Noch eine Minute bis zur Kurskorrektur«, informierte sie die Lautsprecherdurchsage.

»Da!« sagte Maylor gedämpft und deutete auf eine Wandbeschriftung, die besagte, daß im nächsten Seitengang die Räume 85550 bis 85570 zu finden waren. »Wir müssen dort entlang.«

Sie drangen in den Gang ein, und es hätte Maylors warnend gehobener Hand gar nicht bedurft, um Cedric nach ein paar

Schritten auf das offenstehende Seitenschott aufmerksam zu machen, das vor ihnen lag und aus dem leise Stimmen drangen. Raum 85553, wie die daneben angebrachte Nummer verkündete. Cedric fluchte lautlos. Und das so dicht vor dem Ziel! Der Raum, in dem sie weitere Informationen erhalten sollten, war von hier aus bereits zu sehen. Er lag keine zwanzig Meter weiter. Zum Greifen nahe.

Sie brauchten keinerlei Worte, um sich miteinander abzustimmen. Sicherlich hätte die Möglichkeit bestanden, diesen Seitengang auch von der anderen Seite her zu betreten, doch dazu hätten sie einen langen gefährlichen Umweg in Kauf nehmen müssen. Nein, wenn es irgendwie möglich war, mußten sie hier vorbei.

Während Maylor zurückblieb, drückte Cedric sich gegen die Korridorwand und schob sich langsam an die Öffnung heran. Behutsam wagte er einen Blick in dem Raum hinein. Es war ein Überwachungsraum, wie er feststellte. Vor den Wänden standen langgezogene Pulte, und darüber waren Dutzende von Bildschirmen angebracht. Die Kontrollen waren von zwei Bediensteten besetzt, die so saßen, daß sie dem Eingang den Rücken zuwandten. Cedric erkannte keinen Grund, warum sie das Schott auf einen Daueröffnungsmodus geschaltet hatten. Vielleicht war die Belüftungsanlage defekt.

»Schon die zweite Kurskorrektur in drei Tagen«, hörte er einen von ihnen im Plauderton erzählen. »Die Jungs in der Steuerzentrale scheinen ihr Handwerk nicht besonders gut zu beherrschen.«

Cedric gab Maylor mit einem Handzeichen zu verstehen, daß er am Schott vorbeigehen könne.

»Ich weiß nicht«, antwortete der zweite Bedienstete. »Einer von ihnen hat mir vor ein paar Tagen in der Kantine erzählt, daß es dabei noch um etwas anderes als nur Kurskorrekturen geht.«

»So? Und worum?«

Maylor schlich lautlos an der Öffnung vorbei, und auch Cedric wechselte von einer Seite zur anderen, ohne die beiden Bediensteten aus den Augen zu lassen.

»Er meinte nur, es ginge um einen erhöhten Energiebedarf, den sie kurzfristig zu decken hätten«, antwortete der Angesprochene und wandte den Kopf seinem Kollegen zu, glücklicherweise jedoch nicht weit genug, als daß der Eingang in sein Blickfeld geraten wäre. Sonst hätte er Cedric sofort entdeckt. »Wofür, wollte er mir allerdings nicht verraten. Aber wenn du mich fragst, ich glaube, es hängt mit der Überraschung dieses Jahr zusammen. Wozu sonst die Geheimniskrämerei?«

»Diese verdammte Überraschung kann mir gestohlen bleiben. Das ist sowieso nur etwas für diese vornehmen Pinkel auf dem Besucherdeck. Unsereins darf dabei höchstens ein paar Extraschichten schieben.«

Cedric verspürte keinerlei Lust, der gelangweilten Unterhaltung der beiden Techniker länger zu lauschen. Zusammen mit Maylor eilte er weiter. Sie hatten die Tür zu ihrem Raum gerade erreicht, als abermals ein *Ding-Dong* durch die Korridore hallte.

»Die angekündigte Kurskorrektur wird in wenigen Augenblicken beginnen«, kam es durch den Lautsprecher. *»Wir bitten alle Gäste, auf ihren Plätzen zu verbleiben, bis wir Sie über das Ende des Manövers informieren. Vielen Dank.«*

Kaum war das letzte Wort der Durchsage verklungen, wehte aus den Tiefen der Gänge ein langsam anschwellendes Summen heran, das vom Hochfahren der Energiemeiler zeugte. Cedric spürte, wie der Boden unter ihren Füßen zu vibrieren begann. Es gab jedoch keine schweren Gravitationsschwankungen oder heftigen Stöße. Allerdings war fraglich, ob das eigentliche Manöver schon begonnen hatte oder ob man vorab erst einmal den dafür nötigen Energiebedarf bereitstellen wollte.

Cedric und Maylor tauschten einen erleichterten Blick, und Maylor neigte seinen Kopf auffordernd in Richtung der Tür, als wolle er sagen: Na los, worauf wartest du? Wollen wir hier ewig herumstehen?

Entschlossen legte Cedric seine Hand auf den Öffnungsmechanismus. Die Tür glitt anstandslos zur Seite, leise genug, um nicht von den beiden Bediensteten gehört werden zu können. Sie blickten in einen Raum, in dem erst jetzt die Deckenbeleuchtung aufflammte. Die verschiedenen Computerterminals und Pulte wiesen ihn als Kontroll- oder Steuerraum aus, der derzeit augenscheinlich nicht benutzt wurde. Sämtliche Bildschirme und Anzeigen waren dunkel und tot. Die Hoffnung, sie würden hier endlich auf den Daily Lama treffen, erfüllte sich nicht.

Niemand erwartete sie.

Zwischen Cedrics Augenbrauen erschien eine steile Falte. Er war fast schon bereit, sich Maylors Verdacht einer Falle anzuschließen, und er spielte sogar schon mit dem Gedanken, so schnell wie möglich kehrtzumachen, als er die Dinge sah, die auf einem der Pulte lagen.

»Komm«, sagte er leise zu Maylor. »Ich glaube, hier sind wir richtig.«

Er betrat den Raum als erster. Maylor folgte ihm zögerlich und reagierte mit Unbehagen darauf, daß sich die Tür hinter ihnen automatisch schloß. Er betätigte den Öffnungsmechanismus und ließ sie abermals auf- und zufahren, als müßte er sich überzeugen, daß sie diesen Raum auch problemlos wieder verlassen konnten.

»Hör auf, mit der Tür herumzuspielen«, meinte Cedric Cyper, der an das Pult getreten war. Aus alter Gewohnheit stand er etwas breitbeinig und mit leicht gebeugten Knien da, um besser gegen überraschend auftretende Stöße oder Erschütterungen gewappnet zu sein. Doch bisher war es bei dem leichten Vibrieren des Bodens geblieben. »Und komm her! Ich habe was entdeckt.«

»Was denn?«

»Eine neue Nachricht.« Cedric hob das Blatt Papier auf.

»Laß hören.«

»Es war leider unumgänglich, euch hierher zu führen«, las Cedric vor. *Hier dürftet ihr sicher sein. Dieser Raum ist aufgrund eines technischen Defekts seit über einer Woche außer Betrieb und wird seitdem normalerweise nicht betreten. Derselbe Defekt ermöglicht es, sich von hier aus in das Hauptcomputersystem einzuschalten, ohne daß es irgendwo registriert werden kann. Nutzt es, um euch einen Überblick zu verschaf-*

fen, und vernichtet diese Nachricht. Vor allem aber: Unternehmt nichts ohne Absprache! Die Dinge sind im Fluß, und jede Störung könnte sich verhängnisvoll auswirken. Um Sheryl und Bedam kümmert man sich. Ich werde versuchen, während der Sternengala Kontakt mit euch aufzunehmen. Seid vorbereitet.« Er sah auf. »Das ist alles.«

»Keine Absenderangabe?«

»Keine.«

»Viele Worte, wenig Inhalt«, urteilte Maylor abschätzig. »Das Ganze klingt verdächtig nach einer Hinhaltetaktik. Irgend etwas läuft hier hinter den Kulissen ab, und man will uns nicht dabei haben.«

Cedric nickte geistesabwesend, während er das Papier ein zweites Mal überflog.

»Nichts ohne Absprache unternehmen!« Mißmutig verzog Maylor das Gesicht. »Das ist ein wahrer Witzbold. Als ob es für uns überhaupt eine Möglichkeit gäbe, sich mit ihm abzusprechen. Wir wissen ja nicht mal, wo wir ihn finden können.«

»Ich kann mir nicht helfen«, sagte Cedric. »Auf mich macht diese Nachricht nicht den Eindruck, als wäre sie vom Daily Lama verfaßt worden.«

»Wie kommst du darauf?«

»Es ist zuviel Text. Der Daily Lama hätte sich mit Sicherheit anders ausgedrückt. Nicht unbedingt klarer, aber auf jeden Fall knapper. Dies hier paßt einfach nicht zu ihm.« Er sah, daß Maylor seinen Kopf nachdenklich zur Seite neigte. Man konnte es als Zustimmung verstehen – oder auch nicht. »Und da ist noch etwas anderes«, fuhr er fort. »Hier, dieser Satz: Dieser Raum ist aufgrund eines technischen Defekts seit über einer Woche außer Betrieb.«

»Was hast du daran auszusetzen?«

»Seit über einer Woche! Überleg doch mal. Es ist gerade sechs Tage her, daß der Daily Lama *St. Petersburg Zwei* verlassen hat.«

»Ich glaube, da legst du jedes Wort zu sehr auf die Goldwaage. Dieser Satz muß nicht unbedingt bedeuten, daß der

Verfasser ebenso lange hier ist. Er kann genausogut erst gestern erfahren haben, wie lange dieser Raum außer Betrieb ist.«

»Ja, ich weiß. Aber was mich daran stutzig macht, ist etwas anderes: Selbst wenn der Daily Lama vor sechs Tagen auf direktem Weg nach *Star City* geflogen wäre und es irgendwie geschafft hätte, sich hier genauso wie wir als Gast der Sternengala einzuschmuggeln, wie ist es dann möglich, daß er außerhalb der Besucherzone herumspaziert, problemlos defekte Kontrollräume ausfindig macht und auch noch genauestens über unsere Ankunft informiert ist?«

»Du meinst also – unser geheimnisvoller Informant ist nicht der Daily Lama?«

»Ich meine gar nichts«, erwiderte Cedric. »Ich habe nur laut nachgedacht.«

»Ja, aber das in eine ganz bestimmte Richtung«, meinte Maylor. Er runzelte die Stirn. »Gib mir die Nachricht bitte noch mal.«

Er streckte verlangend die Hand aus.

»Was hast du?« fragte Cedric, während er ihm das Papier reichte.

»Ich glaube, mir ist noch etwas aufgefallen.« Maylor überflog den Text und tippte auf eine bestimmte Stelle. »Hier, hör dir das an: Um Sheryl und Bedam kümmert man sich.«

»Ja, ich weiß«, sagte Cedric. »Mir gefällt das ebenfalls nicht. Ich wünschte, wir könnten selbst etwas für sie tun.«

»Das meine ich nicht. Was ich meine, ist: *Bedam*! Um Sheryl und *Bedam* kümmert man sich.«

»Verstehe. Damit ist Nabtaal gemeint«, klärte Cedric Maylor auf. »Das ist, soweit ich weiß, sein Vorname.«

»Nein, du verstehst mich immer noch nicht!« Maylor machte eine ungehaltene Geste. »Mein Gott, natürlich weiß ich, daß Nabtaal damit gemeint ist. Nur habe ich noch nie gehört, daß ihn irgend jemand so genannt hätte. Weder einer von uns noch sonst irgend jemand. Kapierst du endlich?«

Cedrics Gesichtsausdruck machte klar, daß er begriffen hatte. Da hatte Maylor in der Tat einen interessanten Punkt gefunden.

»Stellt sich also die Frage«, führte Maylor seinen Gedanken zu Ende, »*wer* würde Nabtaal so nennen?«

»Jemand«, antwortete Cedrics Mund wie von selbst, »der ihn näher kennt. Jemand, der eine engere Beziehung zu ihm hat.«

»Der Daily Lama?« Maylors Frage war mehr rhetorisch gemeint.

»Nein.« Cedric schüttelte vehement den Kopf. »Was sollten die beiden miteinander zu tun haben? Ich kann mir zwar vorstellen, daß der Daily Lama Nabtaals Vornamen kennt, schließlich pflegt er sich stets sehr genau zu informieren, mit wem er es zu tun hat. Aber alles andere ...« Er ließ den Rest des Satzes unausgesprochen. Wenn sie diese Kleinigkeiten nicht falsch oder überinterpretierten, dann sank die Wahrscheinlichkeit, daß sie es mit dem Daily Lama zu tun hatten, rapide. Und das war ein Gedanke, der Cedric nicht gefallen wollte.

»Stellen wir dieses Thema einstweilen zurück«, sagte Maylor, der offenbar ahnte, welche Überlegungen Cedric durch den Kopf gingen. »Hast du außer der Nachricht noch etwas anderes gefunden?«

»Ja.« Cedric löste sich aus seinen trüben Gedanken und wandte sich wieder dem Pult zu. »Hier ist noch eine Zugriffscard für die Computer – und dann das hier.« Er nahm die beiden Strahler an sich, die dort lagen, und reichte einen an Maylor weiter. »Hier, ich nehme an, der ist für dich bestimmt.«

Es waren handliche, flache Modelle, die sich hervorragend auch unter leichter Kleidung verstecken ließen. Zudem waren sie sowohl als Schocker wie auch als Laserstrahler einsetzbar; zwar nur mit recht geringer Reichweite und ohne allzu große Durchschlagskraft, aber für einen zielsicheren Schützen war es eine durchaus effektive Waffe.

»Alle Achtung! Eines der neuesten Modelle.« Maylor überprüfte die Ladung und Funktionstüchtigkeit seines Strahlers mit einer routinierten Bewegung. »Geladen und scharf.«

Cedric nickte. »Alles andere hätte auch keinen Sinn gemacht.«

»Nur zwei Strahler«, sinnierte Maylor. »Ob das bedeutet, daß der große Unbekannte Kara-Sek nicht auf seiner Rechnung hat? Denn sonst hätte er doch eigentlich drei Strahler hinterlegen müssen. Oder aber er hat Schwierigkeiten gehabt, einen dritten aufzutreiben.«

»Ich halte es eher für ein Indiz, wie außerordentlich gut er über uns informiert ist. Er weiß, daß Kara-Sek es als unehrenhaft ansehen würde, eine derartige Waffe zu benutzen.«

Natürlich kämpften auch Yoyodyne mit modernen Waffen, aber deren Anwendung war durch die strengen Bestimmungen ihres Ehrenkodexes bis ins kleinste geregelt und beschränkte sich zumeist auf rein militärische Aktionen. Ansonsten verließen sie sich lieber auf Laserschwerter oder auf vollkommen antiquierte Hieb- und Schlagwaffen. Während der gesamten Flucht von Hadrians Mond hatte Kara-Sek jedenfalls kein einziges Mal einen Strahler oder eine andere moderne Waffe in die Hand genommen. Lieber hatte er ganz auf eine Bewaffnung verzichtet. »Also hat er es sich gleich gespart, ihm eine zu besorgen.«

»Wie du meinst«, sagte Maylor nicht sehr überzeugt. »Hat er uns sonst noch etwas dagelassen?«

»Nein, das war alles.«

»Dann laß uns mal sehen, was wir diesen Blechkästen entlocken können.« Maylor schob den Strahler in den Gürtel und nahm an dem Pult Platz, auf dem sich die hinterlegten Dinge befunden hatten. Er nahm Cedric die Zugriffscard aus den Fingern. »Deswegen sind wir doch wohl in erster Linie herbestellt worden.«

Nach kurzem Überfliegen der Kontrollen fand er den Schalter, mit dem sich das Pult aktivieren ließ, und als er ihn niedergedrückt hatte, begannen die Kontrollen und der Bildschirm vor ihm aufzuleuchten. Er schob die Card in den dafür vorgesehenen Schlitz, und tatsächlich wurde die Zugriffsberechtigung bestätigt.

Maylor hob den Kopf und lächelte zufrieden – um im nächsten Augenblick wie unter einem elektrischen Schlag zusammenzuzucken. Einen Herzschlag lang saß er steif und starr da, dann kippte er vornüber, prallte mit dem Kopf auf die Kontrollen und rutschte aus dem Sessel.

Haltlos fiel er zu Boden, ehe Cedric, der zwar nur ein paar Schritt neben ihm stand, aber von diesem Ereignis vollkommen überrascht worden war, ihm zu Hilfe kommen oder festhalten konnte.

Synfile 6

Nur ein kleiner Schwächeanfall

»Maylor! Was ist los mit dir?«

Cedric Cyper bekam keine Antwort. Er schob den Sessel zur Seite und ging neben Maylor in die Hocke, während er seine Blicke mißtrauisch durch den Raum streifen ließ und dabei besonders den Eingang im Auge behielt. Mit einer Hand hielt er die Waffe schußbereit erhoben, mit der anderen drehte er Maylor auf den Rücken.

Maylor wies keine erkennbare Verletzung auf. Im Gegenteil, er wirkte entspannt und friedlich wie ein Schlafender. Auch sein Atem war tief und regelmäßig.

»He, Maylor, alter Junge! Was hast du?« Cedric packte ihn am Kragen und schüttelte ihn. »Hörst du mich?«

Als Maylor nicht darauf reagierte, versetzte er ihm mit der flachen Hand ein paar Ohrfeigen, ohne damit mehr zu erreichen. Maylor reagierte nicht. Cedric mußte einsehen, daß er so nicht weiterkam, und erhob sich wieder. Erneut sah er sich aufmerksam um: Er wollte wissen, was den Zustand seines Gefährten verursacht haben könnte. Er zog alles in Betracht, was ihm auch nur im entferntesten als wahrscheinlich erschien: eine versteckte Sicherung, eine im Sessel verborgene Hinterhältigkeit oder die irgendwo im Raum unauffällig angebrachte Mündung eines Betäubungsnadlers. Aber er konnte nichts entdecken. Selbst das Computerterminal reagierte anstandslos auf seine Eingaben, als er die Tastatur mit der gebotenen Vorsicht berührte. Es hatte den Anschein, als gäbe es absolut keinen Grund für Maylors plötzlichen Zusammenbruch.

Aber es mußte einen Grund geben!

Cedric überlegte ein paar Augenblicke lang, dann näherte er sich entschlossen der Tür. Wenn hier drinnen nichts zu entdecken war, dann vielleicht draußen. Er wußte, daß er damit eine Entdeckung riskierte, aber er entschied sich, das Risiko auf sich zu nehmen. Vielleicht entdeckte er einen Sanitätsraum, wo er Maylor wieder zum Leben erwecken konnte. Was blieb ihm auch anderes übrig? Mit einem Besinnungslosen auf den Schultern wäre der Versuch, unbemerkt in die Besucherzone zurückzukommen, von vorneherein zum Scheitern verurteilt gewesen. Er mußte sich eben darauf verlassen, daß die Korridore weiterhin menschenleer waren. Schließlich bewies das unverändert anhaltende Vibrieren des Bodens, daß das Manöver noch immer nicht abgeschlossen war.

Cedric überzeugte sich, daß sein Strahler auf den Schocker-Modus geschaltet war, und ließ die Tür auffahren. Der Korridor war leer. Cedric trat hinaus, blickte prüfend in beide Richtungen und wählte diejenige, die ihn zur nach wie vor offenstehenden Tür des Kontrollraums führte. Geräuschlos schlich er näher, ohne irgendwelche Worte oder Gesprächsfetzen zu hören. Entweder waren die beiden Bediensteten mittlerweile in Schweigen verfallen, oder sie hatten den Raum verlassen. Oder sie ...

Oder sie hingen mit geschlossenen Augen und erschlafften Gliedern in ihren Sesseln! stellte Cedric perplex fest, als er die Öffnung erreicht und einen Blick in den Kontrollraum riskiert hatte.

Vorsichtig trat er näher, auf jede unangenehme Überraschung vorbereitet, doch die zwei Bediensteten reagierten in keinster Weise auf ihn, selbst als er einen von ihnen leicht mit der Waffe an der Schulter anstieß. Sie schienen tief und fest zu schlafen – und das konnte nie und nimmer ein Zufall sein!

Seine Beklommenheit nahm noch zu, als er seinen Blick über die Überwachungsbildschirme streifen ließ und feststellte, daß auf einigen von ihnen verschiedene Abschnitte der Besucherzone zu sehen waren, unter anderem auch das Casino. Auf welchen Monitor er auch sah, überall lagen die Leute reglos und wie schlafend auf den Plätzen, die sie vor dem Manöver eingenommen hatten, gleichgültig, ob es sich nun um Gäste oder Bedienstete handelte.

Es schien, als ob mit einem Male jedes menschliche Wesen innerhalb der Sternenstadt in einen tiefen Dornröschenschlaf verfallen wäre!

Cedric schluckte trocken, als ihm das Ausmaß seiner Entdeckung bewußt wurde. Es war die Kurskorrektur! erkannte er. Sie war dafür verantwortlich. Oder sollte es besser heißen – die *angebliche* Kurskorrektur? Hatte einer der beiden Bediensteten vorhin nicht bereits geäußert, daß es bei dem Manöver noch um etwas ganz anderes gehen sollte? Worum, davon konnte Cedric sich mit eigenen Augen überzeugen.

Leider halfen ihm diese Beobachtungen in keinster Weise dabei, die Antwort nach dem Grund zu finden. Und wieso hatte diese rätselhafte Bewußtlosigkeit nicht auch ihn selbst, Cedric, getroffen? Warum war ausgerechnet er munter wie ein Buärps im Trichter, während ansonsten offenbar jedermann auf *Star City* in einen kollektiven Schlummer gesunken war?

Wenn es eine Eigenschaft gab, die Cedric seit jeher ausgezeichnet hatte, dann war es die Fähigkeit, nicht unnötig lange über Dinge nachzudenken, die zu lösen er nicht in der Lage war. Er sah sich suchend um und entdeckte neben der Tür einen Erste-Hilfe-Schrank. Ihm entnahm er einen Einweg-Injektor mit einem aufputschenden Syntho-Adrenalin, das einen Halbtoten ins Leben zurückholen konnte. Blieb nur zu hoffen, daß es auch bei Maylor anschlug. Cedric würde sich wesentlich wohler fühlen, wenn er ihn jetzt an seiner Seite hatte.

Er verschloß den Schrank sorgfältig und eilte mit dem Injektor in der Hand in den anderen Raum zurück. Maylor lag noch immer so da, wie er ihn zurückgelassen hatte. Cedric ging in die Hocke und bereitete die Injektion vor, als das Vibrieren des

Bodens unvermittelt schwächer wurde. Auch das Summen der Energiemeiler ebbte ab und senkte sich auf einen normalen Pegel.

Im selben Moment begann Maylor sich zu regen. Er erhob den Oberkörper und schüttelte benommen den Kopf. Als er Cedric neben sich sah, reagierte er mit einem entschuldigenden Lächeln.

»Keine Sorge«, versicherte er. »Ich komme schon allein auf die Füße zurück.« Und wie um seine Worte unter Beweis zu stellen, erhob er sich, und er tat es mit einer Selbstverständlichkeit, als wäre nicht das geringste vorgefallen.

Es erklang ein *Ding-Dong*.

»Werte Gäste«, hallte es aus den Lautsprechern. *»Die Kurskorrektur wurde soeben erfolgreich beendet. Sie können Ihre Plätze nunmehr verlassen. Wir danken für Ihr Verständnis, wünschen Ihnen weiterhin einen angenehmen Aufenthalt und eine unvergeßliche Sternengala.«*

»Das ging ja überraschend schnell«, meinte Maylor beiläufig. Er wandte sich dem Pult zu, an dem er vor seinem Zusammenbruch gesessen hatte, und rieb sich tatendurstig die Hände. »Wo waren wir stehengeblieben? Stimmt, wir waren gerade dabei, uns ins Computersystem zu mogeln.«

Er wollte sich den Stuhl heranziehen, um erneut Platz vor dem Terminal zu nehmen, doch Cedric legte seine Hand schwer auf die Lehne.

»Was ist mit dir los, Maylor?« fragte er mit eindringlicher Stimme. »Sag mal, willst du einfach so tun, als wäre gar nichts vorgefallen?«

»Vorgefallen? Was sollte denn vorgefallen sein?«

»Erinnerst du dich etwa nicht daran, daß du zusammengebrochen bist?«

»Ach so.« Maylor machte eine abfällige Geste, als lohne es sich nicht, sich über eine solche Kleinigkeit den Kopf zu zerbrechen. »Das war nur ein kleiner Schwächeanfall. Wie er jedem mal passieren kann.«

»Wie bitte?« Cedric glaubte, sich verhört zu haben. »Einen kleinen Schwächeanfall nennst du das? Das war alles andere als das! Du bist ein bis zwei Minuten ohnmächtig gewesen.«

»Unsinn!« meinte Maylor ungehalten. »Ich war allerhöchstens ein winziges Sekündchen weggetreten. Kein Grund, sich darüber aufzuregen. Wie gesagt, das war nur ein kleiner Schwächeanfall, wie er jedem mal passieren kann.« Er bemerkte den Injektor, den Cedric in der Hand hielt. »Nanu! Wo hast du den denn plötzlich her?«

»Das will ich dir sagen«, antwortete Cedric mit einem freudlosen Lächeln. »Den Injektor habe ich, während du dieses winzige Sekündchen weggetreten warst, aus dem Kontrollraum nebenan geholt. Ich hatte gehofft, dich damit wieder auf die Beine zu bringen, nachdem alles, was ich vorher versucht habe, nicht geholfen hat.« Er ließ seine Worte einen Augenblick lang wirken, bevor er hinzufügte: »Übrigens, falls es dich interessiert, die zwei Bediensteten dort drüben waren auch weggetreten.«

Maylor sah Cedric mit herabgezogenen Augenbrauen an. Es hatte den Anschein, als frage er sich, wer von ihnen beiden derjenige war, der hier nicht mehr alle Beiboote im Hangar hatte. Die Antwort wäre wohl recht eindeutig ausgefallen, hätte es nicht den Injektor in Cedrics Hand gegeben.

»Du willst mich auf den Arm nehmen!« Es sollte überzeugt klingen, aber in Maylors Stimme hatte sich bereits eine gehörige Portion Zweifel gemischt. »Das ist wieder einer deiner dummen Scherze, nicht wahr?«

Cedric schüttelte wortlos den Kopf.

»Erzähl!« forderte Maylor ihn auf; offenbar war er mehr als unsicher geworden.

Cedric berichtete, wie sich die Dinge aus seiner Sicht zugetragen hatten, und er vergaß auch nicht zu erwähnen, was er auf den Monitoren gesehen hatte. Maylor hörte mit finsterer Miene zu.

»Ich kann mir einfach nicht vorstellen, daß ich so lange ohnmächtig gewesen sein soll«, sagte Maylor, nachdem Cedric geendet hatte. Er lauschte in sich hinein, als wolle er feststellen, inwieweit er sich auf seine Erinnerung verlassen konnte. »Ich könnte schwören, daß es nur ein kleiner Schwächeanfall war. So wie er . . .«

». . . jedem mal passieren kann«, ergänzte Cedric. »Das hast du schon mal gesagt. Aber sag selbst: Wann ist dir so ein Schwächeanfall schon einmal passiert?« Die Frage war nicht unberechtigt. Schließlich mußten sich Raumschiffkommandanten wie Maylor regelmäßigen medizinischen Untersuchungen unterziehen. Und wenn sich dabei heraustellte, daß sie nicht hundertprozentig gesund waren, durften sie mit einer sofortigen Zwangsversetzung in den Stabsdienst rechnen.

Maylor ging nicht darauf ein. Ihn beschäftigten andere Dinge.

»Angenommen, es stimmt, was du da sagst . . .«, begann er, und als er sah, wie Cedric protestierend den Mund öffnete, hob er die Arme und ergänzte schnell: »Schon gut! Ich glaube dir. Kannst du mir erklären, warum es von all den Leuten hier gerade dich nicht erwischt hat?«

»Stell dir vor«, antwortete Cedric, und sein schroffer Tonfall resultierte vor allem aus seiner eigenen Ratlosigkeit, »das habe ich mich auch schon gefragt! Aber leider weiß ich keine Antwort darauf.«

Maylor sah Cedric prüfend an und ließ es dabei bewenden. Längst war er mit einem anderen Aspekt beschäftigt – ein Zeichen, wie rasch er in der Lage war, sich mit neuen Gegebenheiten abzufinden.

»Du bist dir hoffentlich darüber im klaren, was deine Schilderung in letzter Konsequenz bedeutet? Nämlich daß diese Ohnmacht absichtlich herbeigeführt worden wäre. Und daß die angebliche Kurskorrektur lediglich dazu diente, sie zu verschleiern.«

»Davon gehe ich aus«, bestätigte Cedric nüchtern. Ein Gedanke kam ihm in den Sinn. »Und mit der Anweisung, sich während des Manövers auf sichere Plätze zu begeben, wollte man verhindern, daß sich irgend jemand dabei verletzt, wenn er plötzlich zu Boden stürzt.«

»Trotzdem könnte eine solche Aktion gar nicht unbemerkt bleiben. Es müßte genügend Personen geben, die Verdacht schöpfen.«

»Wenn ich daran erinnern darf – *dir* ist auch nichts aufgefallen. Und dabei bist du sogar zu Boden gestürzt.«

»Nun ja«, war alles, was Maylor zu entgegnen wußte. »Woher willst du überhaupt wissen, daß alle anderen gleichzeitig mit mir wieder erwacht sind?«

»Ich nehme es an. Um sicher zu sein, müßten wir schon rausgehen und nachsehen, ob wir von irgend jemandem entdeckt werden.«

»Nein, das können wir auch anders herausfinden.«

»Und wie?«

»Damit.« Maylor deutete auf das Computerterminal. Der Bildschirm zeigte an, daß das System für weitere Eingaben bereit war. »Wenn wir hierdurch Zugang zum Hauptcomputersystem haben, erhalten wir so ziemlich jede Information, die wir haben wollen.«

Cedric nickte. Ein guter Gedanke. Er gab den Sessel frei, so daß Maylor wieder vor dem Terminal Platz nehmen konnte. Routiniert ließ er seine Finger über die Tastatur wandern, und jede seiner Eingaben wurde anstandslos angenommen. Die Berechtigungscard, die ihnen ihr unbekannter Informant hinterlassen hatte, ermöglichte ihnen tatsächlich freien Zugriff zu weiten Teilen des Datenmaterials. Natürlich kamen sie längst nicht an alle Dateien heran. Bereiche wie die Geschäftsunterlagen der *Sandara Star Company* oder alles, was mit Sicherheitsbelangen zu tun hatte, waren nur mit den entsprechenden Zugriffscards oder Paßwörtern zugänglich. Daher gelang es Maylor auch nicht, Aufnahmen von Überwachungskameras auf die Bildschirme zu überspielen – jedenfalls nicht, ohne sich dafür zeitaufwendig durch die verschiedenen Sicherheitsbereiche voranzutasten, aber für das, was sie wissen wollten, war es gar nicht nötig. Es reichten so belanglose Angaben wie die Häufigkeit von Liftbewegungen oder der Betätigung von sanitären Einrichtungen, um ihnen die Gewißheit zu verschaffen, daß innerhalb der Sternenstadt wieder alltäglicher Betrieb eingekehrt war.

Als nächstes rief Maylor die Bahnkoordinaten des Asteroiden ab. Für einen Laien flimmerten dabei lediglich endlose Zahlenkolonnen über den Bildschirm, aber die beiden Raumfahrer wußten sie gut genug zu lesen, um Gewißheit zu erlangen, daß in der Tat keine Kurskorrektur stattgefunden hatte. Die Umlaufbahn des Asteroiden hatte sich während des Manövers nicht verändert.

»Damit dürfte sich deine Vermutung, daß die Kurskorrektur ein reines Ablenkungsmanöver war, bestätigt haben«, sagte Maylor. »Ich frage mich nur, was man mit den ganzen Energiemengen angefangen hat. Die Meiler waren zweifellos bis zum Anschlag hochgefahren.«

»Im Zweifelsfall hat man die Energien einfach ins All abgeleitet«, schlug Cedric vor. »Dann hätten sich allerdings bei den Bahndaten geringe Interferenzen zeigen müssen. Aber davon war nichts zu erkennen.«

»Ganz mein Eindruck. Aber warte, diesem Problem rücken wir schon auf den Leib.«

Maylor bediente erneut die Eingabetastatur. Es gelang ihnen zwar nicht, herauszufinden, wofür die Energiemengen gebraucht worden waren, aber indem sie die während des Manövers belasteten Leitungsstränge verfolgten, konnten sie wenigstens feststellen, *wohin* sie geflossen waren. Dabei stießen sie auf eine Überraschung: Der entsprechende Zielpunkt lag nicht innerhalb der Sternenstadt, sondern *darunter*! Dort, wo es außer massivem Asteroidengestein nichts hätte geben dürfen, endeten die Leitungsstränge scheinbar im Nichts.

»Wie es aussieht, gibt es dort unten Bereiche, die in den Speichern nicht erfaßt sind«, schlußfolgerte Maylor.

»Du meinst, so ein geheimer Gebäudeteil?«

»Genau«, stimmte Maylor zu und seufzte dann. »Oder auch etwas vollkommen anderes.«

»Kannst du nicht feststellen, welche Teile von *Star City* sich über diesem Punkt befinden? Vielleicht gibt es von dort aus einen Weg, dorthin zu gelangen und sich das Ganze mit eigenen Augen anzusehen? Spätestens dann wüßten wir, worum es hier geht. Und ich bin mir verdammt sicher, daß dieser gewaltige Energieverbrauch sehr viel mit der Lösung unseres Problems zu tun hat.«

»Mal sehen, was sich tun läßt. Zumindest ein paar Anhaltspunkte müßten sich finden lassen.« Maylor arbeitete weiter, bis er Minuten später die gewünschten Angaben erhielt. »Hier. Da haben wir den Trakt, der direkt darüber liegt: Die zentrale Kommando- und Steuereinheit von *Star City*.« Er atmete tief durch. »Das Heiligtum sozusagen.«

»Die zentrale Kommandoeinheit«, wiederholte Cedric niedergeschlagen und überflog die Bildschirmangaben erneut, um sich zu vergewissern, ob Maylor sich nicht getäuscht hatte. Leider hatte er das nicht. »Na dann, gute Nacht. Das dürfte so ziemlich der am besten gesicherte Bereich der gesamten Sternenstadt sein.«

»Wenn der Ort, wo die Energiemengen hingeleitet worden sind, tatsächlich so wichtig ist, ist es nur logisch, daß man nur über die Kommandozentrale dorthin gelangt. Aber vielleicht gibt es ja doch noch einen anderen Weg.«

Sie suchten vergeblich danach. Über alles, was den Kommandotrakt betraf, waren nur mehr oder weniger belanglose Angaben zu finden. Nicht einmal eine grobe Übersicht der Etagen oder Räumlichkeiten war den Speichern zu entlocken. Bald gaben sie das fruchtlose Unterfangen auf und widmeten sich einer anderen Zielsetzung, die Cedric mindestens ebenso interessierte: die Gefangenentrakte. Er wollte wissen, wo man Sheryl und Nabtaal untergebracht hatte. Denn falls der große Unbekannte seine Ankündigung, die beiden zu befreien, nicht einhielt, war es Cedrics fester Vorsatz, sich selbst darum zu kümmern. Insgeheim machte er sich schwere Vorwürfe, bislang nicht mehr dafür getan zu haben. Schließlich betrachtete er Sheryls Befreiung als seine vordringlichste Aufgabe. Viel wichtiger noch als die Aufdeckung der kosmischen Verschwörung.

Und er wußte auch, warum ihm so viel daran lag. Nämlich weil er Sheryl . . . Er zögerte, den Gedanken zu Ende zu denken.

Ja, sag es ruhig, ermunterte ihn eine Stimme in seinem Kopf – eine Stimme, auf die er normalerweise nicht zu hören pflegte, aber seitdem er Sheryl kennengelernt hatte, sprach sie mit einer Intensität, die er nicht mehr überhören konnte. Weil du sie nämlich *liebst*.

Cedric verzog das Gesicht und war froh, daß Maylor viel zu sehr mit dem Terminal beschäftigt war, um etwas davon zu bemerken. Er haßte es, sich von seinen eigenen Gedanken gegen seinen Willen zu Erkenntnissen zwingen zu lassen, denen er sich nicht gewachsen fühlte. Er versuchte, diese Überlegung beiseite zu schieben und war froh, daß es ihm einigermaßen gelang. Trotzdem wehte Sheryls Gesicht jetzt, da er an sie gedacht hatte, immer wieder an seinem inneren Auge vorbei, und es schien ihm, als warte sie sehnsüchtig darauf, daß er sie endlich fand und befreite.

Es gelang Maylor, einen unterirdischen Gebäudeteil ausfindig zu machen, der allen Anzeichen nach der Unterbringung von Gefangenen diente. Ganz schlüssig war es nicht festzustellen, denn natürlich unterlagen alle Einzelheiten über diese Örtlichkeiten höheren Zugangscodes, aber alle sekundären Anhaltspunkte deuteten darauf hin. Insbesondere die Fülle von Sicherungsanlagen.

»Da ist kein Reinkommen möglich«, resümierte Maylor, nachdem sie sämtliche Möglichkeiten durchgegangen waren. »Das heißt, rein würden wir vielleicht schon kommen, aber spätestens in derselben Stunde würden alle Alarmsirenen aufheulen. Allerhöchste Sicherheitsstufe. Jeder einzelne Millimeter ist mindestens doppelt und dreifach überwacht und abgesichert. Selbst eine weganische Springmücke würde da nicht unentdeckt eindringen können, und du weißt, wie verdammt klein diese Viecher sind!«

Cedric nickte. Die Bildschirmanzeigen sprachen eine eindeutige Sprache. Aber er war nicht gewillt, so schnell aufzugeben.

»Laß uns weitersuchen«, bat er. »Jedes System hat seine Schwäche.«

»Ja«, pflichtete Maylor ihm mutlos bei. »Die Frage ist nur, wie wir diese Schwäche finden sollen, wenn wir an die meisten Informationen gar nicht herankommen.« Dennoch arbeitete er verbissen weiter und tastete sich von Information zu Information. »Hier, das könnte die Achillesferse des Systems sein«, sagte er irgendwann und deutete auf den Bildschirm. »Die Energie für die Überwachungssysteme wird von einem separaten Meiler bereitgestellt. Meiler 217. Wenn wir ihn ausschalten könnten, würden wir damit auf einen Schlag sämtliche Überwachungssysteme im Gefangenentrakt lahmlegen. Und die in einigen benachbarten Bereichen ebenfalls. Zum Beispiel in diesen Produktionsstätten.«

»Dann müßten wir uns also nur ein wenig Sprengstoff besorgen, ein hübsches Feuerwerk veranstalten, und schon wäre der Weg in den Gefangenentrakt frei«, überlegte Cedric laut.

»Richtig«, stimmte Maylor sarkastisch zu. »So einfach ist das. Ein Kinderspiel.«

Sie nutzten das Terminal in der Folgezeit, um sich einen umfassenden Überblick über die anderen Anlagen der Sternenstadt – die verschiedenen Büro-, Produktions- oder Personalebenen – zu verschaffen. Cedric versuchte, sich alles so gut wie möglich einzuprägen. Wer wußte, welches der vielen Details künftig womöglich entscheidende Bedeutung erlangen würde. Insgesamt saßen sie mehrere Stunden vor dem Terminal, ehe Maylor die Berechtigungscard aus dem Schlitz nahm und das Pult wieder ausschaltete. Sie hatten alles erfahren, was sie interessierte und worauf sie im Rahmen ihrer Möglichkeiten Zugriff bekommen hatten.

Ob es allerdings die richtigen Informationen gewesen waren, würde die Zukunft zeigen.

Es war an der Zeit, in die Besucherzone zurückzukehren. Zuvor gab es jedoch noch etwas zu erledigen. Cedric stellte seine Waffe auf die geringste Strahlungsstärke, hielt das Blatt mit der Nachricht zwischen Daumen und Zeigefinger der anderen Hand und drückte kurz ab. Das Papier entflammte und löste sich binnen Sekunden in Rauch auf.

Bevor sie das Türschott auffahren ließen, verbargen sie die Strahler unter ihrer Kleidung, allerdings so, daß sie jederzeit danach greifen konnten. Falls ihnen keine andere Möglichkeit blieb, mußten sie die Waffe als Schocker einsetzen. Zum Glück war der Korridor vor dem Raum leer. Als sie an dem Kontrollraum vorbeischlichen, saßen die beiden Bediensteten immer noch vor ihren Pulten. Cedric fragte sich, ob sie überhaupt bemerkt hatten, daß sie vor Stunden zwischenzeitlich ohnmächtig gewesen waren, oder ob sie genau wie Maylor der Meinung waren, daß nichts vorgefallen war. Leider bestand nicht die Möglichkeit, sie danach zu fragen.

Cedric und Maylor hielten sich nicht länger als nötig damit auf, die beiden zu beobachten, sondern bewegten sich weiter. Zwar herrschte mittlerweile wieder einigermaßen normaler Betrieb auf den Gängen, aber das Schicksal meinte es anscheinend gut mit ihnen. Sie hasteten von Abschnitt zu Abschnitt, nachdem sie sich zuvor jeweils mit einem vorsichtigen Blick davon überzeugt hatten, daß der Weg frei war. Nur einmal wurden sie von mehreren Bediensteten überrascht, die, als sie beide ohne Deckung mitten in einem Korridor standen, nur wenige Meter vor ihnen eine Gangkreuzung betraten, doch die Männer waren in ein Gespräch vertieft und gingen zielstrebig weiter, ohne einen Blick in ihre Richtung geworfen zu haben.

Dann hatten sie den Lift erreicht. Cedric legte seine Hand auf den Sensor, während sie beide Seiten des Korridors nervös im Blick behielten. Es wäre fast schon eine Ironie des Schicksals, wenn sie im letzten Augenblick noch entdeckt werden würden. Doch niemand tauchte an den Enden des Ganges auf. Die böse Überraschung ereilte sie aus einer ganz anderen Richtung.

Als die Schotthälften des Fahrstuhls nach endlos lang erscheinenden ein oder zwei Sekunden endlich zur Seite glitten und sie rasch in die Kabine schlüpfen wollten, stießen sie mit jemandem zusammen, der gerade aussteigen wollte. Nahezu gleichzeitig zuckten ihre Hände in Richtung ihrer Waffen, und ebenso gleichzeitig verharrten sie mitten in der Bewegung, als sie erkannten, wer da in sie hineingelaufen war.

Virgint!

»Mr. Portos! Mr. Aramis!« Der Bankangestellte machte große Augen und sah, da er einen guten Kopf kleiner als sie war, zu ihnen auf. »Was für ein Zufall! Was machen Sie denn hier?«

»Wir haben uns wahrscheinlich etwas verirrt«, entgegnete Maylor verwirrt. »Eigentlich wollten wir zum Casino. Aber das hier . . .« Er blickte ostentativ in die Runde und machte eine hilflose Geste. »Das sieht nicht so aus, als ob wir richtig wären.«

»Da muß ich Ihnen recht geben«, sagte Virgint ohne die geringste Spur von Argwohn. »Hier sind Sie in der Tat ziemlich weit vom Weg abgekommen. Die Besucherzone liegt in einem ganz anderen Stockwerk. Aber vielleicht ist es eine Fügung des Schicksals, daß wir uns hier treffen.«

»Wie meinen Sie das?« fragte Cedric nach.

»Sie werden es nicht glauben«, erzählte Virgint, »aber ich bin gerade auf dem Weg zu Sartorius Wosch. Sie wissen doch, das ist der Direktor unserer Bank, mit dem Sie über einen Kooperationsvertrag verhandeln wollten. Ich hatte vor, einen Termin für Sie abzumachen. Ich nehme doch an, es ist in Ihrem Sinne, wenn diese Angelegenheit schnell zu einem Abschluß kommt?«

Wosch befand sich auf dieser Etage!

Cedric gab sich Mühe, sich sein Erschrecken nicht anmerken zu lassen.

»Vielleicht sollten Sie gleich zu ihm mitkommen«, schlug Virgint vor. »Dann können Sie Mr. Wosch persönlich kennenlernen und ihm schon vorab Ihre Wünsche und Vorstellungen mitteilen. Ja, ich glaube, das wäre das beste.« Er sah sie nach Zustimmung heischend an. »Was meinen Sie? Ist das nicht eine gute Idee?«

Nun saßen sie in der Klemme! Sartorius Wosch, einer aus dem engsten Führungskreis der Verschwörer, kannte ihr Konterfei mit Sicherheit. Waren die angeblich von ihnen gewünschten Verhandlungen, die sie nur mit dem Chef der *K&K*-Bank persönlich hatten führen wollen, bislang ihr Trumpf und ihre Eintrittskarte zu *Star City* gewesen, jetzt und hier mußten sie einem Zusammentreffen mit Wosch so lange wie möglich aus dem Weg gehen. In dem Moment, da sie ihm unter die Augen traten, wäre ihre Tarnung aufgeflogen.

»Nein, das . . .«, begann Cedric, nur um irgend etwas zu sagen. Zu allem Überfluß waren Schritte zu hören, die sich näherten. Er erschauderte bei dem Gedanken, daß es sich womöglich um Wosch selbst handeln könnte, der kam, um Virgint vom Aufzug abzuholen.

Schnell und mit sanfter Gewalt drängte Cedric den schmächtigen Bankmenschen in die Kabine zurück und war froh, daß

Maylor ihm dabei zu Hilfe kam, so daß Virgint gar nichts anderes übrigblieb, als vor ihnen zurückzuweichen, bis er mit seinem Rücken gegen die rückwärtige Kabinenwand stieß. »Das ist leider nicht möglich. Wir haben schon einen anderen Termin. Tut uns leid, aber wir konnten nicht wissen, daß Sie auf dem Weg zu Wosch sind.«

»Ja«, ergänzte Maylor einen Atemzug später. »Außerdem findet nachher die Sternengala statt. Ich denke, es wäre angebracht, sich erst einmal richtig zu amüsieren. Das Geschäftliche kann bis morgen warten. Auf die paar Stunden kommt es jetzt nicht mehr an.«

Erleichtert nahmen sie zur Kenntnis, wie sich die Schotthälften hinter ihnen schlossen. Damit war die Gefahr einer Entdeckung fürs erste gebannt.

Virgint lächelte etwas unbeholfen.

»Ganz, wie Sie meinen«, sagte er bedauernd. »Allerdings dachte ich, Sie würden Wert darauf legen, daß . . .«

»Seien Sie uns bitte nicht böse, Mr. Virgint«, unterbrach Cedric, »aber unsere Zeit drängt ein wenig. Wenn Sie uns vielleicht helfen könnten, aufs Besucherdeck zurückzukommen?«

»Aber natürlich!«

Virgint schien froh zu sein, daß es doch etwas gab, was er für sie tun konnte. Er beugte sich vor und nannte der Steuerautomatik die Nummer der entsprechenden Etage, und die Art, wie er es tat, zeigte, wie stolz er war, ihnen demonstrieren zu können, daß er die entsprechende Nummer im Kopf hatte. Cedric verwunderte es nicht besonders. Vermutlich waren sein Zahlengedächtnis und die Vorliebe, es jederzeit zu trainieren, untrennbar mit seinem Job verbunden.

»Hören Sie, um noch einmal auf unseren letzten Abend auf der STERNENMEDAILLON zurückzukommen«, begann der Bankangestellte in einem Tonfall, als würde er dieses Thema nie ansprechen, wenn er sich nicht so außerordentlich gut mit ihnen verstünde. »Ich habe das vage Gefühl, als hätte ich mich dabei womöglich etwas danebenbenommen. Aber ehrlich gesagt, ich kann mich kaum daran erinnern, was an diesem Abend vorgefallen ist. Ich weiß nur noch, daß ich heute irgendwann mit fürchterlichen Kopfschmerzen in meiner Kabine aufgewacht bin. Und das fast zwanzig Stunden nach der Landung auf *Star City*! Aber wie ich in meine Kabine zurückgekommen bin . . .«

»Ich kann Sie beruhigen, Mr. Virgint«, beschwichtigte Cedric ihn. »Es ist nichts vorgefallen, was Ihnen irgendwelche Sorgen bereiten sollte. Wir haben lediglich einen angenehmen Abend verbracht, und nachdem Sie den letzten Hyperraumsprung geradezu heldenhaft überstanden haben, haben Sie es für angebracht gehalten, sich in Ihre Kabine zurückzuziehen. Sie wollten sich nach dieser Anstrengung etwas ausruhen, wenn ich mich recht erinnere.«

»Da bin ich aber erleichtert«, stieß Virgint hervor. »Ich bin mir sicher, es lag allein an diesem teuflischen plomboyanischem Sekt. Ich weiß nicht, ob ich es Ihnen schon gesagt habe, aber normalerweise trinke ich nie alkoholhaltige Getränke.«

»Nun ja«, bemerkte Maylor tiefgründig. »Plombaya ist seit jeher für seine Rauheit bekannt.«

»Sie waren schon einmal dort?« erkundigte sich Virgint interessiert. »Man hört schier unglaubliche Dinge, was diese Extremwelt betrifft.«

»Nein«, log Maylor, um nicht in ein endloses Gespräch verwickelt zu werden, »die Gelegenheit hat sich leider noch nicht ergeben.«

Der Lift kam zum Halten. Als sich die Schotthälften öffneten, lag der kurze Seitenkorridor der Besucherzone vor ihnen.

»Machen Sie es gut, Mr. Virgint«, sagte Maylor, nachdem er mit Cedric ausgestiegen war. »Und nutzen Sie den heutigen Tag, um richtig auszuspannen. Jemand, der so hart arbeitet wie Sie, hat es verdient, sich ab und zu etwas Spaß zu gönnen.«

Virgint nickte beflissen, als entspräche dies durchaus seiner Meinung. Endlich einmal jemand, der ihn und den nervenaufreibenden Streß, unter dem ein Bankangestellter stand, zu würdigen wußte!

»Dann soll ich also für morgen einen Termin abmachen?« erkundigte er sich.

»Ich weiß nicht so recht«, sagte Cedric Cyper verhalten. Es

war klüger, von vornherein auf Zeit zu spielen. Wer wußte, ob sie morgen ihrem Ziel bereits entscheidend nähergekommen sein würden? »Ich denke, daß die heutige Nacht sehr lang werden könnte. Und ich möchte gerne ausgeschlafen sein, wenn ich über unser Byranium-Vorkommen verhandle. Schließlich geht es dabei um immense Summen. Vielleicht wäre es am besten, wir würden absprechen, wann wir Kontakt mit Mr. Wosch aufnehmen.«

Virgint machte einen enttäuschten Eindruck.

»Etwas anderes wäre es natürlich, wenn Sie es schaffen würden, einen Besprechungstermin mit Sandara abzumachen«, ergriff Maylor wiederum das Wort. »Für sie hätten wir natürlich immer Zeit.«

Cedric warf seinem Mitstreiter einen mißmutigen Blick zu. Was sollte das?

»Mit Sandara?« fragte Virgint entgeistert, als hätte man ihm vorgeschlagen, zu Fuß zum Milchstraßenzentrum zu laufen. »Sie ... Sie meinen, mit ihr ... ihr *selbst*?«

»Ja«, bestätigte Maylor. »Wir sind zwar nur zwei unbedeutende Prospektoren. Aber das geschäftliche Volumen, das wir zu bieten haben, dürfte auch für Sandara nicht uninteressant sein.« Und mit einem Augenzwinkern fügte er hinzu: »Wann hat man sonst schon die Chance, eine solch bezaubernde Frau kennenzulernen?«

»Ich glaube nicht, daß das möglich sein wird«, sagte Virgint. »Soweit ich weiß, läßt Sandara solche Geschäftsverhandlungen immer von entsprechenden Bevollmächtigten führen.«

»Wer weiß, vielleicht macht sie in unserem Fall ja eine Ausnahme?« verlieh Maylor seiner Hoffnung Ausdruck. »Ich jedenfalls würde lieber mit ihr verhandeln als mit einem graugesichtigen Bankmenschen. Dafür würde ich sogar ein paar Konzessionen bezüglich der Konditionen machen, und ich denke, mein Partner ist da ganz meiner Meinung. Und eine Sonderprämie für Sie wäre natürlich auch drin.«

»Ich bezweifle, daß sie mich zu sich vorläßt, aber ich werde sehen, was sich tun läßt«, versicherte Virgin eifrig, aber es klang nicht besonders hoffnungsvoll.

Cedric war fast erleichtert darüber. Er war sich noch immer nicht sicher, ob Maylor so sehr auf eine persönliche Begegnung mit Sandara drang, weil er hoffte, über sie an die Hintermänner der Verschwörung heranzukommen, oder weil er nach der gestrigen kurzen Begegnung mit ihr nicht mehr in der Lage war, vernünftig zu denken.

»Tun Sie das«, ermunterte Maylor ihn und deutete auf Virgints Kopf. »Übrigens – wo haben Sie sich die nette, kleine Beule geholt? Haben Sie sich etwa mit irgend jemandem geschlagen?«

Virgint tastete über seine Stirn und zuckte etwas zusammen, als er mit den Fingern die leicht verfärbte Stelle an seiner Schläfe berührte.

»Ach das«, meinte er. »Nein, das ist vorhin während der Kurskorrektur passiert. Ich bin etwas unglücklich gestürzt und muß mir dabei den Kopf gestoßen haben.«

»Gestürzt? Worüber denn?«

»Oh, über gar nichts«, antwortete Virgint. »Das war nur ein kleiner Schwächeanfall. Wie er jedem mal passieren kann. Nichts, worüber es sich nachzudenken lohnt.«

Cedric horchte geradezu elektrisiert auf. Virgint bemerkte davon nichts. Als niemand mehr etwas sagte, hob er die Hand und hielt unsicher inne, als wüßte er nicht, ob er sie ihnen zum Abschied hinstrecken oder ihnen damit zuwinken sollte.

»Na dann ...«, meinte er. »Ich werde sehen, was ich tun kann, um Sandara Ihr Anliegen vorzubringen, und mich dann wieder bei Ihnen melden. Vielleicht sehen wir uns noch nachher auf der Sternengala ...«

Hoffentlich nicht, dachte Cedric, während Virgint mit dem Fahrstuhl verschwand.

»Was schaust du so nachdenklich?« fragte Maylor.

»Ist dir an dem, was Virgint gerade erzählt hat, etwas aufgefallen?«

»Natürlich. Er ist genauso in Ohnmacht gefallen wie alle anderen hier. Aus dem Grund habe ich ihn ja nach der Beule gefragt. Ich habe mir fast gedacht, daß er es während des Manövers nicht für nötig gehalten hat, einen sicheren Platz aufzusuchen.«

»Ich meinte weniger, was er gesagt hat, sondern welche Worte er gebraucht hat: Das war nur ein kleiner Schwächeanfall, wie er jedem mal passieren kann. Kommt dir daran nichts komisch vor?«

»Na und?«

»Es sind genau dieselben Worte, die du auch benutzt hast!«

Maylor dachte einen Moment lang nach, dann hob er die Schultern, als frage er sich, warum Cedric dem so viel Bedeutung beimaß.

»Zufall! Weiter nichts«, meinte er. »Hältst du so was etwa für wichtig?«

»Ich bin mir noch nicht sicher«, antwortete Cedric. »Warten wir ab, was Kara-Sek dazu sagt.«

Maylor hob erneut die Schultern. »Was sollte er schon dazu zu sagen haben?«

»Das war nur ein kleiner Schwächeanfall«, sagte Kara-Sek, und rümpfte verächtlich die Nase, als wäre es ihm peinlich, eine schmachvolle Tatsache eingestehen zu müssen. »Wie er jedem mal passieren kann.«

Cedric wandte den Kopf und bedachte Maylor mit einem vielsagenden Blick. Nachdem sie in ihr Quartier zurückgekehrt waren, hatte er den Yoyodynen als erstes gefragt, ob während ihrer Abwesenheit etwas vorgefallen war. Doch es hatte mehrerer gezielter Nachfragen bedurft, ehe Kara-Sek eingestanden hatte, während des Manövers kurz das Bewußtsein verloren zu haben.

»Na, hältst du es immer noch für einen Zufall?« fragte Cedric. »Du, Virgint und jetzt auch Kara-Sek – ihr alle habt genau denselben Wortlaut benutzt!«

Maylor mußte eingestehen, daß er der Sache bislang zu wenig Beachtung geschenkt hatte.

»Du hast recht«, bekannte er. »Das kann kein Zufall sein. Trotzdem ... Irgendein Gefühl sagt mir, wie völlig unwichtig und belanglos dieser Schwächeanfall ist.«

»Ganz recht«, pflichtete Kara-Sek bei. »Unwichtig und belanglos.«

Sie klärten Kara-Sek darüber auf, was sie erlebt und herausgefunden hatten, und anschließend dachte der Yoyodyne ebenfalls anders darüber.

»Es hat den Anschein«, sagte Maylor, »als hätte man allen, die in Ohnmacht gefallen sind, so etwas wie einen posthypnotischen Block verpaßt, damit sie nicht weiter darüber nachdenken.«

»Damit könntest du durchaus ins Schwarze getroffen haben«, pflichtete Cedric ihm bei. »Und das erklärt auch, warum man keine Angst haben mußte, daß irgend jemandem etwas auffällt.«

»Aber ...« Maylor breitete die Arme in einer ratlosen Geste aus. »Das macht doch keinen Sinn. Warum sollte man so etwas tun? Wenn man uns gesagt hätte, all unser Vermögen der *Sandara Star Company* zu überschreiben oder irgend etwas anderes in dieser Richtung, ja, das hätte ich noch verstehen können. Aber wozu eine vollkommen nutzlose kleine Ohnmacht inszenieren und dann jedermann einimpfen, es sei ohne Belang? Welchen Sinn macht das?«

»Keinen«, antwortete Cedric. »Es sei denn, dieser Zwischenfall war noch gar nicht das, was man wirklich damit vorhat!«

»Du meinst, es war so eine Art Probelauf? Um zu testen, ob es funktioniert?«

»Wenn du es so ausdrücken willst«, sagte Cedric. »Meinetwegen. Fakt ist, daß man offensichtlich über eine Methode verfügt, sämtliche Insassen der Sternenstadt in den Schlaf zu schicken und posthypnotisch zu beeinflussen. Allein damit läßt sich eine Menge anstellen. Vor allem, wenn ich an die vielen hohen Befehlshaber denke, die hier versammelt sind ...«

Maylors Augen weiteten sich.

»Man könnte auf einen Schlag fast die komplette sarday'kinsche Führungselite ausschalten!«

»Oder in seinem Sinn umpolen!« ergänzte Cedric. »Ich bin mir nicht einmal sicher, was von beiden die unerfreulichere Alternative darstellt.« Er ließ sich einen Augenblick Zeit, ehe er weiterredete: »Aber damit wissen wir endlich, was das Ziel der Verschwörer ist!«

»Die Machtübernahme?« Maylors Stimme klang seltsam belegt.

»Genau. Und gleichzeitig dürfte feststehen, daß Sandara höchstpersönlich ihre hübschen Finger im Spiel hat. Ohne ihr Einverständnis würde man eine Manipulation dieses Ausmaßes niemals durchziehen können.«

»Wir müssen unsere Leute irgendwie warnen«, sagte Maylor. »Noch ist es nicht zu spät. Es befinden sich genügend Sicherheitsleute hier, um den Verschwörern das Handwerk zu legen.«

»Ohne Beweise?« fragte Cedric lakonisch. »Glaubst du wirklich, man würde drei entflohenen Strafgefangenen wie uns mehr Glauben schenken als der berühmten und hochintegeren Sandara? Nein, das einzige, was wir damit erreichen würden, wäre unsere Inhaftierung.«

»Stimmt«, gab Maylor kleinlaut zu. »Das war ein ziemlich dummer Vorschlag.«

Cedric sah zu dem schmuckvollen Chronometer an der Wand, der die Ziffern der jeweils aktuellen Sternzeit als holografisches Abbild in den Raum projizierte.

»In knapp zwei Stunden beginnt die Sternengala«, sagte er. »Ich bin mir sicher, daß die mysteriöse Überraschung, die es zum Höhepunkt des Festes geben wird, der Zeitpunkt ist, an dem die Beeinflussung erfolgen wird. Wir müssen uns darauf verlassen, daß sich unser unbekannter Freund rechtzeitig vorher meldet. Vielleicht kommen wir mit ihm zusammen in die Zentrale oder dorthin, wo die Energiemengen hingeleitet werden. Wenn wir die Aktion verhindern können, dann am wahrscheinlichsten dort.«

Maylor zog die Berechtigungscard für das Computersystem hervor und hielt sie empor.

»Oder wir probieren es hiermit«, schlug er vor. »Wenn wir uns die Daten ausdrucken lassen und damit beweisen können, daß es keine Kurskorrektur gegeben hat und alle mit menschlicher Tätigkeit verbundenen Funktionen während des Manövers zum Erliegen kamen, wird man uns vielleicht glauben.«

»Ich befürchte, selbst das würde nicht ausreichen«, sagte Cedric. Er strich sich nachdenklich übers Kinn. »Aber du hast da einen wichtigen Punkt angesprochen. Wir müssen unbedingt einen Weg finden, uns außerhalb der Besucherzone unauffällig zu bewegen. Ein zweites Mal werden wir kaum soviel Glück haben, dort unauffällig herumzuspazieren. Wir müßten uns von irgendwoher solche weißen Uniformen besorgen, wie sie die Bediensteten tragen.«

»Nichts leichter als das«, sagte Maylor. »Wir müssen uns nur zwei Bedienstete suchen, die in etwa unsere Größe haben, und sie in einem günstigen Moment überraschen. Wenn wir sie gut verschnürt und an einem geeigneten Platz unterbringen, wird man sie vor dem Höhepunkt der Sternengala bestimmt nicht vermissen.«

»Warte. Ich glaube, es gibt noch eine andere Möglichkeit.« Abermals wanderte Cedrics Blick zu der holografischen Anzeige der Uhr und dann weiter dorthin, wo ihre Gepäckstücke abgestellt waren. Ja, genau – das war es! »Das Risiko können wir uns sparen. Wir brauchen nur jemanden, der ein paar unserer Kleidungsstücke umändert.«

Er erklärte seine Idee. In ihrem Gepäck befanden sich mehrere Kostüme, die aus wertvollem holografischen Stoff gefertigt waren. Dieses Hi-Tech-Material ließ sich mit einem kleinen Steuerungschip, der meist unter dem Kragen angebracht war, so programmieren, daß man auf seiner Oberfläche jedes eingespeicherte Muster erscheinen lassen konnte: von einem in allen Regenbogenfarben erstrahlenden Muster über ein Abbild eines funkelnden Sternenhimmels bis hin zu – einem schlichten weißen Stoff!

»Ein genialer Gedanke!« meinte Maylor. »Aber der Schnitt stimmt nicht. Wer sollte uns die Kostüme entsprechend ändern?«

»Hier auf *Star City* gibt es bestimmt eine derartige Einrichtung. Sonst hält man für die verwöhnten Gäste doch auch jeden Service bereit.«

»Aber selbst wenn«, meinte Maylor. »Willst du etwa sagen, daß man unsere Kleidung so umschneidern soll, daß sie wie Bediensteten-Uniformen aussehen? Ist das nicht ein wenig auffällig?«

»Es ist nicht nötig, daß wir jemand anders damit beauftragen«, meldete Kara-Sek sich zu Wort. »Wir brauchen lediglich Nähzeug.«

»Moment mal.« Maylor sah den Yoyodynen stirnrunzelnd an. »Willst du damit sagen, daß du dich auf Schneiderarbeiten verstehst?«

»Natürlich!« bestätigte Kara-Sek. »Ein jeder Krieger muß in der Lage sein, sich selbst um die Pflege und Instandsetzung seiner Kleidung zu kümmern. Ist das bei euch Sar'daykin nicht so?«

Maylor hob die Schultern.

»Ach, weißt du«, sagte er leichthin, »wenn bei uns in der Raumflotte jemand Probleme mit seiner Uniform hat, fordert er einfach eine neue an.«

»Eine recht uneffektive Methode«, urteilte Kara-Sek mit finsterer Miene.

»Egal.« Cedric verschwendete keine Zeit damit, sich über Kara-Seks Fähigkeiten zu wundern. Wahrscheinlich war es nur folgerichtig, daß sich jemand, der am liebsten mit antiquierten Schwertern kämpfte, zugleich auf den Umgang mit solch prähistorischen Werkzeugen wie Nadel und Faden verstand. Cedric deutete auf das Informationsterminal. »Sieh zu, daß du dir die notwendigen Sachen kommen läßt. Du weißt selbst besser, was du brauchst.«

Der Yoyodyne setzte sich vor das Terminal, als Maylor plötzlich mit den Fingern schnappte.

»Ich hab's!« rief er.

»Was?« fragte Cedric. »Die Raumpest?«

»Nein. Ich weiß, auf welchem Wege man die Leute beeinflußt hat.«

»Raus damit!«

»Es sind die Byranium-Anhänger«, verkündete Maylor. »Überleg doch: Jeder der Gäste hat bei der Ankunft einen davon erhalten und wurde ausdrücklich angehalten, ihn die ganze Zeit über zu tragen. Darüber findet die Beeinflussung statt.«

Cedric überlegte einen Moment.

»Das trifft vielleicht auf Kara-Sek, Virgint und dich zu«, gab Cedric zu bedenken. »Aber du vergißt das Personal! Die beiden Techniker im Kontrollraum hat es genauso erwischt wie alle anderen Bediensteten, die auf den Monitoren zu sehen waren.«

»Weil sie ebenfalls ein Byranium-Schmuckstück tragen.«

»Wie bitte?«

»Hast du davon nichts bemerkt? Direkt über dem Symbol der *Sandara Star Company* auf ihrer Brust tragen sie eine Art kleine Brosche, und wie sie aussieht, hat sie einen Kern aus Byranium.«

Cedric war zwar aufgefallen, daß sämtliche Bediensteten – die beiden Frauen in der Ankunftshalle ebenso wie die Leute im Kontrollraum – solch ein Abzeichen auf ihrer Uniform hatten, aber er hatte nie realisiert, daß es sich dabei ebenfalls um Byranium handeln könnte.

»Schön und gut«, meinte er. »Aber das erklärt noch nicht, warum *ich* dann verschont worden bin.«

»Doch!« Maylor tippte Cedric vor die Brust, dorthin, wo sein Anhänger baumelte. »Weil *dein* Schmuckstück nämlich gestern von dem Byranium in unserem Koffer unbrauchbar gemacht worden ist. Deshalb bist du während der angeblichen Kurskorrektur als einziger bei Bewußtsein geblieben.«

Cedric hielt unwillkürlich den Atem an. Natürlich! Das war es! Seit gestern hatten sie sich gefragt, was die Spontan-Reaktion mit seinem Anhänger angestellt hatte. Nun hatte Maylor die Lösung gefunden. Cedric hatte das Gefühl, ihn in die Arme schließen zu müssen, aber er verzichtete darauf, weil er wußte, daß sein ehemaliger Freund eine Abscheu gegen allzu innige Dankesbekundungen hatte.

»Man muß ein Verfahren entwickelt haben, das Byranium so zu manipulieren, daß es zum Träger der Beeinflussung wird«, schlußfolgerte Maylor weiter. »Nur darf man es dann nicht mehr mit einer genügend großen Menge reinen Byraniums zusammenbringen.«

»Mein Gott!« rief Cedric, und in diesem Moment wußte er: Wenn es irgendeinen tieferen Sinn gegeben hatte, daß er den Koffer mit dem Byranium seit ihrer Flucht von Hadrians Mond mit sich schleppte, dann war es dieser: Es konnte ihre Rettung sein. »Du hast vollkommen recht!«

Maylor machte ein Gesicht, als wäre es eine seiner leichtesten Übungen gewesen.

»Er hat nicht recht«, sagte Kara-Sek vom Terminal aus. Maylors Kopf ruckte in Richtung des Yoyodynen.

»Was willst du damit sagen?« fragte er mit streitlustigem Unterton.

»Ich will damit sagen«, erklärte Kara-Sek mit unbewegter Miene, »daß es außer Cedric zumindest noch einen anderen geben dürfte, der nicht von der Bewußtlosigkeit betroffen gewesen war.«

»Wer?«

»Jemand, der sich strikt geweigert hat, einen Byranium-Anhänger zu tragen.«

Sie sahen den Yoyodynen erstaunt an.

»McCluskey!« rief Maylor.

»Richtig. An den habe ich überhaupt nicht mehr gedacht!« Cedric nickte Kara-Sek anerkennend zu. »Sehr gut. Wir sollten ihn nachher auf der Sternengala fragen, wie er das Manöver erlebt hat.«

»Seinem Verkalkungsgrad nach zu urteilen«, sagte Maylor, »hat er mit Sicherheit nichts bemerkt.«

»Es dürfte trotzdem interessant sein zu hören, was er zu sagen hat«, sagte Cedric. »Und wer weiß, vielleicht erweist er sich ja noch als wertvoller Verbündeter? Es wäre viel gewonnen, wenn wir ihn davon überzeugen könnten, daß den Leuten große Gefahr droht. Auf ihn würde man hören, wenn er seine Kollegen warnt.«

»Mit Verbündeten wie ihm können wir gleich einpacken«, meinte Maylor düster. »Aber eine minimale Chance ist besser als gar keine.«

Der Zimmerservice brachte die von Kara-Sek angeforderten Utensilien, und während er sich um ihre Kleidung kümmerte, kamen sie überein, seinen und Maylors Anhänger auf dieselbe Art ›unschädlich‹ zu machen, wie es tags zuvor mit dem von Cedric geschehen war. Damit sich niemand von ihnen in persönliche Gefahr begeben mußte, befestigte Cedric die beiden Anhänger am Ende eines Stabes, den er sich kurzerhand der Halterung der Leuchtelemente entliehen hatte. Damit hielt er sie über den geöffneten Koffer.

Abermals kam es zu einer Spontan-Reaktion. Der grünliche Brocken bildete Tentakel heraus, die binnen Sekundenbruchteilen nach den beiden Anhängern griffen; ein blendender Blitz knisterte auf – und dann war alles auch schon vorbei.

Als Cedric die beiden Schmuckstücke vom Stab nahm, waren sie äußerlich vollkommen unbeschädigt.

»Wenn deine Rechnung aufgeht«, sagte Cedric an Maylor gewandt, als er ihnen ihre Anhänger zurückgab, »dann müßtet ihr beide jetzt ebenso wie ich unempfindlich gegen weitere Ohnmachtsanfälle sein.«

»Meine Rechnung geht auf«, sagte Maylor. »Verlaß dich drauf!«

Cedric sparte sich eine Antwort. Vielleicht, weil er wußte, daß dies bei weitem nicht die einzige Rechnung war, die in den nächsten Stunden aufgehen mußte.

Synfile 7

Die Sternengala

Die Sternengala, der feierliche Höhepunkt des diesjährigen Festes, fand in einer fast unüberschaubar großen Halle statt. Sie hatte gut und gerne die Ausmaße eines Raumschiffhangars, und obwohl sich hier nahezu jeder geladene Gast eingefunden hatte und zwischen ihnen noch einmal so viele Bedienstete umhereilten, kam doch nie ein Gefühl der Enge auf. Es gab keine einheitliche Dekoration, statt dessen war die Halle in Dutzende vollkommen unterschiedlich dekorierte Bereiche aufgegliedert, von denen jeder eine Attraktion für sich war. Es gab für jeden Geschmack etwas: Lichterspiele, kleine Arenen, in denen verschiedene künstlerische Darbietungen stattfanden, aber auch ruhige Ecken, in die man sich zu einem Gespräch zurückziehen konnte.

Das Ganze war auf mehrere Ebenen verteilt, die teils aus freischwebenden Plattformen bestanden, auf die man über Treppenstufen aus leuchtender Formenergie gelangte und von denen aus man einen hervorragenden Gesamtüberblick hatte. Die jeweiligen Bereiche waren durch Schallschutzzonen voneinander abgeschirmt, damit sich das akustische Wirrwarr nicht zu einem unangenehmen Krach verdichtete, konnten aber frei eingesehen werden. Und über allem schwebte an der Decke das holografische Abbild eines funkelnden Firmaments, das den Eindruck vermittelte, sich unter dem freien Sternenhimmel zu befinden.

Cedric Cyper hatte für den Holo-Stoff seiner Kleidung ein ganz ähnliches Bild gewählt, während Maylor ein abstraktes Farbmuster vorgezogen hatte, das sich im Minutentakt veränderte. Etwas aufdringlich für Cedrics Geschmack, aber Maylor hatte auf seine diesbezügliche Bemerkung lächelnd geantwortet, daß so etwas momentan besonders in Mode wäre. Mit dieser Meinung schien er nicht alleine zu stehen, denn es liefen noch etliche andere Gäste in Holo-Kleidung herum, und im Gegensatz zu dem grellen Leuchten, das deren Kleidung verströmte, war Maylors Aufzug geradezu dezent.

Kara-Sek hatte es geschafft, ihre Kleidung in den letzten Stunden so umzuschneidern, daß sie vom Schnitt her weitgehend den Bediensteten-Uniformen entsprachen, selbst wenn das aufgrund des bunten Lichterspiels augenblicklich niemandem auffiel. Natürlich hatte er in der kurzen Zeit kein Meisterwerk vollbringen können. Sonderlich gut saßen die Anzüge nicht, und für einen solch festlichen Anlaß waren sie zudem vielleicht etwas schlicht gearbeitet, aber sie bemerkten niemanden, der darüber die Nase gerümpft hätte. Was in unteren Kreisen der Gesellschaft als schlampig oder unordentlich angesehen worden wäre, galt in einer Umgebung wie dieser vermutlich als Ausdruck von Persönlichkeit und Individualität.

Unbehelligt durchstreiften sie die verschiedenen Bereiche der Halle. Nicht einmal Kara-Seks Begleitung sorgte für Aufsehen; schließlich befanden sich hier und da noch andere Angehörige seines Volkes unter den Gästen. Ähnlich wie diese war auch Kara-Sek in ein traditionelles, kimonoähnliches Gewand gekleidet, das in seiner Pracht durchaus dem Anlaß entsprach. In seinem Gepäck hatte sich kein Holo-Kostüm befunden, und da er Cedric und Maylor gerade einmal bis zur Brust reichte, hätte es zuviel Aufwand erfordert, eines ihrer Kostüme auf seine Maße umzuschneidern. Außerdem hatte Cedric unter den Bediensteten keinen einzigen Yoyodyne gesehen. Insofern war diese Art der Tarnung für Kara-Sek ohnehin nicht möglich. Sein Schwert hatte er im Quartier zurückgelassen; eine derartige Waffe hätte als Provokation aufgefaßt werden können. Dafür hatten Cedric und Maylor ihre Strahler bei sich. Ihre

Sorge, sie müßten vor Betreten des Festsaals eine Kontrolle passieren, hatte sich als grundlos erwiesen. Offenbar verließ man sich auf seiten der Veranstalter darauf, daß die Gäste oft genug überprüft worden waren.

Es dauerte eine Zeitlang, ehe sie endlich Admiral McCluskey entdeckt hatten. Er stand zusammen mit einigen anderen hochrangigen Gästen, von denen Cedric einen sogar als Verteidigungsminister Kaspadow persönlich ausgemacht hatte, an einer Bar. Offensichtlich waren sie in ein wichtiges Gespräch vertieft, denn ihre ernsten, fast angespannten Gesichter wollten nicht so recht zur gelösten Stimmung ringsum passen. Es schien auf jeden Fall kein passender Augenblick zu sein, McCluskey anzusprechen.

Sie sahen sich nach einem geeigneten Platz in der Nähe um, von dem aus sie die Gruppe beobachten und auf eine günstigere Gelegenheit warten konnten, als die Männer ihr Gespräch bereits beendeten. Sie verabschiedeten sich mit einem ernsten Nicken und gingen in verschiedene Richtungen auseinander, ohne ihre Drinks ausgetrunken zu haben; nur Admiral McCluskey und ein anderer Mann, der seiner Gala-Uniform nach zu urteilen ein Militärattaché war, blieben an der Bar stehen.

Cedric wollte zu ihnen gehen, doch Maylor ergriff seinen Arm und hielt ihn zurück.

»Warte!« flüsterte er. »Sieh mal, was McCluskey um den Hals trägt!«

Bislang war der Oberkörper des Admirals mehr oder weniger von den anderen Leute verdeckt gewesen, doch jetzt konnte Cedric das Schmuckstück, das dort baumelte, deutlich sehen. Es war ein Byranium-Anhänger, wie er an alle Gäste verteilt worden war!

Cedric und Maylor tauschten einen verwunderten Blick.

»Anscheinend hat er seine Abneigung gegen Byranium mittlerweile überwunden«, kommentierte Maylor trocken.

»Das kann ich mir nicht vorstellen«, flüsterte Cedric kopfschüttelnd. »Da ist irgend etwas faul. Komm.«

Sie traten an McCluskey heran, der fragend zu ihnen aufsah.

»Guten Abend, Admiral«, sprach Cedric ihn in lockerem

Tonfall an, in der Hoffnung, daß der so redselige Admiral schon dafür sorgen würde, daß ihr Gespräch in Gang kam. »Wie geht es Ihnen heute?«

McCluskey blickte ihn auf eine seltsame Art und Weise an, halb irritiert, halb beunruhigt. Es schien, als sehe er Cedric zum ersten Mal.

»Danke, gut«, erwiderte er zögernd. Er runzelte die Stirn. »Verzeihen Sie – *kennen* wir uns?«

Das Gefühl, das hier etwas nicht in Ordnung war, explodierte geradezu in Cedric.

»Aber sicher«, sagte er, bemüht, nach außen hin weiterhin unbefangen und locker zu wirken. »Wir haben uns gestern an Bord der STERNENMEDAILLON getroffen. Und später während der Ankunft noch einmal.« Genau behielt er sein Gegenüber im Auge. McCluskey schien sich an nichts erinnern zu können.

»Ach ja«, sagte er, ohne allerdings überzeugend zu klingen. »Verzeihen Sie, ich habe in diesen Tagen sehr viel zu tun gehabt. Ein Termin jagt den anderen, da kann ich nicht alles im Kopf behalten. War es wichtig, worüber wir gesprochen haben?«

Cedric war sich sicher: Wem immer er gerade gegenüberstand, es war nicht der McCluskey, den er gestern kennengelernt hatte. Zwar glich er ihm bis aufs Haar, er sprach genauso, hatte dieselbe Mimik – und dennoch war er irgendwie wie ein Fremder.

»Nun, eigentlich nicht«, sagte Cedric ausweichend. Er wußte nicht so recht, was er sagen sollte. Eine innere Stimme riet ihm zur Vorsicht. »Wir haben uns nur über ganz allgemeine Themen unterhalten. Über die Raumflotte und das Fest heute abend.«

McCluskey schien erleichtert.

»Gut«, sagte er, und in seiner Stimme schwang leichte Ungeduld mit. »Wenn Sie mich nun bitte entschuldigen würden, meine Herren?« Er deutete auf den Attaché an seiner Seite. »Wir beide haben noch ein paar vertrauliche Dinge zu besprechen.«

Im Klartext: Sie sollten zusehen, daß sie verschwanden. Cedric fühlte, daß es besser war, sich daran zu halten und nicht weiter in den Admiral zu dringen. Die Situation hätte sich unter Umständen in eine unangenehme Richtung entwickeln können.

»Aber natürlich, Admiral«, erwiderte er eilig, lächelte gekünstelt und begann, sich rückwärts zu entfernen, wobei er Maylor mit sich zog. »Dann wollen wir Sie mal nicht länger stören. Einen angenehmen Abend noch.«

McCluskeys mißtrauische Blicke verfolgten sie, bis sie hinter der nächstbesten Ecke aus seiner Sicht verschwunden waren. Dafür lief ihnen Burns, sein Sicherheitsmann, über den Weg.

»Sie schon wieder!« knurrte er wenig begeistert, als er sie erkannte. »Hat man vor Ihnen denn niemals Ruhe? Haben Sie wieder vor, den Admiral zu belästigen?«

»Keine Angst, Burns, das haben wir schon hinter uns«, antwortete Cedric. »Sagen Sie, was ist denn heute nur mit ihm los?«

»Was sollte mit ihm sein?« fragte Burns gelangweilt, aber gleichwohl etwas interessiert, weil es um seinen Schutzbefohlenen ging. »Ich habe keine Ahnung, was Sie meinen.«

»Wir meinen zum Beispiel den Anhänger um seinen Hals«, erklärte Cedric. »Gestern haben Sie uns erzählt, daß er sich seit diesem Vorfall mit seiner Tochter strikt weigert, einen zu tragen. Und heute? Sie haben doch gesehen, was um seinen Hals baumelt. Kommt Ihnen das nicht seltsam vor?«

»Warum sollte es?« Burns hob die Schultern. »Er hat seine Meinung eben geändert.«

»So plötzlich?«

Burns' gerunzelter Stirn war anzumerken, daß ihm diese Tatsache ebenfalls ungewöhnlich vorkam, aber entweder widersprach es seinem Pflichtgefühl, sich Gedanken über derart persönliche Angelegenheiten seines Vorgesetzten zu machen, oder aber er empfand es unter seiner Würde, sich mit ihnen darüber zu unterhalten. »Er wird seine Gründe dafür haben«, sagte er abweisend. »Vielleicht hat ihn Sandara ja dazu überredet.«

»Sandara?« fragte Maylor aufhorchend. »Er hat sich mit Sandara getroffen?«

»So wörtlich habe ich das nicht gemeint«, korrigierte Burns. »Admiral McCluskey hat eine Unmenge Termine gehabt. Er hat sich den ganzen Tag lang mit Dutzenden von Leuten getroffen. Möglich, daß auch Sandara darunter war.« Der Sicherheitsmann machte eine unwillige Geste. »Aber ich wüßte nicht, was Sie das angeht. Also, wenn das alles war . . .«

»Nein, da gibt es noch etwas anderes«, sagte Cedric. »Ich hatte irgendwie den Eindruck, als . . .« Er hielt kurz inne und überlegte, wie offen sie gegenüber dem Sicherheitsmann sein könnten. Im Gegensatz zu McCluskey schien Burns sich seit gestern in keinster Weise verändert haben. Was immer mit dem Admiral los war, es erstreckte sich nicht auf seinen ständigen Begleiter. »Als ob McCluskey gar nicht mehr er selbst wäre«, vollendete er den Satz. »Er schien sich nicht mal mehr an unsere beiden gestrigen Begegnungen erinnern zu können.«

»Der Admiral ist in der Tat etwas nervös und in sich gekehrt«, gab Burns zu, und seinem Tonfall war zu entnehmen, daß er sich bereits seine Gedanken darüber gemacht hatte. »Wahrscheinlich wird er einige unerfreuliche Nachrichten erhalten haben. Ein Mann in seiner Position wird selbst während einer solchen Feier nicht von seiner Arbeit verschont.« Er sah sie abweisend an. »Und ganz im Vertrauen – ich an seiner Stelle würde auch so tun, als würde ich Sie nicht kennen. Vielleicht wollte ihnen der Admiral damit zu verstehen geben, daß er auf ihre Gesellschaft künftig keinen gesteigerten Wert mehr legt. Wundern täte es mich jedenfalls nicht.«

»Ja, Burns«, erwiderte Cedric scheinbar zufrieden mit dieser Erklärung. »So wird es sein.«

Burns schien zufrieden, daß sie das endlich eingesehen hatten, und entfernte sich, um sich wieder um seinen Schutzbefohlenen zu kümmern.

»Das stinkt gewaltig«, knurrte Maylor leise, nachdem sie wieder allein waren und auch Kara-Sek, der sich die ganze Zeit über im Hintergrund gehalten hatte, zu ihnen getreten war. »Irgend etwas hat man mit dem Admiral angestellt. Es kommt mir fast so vor, als ob man ihm einen Hypno-Block verpaßt hätte. Vielleicht steht er schon unter dem Einfluß der Verschwörer.«

»Deswegen habe ich unser Gespräch auch schnellstmöglich

beendet«, gab Cedric ebenso leise zurück, obwohl sich momentan niemand in ihrer Nähe aufhielt. »Aber was immer es ist, Burns ist nicht daran beteiligt. Er hat selbst gemerkt, daß mit McCluskey irgend etwas nicht stimmt, aber er weiß ebensowenig wie wir, was es ist.«

»Noch viel, viel weniger«, ergänzte Maylor.

Sie kamen nicht dazu, weiter darüber zu reden, denn in diesem Moment hallte ein Gong durch die Halle. Die verschiedenen Darbietungen, die es gab, wurden abgebrochen, und Cedric hörte, wie die Gespräche verstummten. Erwartungsvolle Stille und Spannung legte sich über die Festhalle: Der Zeitpunkt der offiziellen Eröffnung war gekommen.

Unter der Hallendecke erschienen gleißende Lichterbahnen, die in anmutigen Kurven über die Köpfe der Gäste hinwegkreisten, bevor sie sich schließlich in der Mitte der Halle vereinigten und ein riesiges holografisches Abbild eines Frauengesichtes entstehen ließen.

Sandaras Gesicht!

Ihr Blick schien über die Anwesenden hinwegzustreifen, als wolle sie jeden einzelnen davon in Augenschein nehmen, und obwohl es sich nur um eine künstliche Projektion handelte, konnte Cedric fühlen, daß allein das ausreichte, um jedermann in der Halle zu bezaubern. Er konnte es an Maylors Miene sehen, der wie alle anderen seinen Kopf in den Nacken gelegt hatte und fasziniert nach oben starrte.

Das Lächeln, das nach ein paar Sekunden auf Sandaras wohlgeformten Lippen erschien, überzeugte Cedric, daß es sich um eine Echtzeitprojektion handelte. Sandara selbst dürfte jetzt irgendwo in den Tiefen der Sternenstadt – wahrscheinlich im Kommandoteil – vor dem entsprechenden Aufnahmegerät sitzen und diesen beeindruckenden Auftritt von ihren Technikern inszenieren lassen.

»Liebe Gäste und Freunde«, klang ihre Stimme durch den Saal. *Ich freue mich, daß Sie sich auch in diesem Jahr wieder die Zeit genommen haben, meiner Einladung zu folgen und das Fest mit Ihrer Anwesenheit zu schmücken. In den letzten Tagen hatte ich bereits das Vorrecht, einige von Ihnen persönlich in*

meinem Domizil begrüßen zu dürfen, und diejenigen, auf die das nicht zutrifft, möchte ich auf diesem Wege aufs allerherzlichste willkommen heißen.

Applaus brandete auf, als wolle man sich auf diese Weise dafür bedanken. Sandara wartete, bis er abgeklungen war, ehe sie weiterredete. Es waren nur allgemeine Worte, wie sie wohl zur Eröffnung eines jeden festlichen Anlasses gesprochen wurden, aber aus ihrem Mund klangen sie besonders herzlich, und immer, wenn sie ein kleines Bonmot fallenließ, erklang herzliches Gelächter.

»Nun möchte ich Sie nicht länger von dem abhalten, zu dem Sie hergekommen sind«, leitete sie irgendwann das Ende ihrer kleinen Rede ein, doch bevor sie weitersprechen konnte, begann plötzlich der Boden zu zittern, und das entfernte Grollen einer Explosion rollte durch die Halle.

Die Erschütterungen dauerten nur einen Moment, und sie waren nicht so stark, um größere Beschädigungen anzurichten, aber man mußte ein wenig um sein Gleichgewicht kämpfen, und irgendwo polterten ein paar Gläser zu Boden und zerschellten klirrend. Dumpfes Gemurmel erhob sich; vereinzelt waren beunruhigte Rufe zu hören.

Der Projektion über ihren Köpfen war anzusehen, daß Sandara dieses Ereignis nicht verborgen geblieben war. Ein beunruhigter Zug hatte sich in ihr Gesicht geschlichen, und ihr Kopf machte eine hastige Bewegung, die bestimmt nicht abgesprochen war. Es sah aus, als blicke sie über ihre Schulter hinweg zu irgend jemand anderem, der natürlich nicht von den Projektionsgeräten erfaßt wurde.

Ein paar Sekunden vergingen, dann sah ihr Kopf wieder auf die Gäste hinab.

»Ich darf Ihnen versichern, daß kein Grund zur Besorgnis besteht«, hallte es durch den Raum, und ihre Stimme brachte das Gemurmel zum Verstummen. *»Wie ich soeben erfahren habe, ist es innerhalb der Sternenstadt leider zu einem Unglücksfall gekommen. Offenbar aufgrund eines technischen Defekts ist einer der Energiemeiler kollabiert. Dieser Meiler 217 ist für die Energieversorgung der Besucherzone jedoch von keinerlei Bedeu-*

tung, und sein Ausfall wird Sie und alles, was mit dem Fest zu tun hat, wie ich Ihnen versichern darf, in keinster Weise beeinträchtigen.« Ihre Miene hatte sich wieder entspannt, und nach einer kurzen Pause fuhr Sandara mit ihrer Begrüßungsrede fort. Obwohl die Ruhe, die sie ausstrahlte, dafür sorgte, daß sich die entstandene Unruhe ebenso schnell wieder legte, wie sie aufgekommen war, hatte Cedric doch den Eindruck, als wäre Sandara bei weitem nicht so locker und sicher wie zuvor. *»Ich hoffe, die große Überraschung, die wir wie jedes Jahr als Höhepunkt der Veranstaltung für Sie vorbereitet haben, wird Sie für diesen kurzen Moment der Aufregung mehr als entschädigen«*, beendete Sandara ihre Rede schließlich. Ein hintergründiges Lächeln erschien auf ihren Lippen. *»Nein, ich hoffe es nicht nur, ich weiß es! Und damit ist die Gala eröffnet!«*

Ihr Lächeln hatte Bestand, bis sich die holografische Projektion unter dem Applaus der Anwesenden aufgelöst hatte, und vielleicht war es wiederum nur Cedric, der zu sehen glaubte, wie sich ihr Gesicht in der letzten hundertstel Sekunde, die es zu sehen war, zu einer unwilligen Grimasse verzog und sich in dieselbe Richtung zu wenden begann, in die sie schon einmal geschaut hatte.

»Von wegen Kollaps eines Energiemeilers!« raunte Maylor, während rings um sie herum wieder die verschiedenen Aktivitäten einsetzten. »Das war eindeutig eine Explosion.«

Cedric nickte und bevor er Maylor antwortete, überzeugte er sich davon, daß sich nach wie vor niemand in ihrer Nähe befand, der sie hätte belauschen können.

»Und es ist kein Zufall«, sagte er, »daß sie genau den Meiler außer Kraft gesetzt hat, der für die Überwachung der Gefangenentrakte zuständig ist. Jede Wette, das war unser großer Unbekannter.«

»Das heißt, der Tanz beginnt.«

»Ganz recht. Und ich frage mich...« Weiter kam er nicht, denn hinter ihm erklang eine fragende Stimme. »Mr. Portos? Mr. Aramis?«

Cedric fuhr herum und sah, daß ein Bediensteter in weißer Uniform an sie herangetreten war.

»Ja«, bestätigte Cedric und fragte argwöhnisch: »Was gibt es?«

»Tut mir leid, wenn ich Ihr Gespräch unterbreche«, sagte der Bedienstete. »Ich habe hier eine Nachricht für Sie.«

Er zog einen Umschlag aus Papier hervor und überreichte ihn Cedric. Auf einer Seite standen ihre beiden Namen, unter denen sie hier auftraten, ansonsten war er unbeschriftet. Aber das war auch nicht nötig. Es war klar, wer der Absender war – ihr unbekannter Informant.

Der Bedienstete wollte sich mit einer höflichen Verbeugung zurückziehen.

»Halt! Warten Sie einen Moment!«

»Ja? Was kann ich für Sie tun?«

»Wer hat Ihnen diesen Umschlag gegeben?«

»Es gibt hier eine zentrale Sammelstelle«, gab der Bedienstete Auskunft. »Dort ist sie vor ungefähr einer Viertelstunde eingegangen.« Entschuldigend fügte er hinzu: »Ich habe mich bemüht, sie Ihnen eher zu überreichen, doch leider ist es mir erst jetzt gelungen, Sie zu finden. Ich hoffe, Sie erleiden dadurch keine Nachteile.«

»Nein, das glaube ich nicht«, sagte Cedric. »Vielen Dank. Das war alles, was ich wissen wollte.«

Der Bedienstete entfernte sich. Cedric sah ihm hinterher, bis er ihn zwischen den vielen Menschen aus den Augen verloren hatte, und fragte sich, wieviel der Mann von ihrer Unterhaltung mitbekommen hatte. Vermutlich nichts, sonst hätte er anderes reagiert.

Cedric riß den Umschlag auf. Darin befand sich ein zusammengefaltetes Stück Papier, wie sie es schon kannten, und darauf eine weitere Nachricht des Unbekannten.

»Achtet auf Marschall Wamsler«, war darauf zu lesen. *»Er ist der nächste und letzte. Bleibt ihm auf der Spur, wenn er abgeholt wird! Äußerste Vorsicht!«*

Es war nicht ganz das, was Cedric erwartet hatte, aber Maylor schien das anders zu sehen.

»Wie gesagt«, flüsterte er, nachdem er die Botschaft ebenfalls gelesen hatte, »der Tanz beginnt. Sehen wir zu, daß wir Wamsler finden.«

Sheryl spürte im Halbschlaf so etwas wie eine Erschütterung, die den Boden unter ihr vibrieren ließ, und wußte nicht, ob diese Empfindung Wirklichkeit oder nur Teil eines Traumes war. Da sie nur einen Augenblick lang währte, hätte sie wahrscheinlich einfach weitergeschlafen, wenn nicht jemand an ihren Schultern gerüttelt hätte.

»Sheryl! Wach auf. Es ist soweit!«

Sie öffnete benommen die Augen und hatte Mühe, sich daran zu erinnern, wo sie war. Einen Augenblick lang reagierte ihr Gedächtnis lediglich mit Fehlzündungen, dann hatte sie endlich in die Wirklichkeit zurückgefunden. Sie befand sich in einer Kerkerzelle in den Tiefen einer künstlichen Sternenstadt, und derjenige, der sich über sie gebeugt hatte und sie an den Schultern rüttelte, war Nabtaal.

»Wa . . . was ist soweit?« fragte sie irritiert und rieb sich die Augen.

»Unser Ausbruch! Komm, steh auf!«

Er ergriff ihre Handgelenke und zog sie auf die Beine. Sie ließ es zu, ohne sich zu sträuben. Vielleicht lag es an der Dringlichkeit in seiner Stimme.

»Wie geht es dir?« erkundigte er sich fürsorglich, als sie schwankend auf ihren eigenen Füßen stand. »Kannst du allein gehen?« Sie machte tapsig ein paar Schritte und stützte sich schnell an der Zellenwand ab, als sie merkte, wie sie ihr Gleichgewichtssinn im Stich zu lassen begann.

»Ja, ich glaube schon«, übertrieb sie.

»Gut. Dann nimm das hier.«

Er drückte ihr einen Gegenstand in die Hand, und verblüfft erkannte sie, daß es sich um einen Strahler handelte. Einen geladenen und funktionstüchtigen Strahler! Sie sah Nabtaal fassungslos an und sah, daß in dem Gürtel des Gefangenenoveralls eine identische Waffe steckte.

»Nabtaal!« rief sie und begriff, daß seine Ankündigung eines Ausbruchs alles andere als leeres Gerede gewesen war. »Woher um alles in der Welt hast du die Waffen?«

Er deutete zur Zellenwand, wo sich in dem Gestein das geöffnete Fach eines Versorgungsschachtes befand. Über diese Einrichtung wurden die Gefangenen üblicherweise mit ihrer kärglichen Verpflegung versorgt.

»Aber wie...?« begann sie, doch er schnitt ihr mit einer ungeduldigen Geste das Wort ab.

Er holte einen weiteren Gegenstand aus dem Fach – eine kleine metallische Scheibe, wie Sheryl erkennen konnte – und heftete ihn an den Rahmen der scheinbar schmiedeeisernen Tür. Er betätigte einen Schalter, eilte zu Sheryl zurück und zog sie mit zur gegenüberliegenden Seite der Zelle.

»Vorsicht!« warnte er sie. »Gleich gibt es ein kleines Feuerwerk.«

Die metallische Scheibe begann in gleißendem Licht zu erstrahlen, und rings um sie herum begann der Türrahmen rötlich zu glühen, als würde sein Material bis zum Schmelzpunkt erhitzt. Sheryl, die diese Art von Sprengkapseln kannte, wußte, daß tatsächlich etwas ähnliches geschah, wenn auch nur auf molekularer Ebene.

Der Effekt erstreckte sich auch auf den elektronischen Schirm zwischen den Gitterstäben. Sonst war er nur für ein geübtes Auge zu erkennen, jetzt leuchtete er plötzlich in waberndem Rot. Funken sprühten auf, es gab ein paar knisternde Entladungsblitze, die gleich Tentakeln durch die Zelle griffen, ohne Sheryl oder Nabtaal zu erreichen; ein lauter Knall ertönte – und dann war alles vorbei.

Der elektronische Vorhang war verschwunden. Die schmiedeeiserne Pforte hingegen sah vollkommen unbeschädigt aus. Jedoch nur äußerlich. Ein paar kräftige Tritte Nabtaals reichten aus, um die spröden Gitterstäbe, die ihren molekularen Zusammenhalt verloren hatten, wie Glas splittern zu lassen und ihnen einen freien Durchgang zu verschaffen.

Der Freischärler holte ein letztes Gerät aus dem Fach, etwas wie einen elektronischen Kompaß, und zog Sheryl aus der Zelle. Erst als sie draußen in der hellerleuchteten Halle standen, begann sie langsam zu begreifen, daß dies alles kein Traum war, sondern Realität. Sie waren tatsächlich im Begriff, aus diesem Gefängnis zu fliehen! Wie der Freischärler das allerdings bewerkstelligt hatte, wer ihnen die dafür nötigen Gegenstände geschickt hatte und vor allem auf welchem Weg sie aus dem Gefängnistrakt rauskommen sollten, entzog sich vollkommen ihrer Kenntnis.

Dafür schien Nabtaal um so besser zu wissen, wie es weiterging. Er strebte einem Schott am Rand der Halle zu. Während sie ihm folgte, sah sie in die Runde. Noch ließ sich keine Wache sehen, aber ein Blick hoch zu den Bewachungsanlagen genügte, um ihr zu sagen, daß das lediglich eine Frage der Zeit war. Natürlich würde man nicht so blind sein, ihren Ausbruch zu übersehen, und im zuständigen Überwachungsraum herrschte sicherlich längst hektische Aktivität.

»Darüber mußt du dir keine Gedanken machen«, deutete Nabtaal ihren Blick richtig. »Die Erschütterung, durch die du wach geworden bist, stammte von einer Explosion, die sämtliche Überwachungseinrichtungen hier lahmgelegt hat. Solange uns niemand über den Weg läuft, brauchen wir uns also keine Sorgen zu machen.«

Er ließ das Schott auffahren, die Waffe schußbereit erhoben, falls auf der anderen Seite jemand auf sie warten sollte, aber der dahinter liegende Korridor war leer.

»Was ist mit den anderen Gefangenen?« fragte Sheryl und deutete auf die Zellentüren.

»Für die können wir nichts tun«, antwortete er, während er bereits in den Korridor eindrang. »Wir müssen uns erst einmal um uns selbst kümmern. Komm, wir müssen hier entlang.«

Sheryl wußte, daß er recht hatte. Die Leute, die hier untergebracht waren, hatten für ihren Ausbruch höchstens ein paar anteilnahmslose Blicke übrig, und viele, die meisten sogar, hatten es nicht einmal bemerkt. Wie betäubt folgte sie Nabtaal. Sie hatte den Eindruck, als wäre ihr irgendwann – und nicht erst bei ihrem Erwachen vor wenigen Minuten – das Heft des Handelns aus der Hand genommen worden. Derjenige, der es nun fest in der Hand hielt, war Nabtaal, allerdings ein Nabtaal, der so zielstrebig und entschlossen wirkte, wie sie ihn noch nie zuvor erlebt hatte, und das einzige, was ihr zu tun übrigblieb, war, hinter ihm herzulaufen und zu versuchen, den Anschluß nicht zu verlieren. Als einziger Trost blieb ihr die Feststellung, daß sie sich nach ihren anfänglichen Schwierigkeiten immer sicherer auf den Beinen fühlte.

Sie hasteten durch die Gänge, bogen mal links, mal rechts ab, und schließlich blieb Nabtaal vor einer Gangkreuzung stehen.

»Neun, sieben, sechs, vier«, las er flüsternd die Nummer des Querganges ab. Er sah Sheryl strahlend an. »Das ist es! Wir sind gleich da!«

Sie hielt ihn am Arm fest, als er weitereilen wollte.

»*Wo* sind wir gleich, Nabtaal?« fragte sie. »Und warum kennst du dich hier so ausgezeichnet aus? Bitte sag mir endlich, was hier überhaupt vorgeht. Ich habe das Gefühl, nichts mehr zu kapieren.«

Er legte ihr die Hände an die Schultern und sah ihr eindringlich in die Augen.

»Bitte, Sheryl! Hab noch ein wenig Geduld. Wir müssen erst einmal aus dem Gefangenentrakt raus. Das ist das Allerwichtigste! Sobald wir den Gefangenentrakt verlassen haben, werde ich dir alles erklären. Also komm und paß auf, daß niemand in unserem Rücken auftaucht.«

Sein Blick und der Ton seiner Stimme machte ihr klar, daß es angeraten war, auf ihn zu hören – und wenn es das erste Mal war, seitdem sie ihn vor einem halben Jahr in den Byranium-Minen auf Hadrians Mond kennengelernt hatte.

Sie liefen weiter und kamen in einen Bereich, der noch einen verhältnismäßig unfertigen Eindruck machte. Es schien, als wäre man noch dabei, diesen Trakt weiter in das Asteroidengestein zu treiben. Ein Zeichen, wie tief diese Räumlichkeiten unter der Oberfläche lagen. Doch offensichtlich waren die Arbeiten schon seit geraumer Zeit eingestellt worden. Sie eilten durch eine Reihe von Lagerräumen, die mit den verschiedensten Kisten und Geräten vollgestellt waren, darunter auch modernste Ausführungen für unterirdische Bergbauarbeiten. Seit ihrer Verbannung kannte Sheryl sich da leidlich aus.

Nabtaal blieb schließlich vor einem gepanzerten Schott am Ende einer Halle stehen. Sheryl registrierte das Vorhandensein eines solchen Sicherheitsschotts hier unten mit einiger Verwunderung. Bislang hatte sich jeder Durchgang, den sie passiert hatten, anstandslos geöffnet – was entweder mit der Zerstörung der Überwachungseinrichtungen zusammenhing oder damit, daß niemand ernsthaft damit gerechnet hatte, daß sich Gefangene aus ihren Zellen befreien könnten, und um so seltsamer war es, ausgerechnet in dieser verlassenen Lagerhalle auf eine solche Einrichtung zu stoßen. Was immer dahinter lag, es mußte außerordentlich bedeutsam sein, sonst hätte man sich nicht die Mühe gemacht, es derart abzusichern.

»Wie willst du das Ding aufbekommen?« fragte Sheryl, die wußte, daß eine der kleinen Sprengladungen, die Nabtaal für die Zellentür benutzt hatte, bei weitem nicht ausreichen würde, dieses Schott zu öffnen.

»Ganz einfach«, antwortete Nabtaal und wandte sich der Codeleiste zu. »Mit dem richtigen Code.«

Er tippte eine vierstellige Nummer ein – 4711, wie Sheryl sehen konnte –, und mit einem leichten Zischen schwang das Schott vor ihnen auf. Sheryl hatte es längst aufgegeben, sich darüber zu wundern; Nabtaal hatte in den letzten Minuten zu viele Dinge zustande gebracht, die sie sich nicht einmal ansatzweise erklären konnte.

Hinter dem Schott schloß sich ein grob behauener Stollen an, der durch schwärzliches Asteroidengestein führte. Zwanzig Meter weiter machte er einen scharfen Knick. Sheryl fühlte sich bei seinem Anblick beinahe auf Hadrians Mond versetzt. Sie hatte in dem letzten halben Jahr die meiste Zeit des Tages in solchen Stollen zugebracht.

»Sauerstoff«, stellte Sheryl verwirrt fest, als sie in den Stollen traten. Im Grunde genommen war es eine überflüssige Feststellung. Wäre es anders gewesen und hätte sich hinter dem Schott ein Vakuum befunden, hätte sie keine Zeit mehr zu dieser Bemerkung gehabt. Und außerdem, fügte sie in Gedanken trotzig hinzu, hätte Nabtaal ansonsten bestimmt entsprechende Vorkehrungen getroffen. Alles andere hatte er ja, wie es schien, auch hervorragend im Griff.

Die Luft war schal und abgestanden, aber atembar. Feine, kaum merkliche Schwaden weißen Nebels schienen in dem Stollen zu hängen, ein Nebel, der nichts mit Wasserdampf zu tun hatte, denn die Wände waren vollkommen trocken. Sheryl hatte unterbewußt das Gefühl, als hätte sie genau denselben Nebel vor nicht allzu langer Zeit schon einmal gesehen.

Nabtaal nahm zwei Lampen von einer Halterung an der Wand, und drückte Sheryl eine davon in die freie Hand, bevor er das Tor wieder zufahren ließ. Einen Augenblick lang war es stockdunkel, ehe Nabtaals Lampe aufflammte, und kurz darauf gesellte sich auch der Schein von Sheryls dazu.

»So«, seufzte Nabtaal und lehnte sich aufatmend an die Wand.

Der erste Teil wäre geschafft. Hier dürfte uns vorerst niemand finden. Ich glaube sogar, selbst wenn sie unsere Flucht entdecken, werden sie nicht auf die Idee kommen, daß wir uns hierher zurückgezogen haben könnten.«

»Heißt das, daß wir erst einmal in Sicherheit sind?« fragte Sheryl lauernd.

Nabtaal lächelte. Er schien genau zu wissen, worauf sie hinauswollte.

»Ja«, sagte er. »Jetzt werde ich dir alles erklären.«

»Schön«, sagte Sheryl, und jetzt, da die Hektik der Flucht in einen Moment der Ruhe übergegangen war, spürte sie Wut in sich aufsteigen. »Dann erklär mir mal, ganz abgesehen davon, wie du das alles angestellt hast, als erstes, warum du mir vorher nicht das geringste davon gesagt hast! Mußte es denn sein, daß du mich vollkommen überraschst und mich wie eine dumme Göre hinter dir herrennen läßt?«

Er sah sie mit großen, um Verzeihung bittenden Augen an.

»Glaub mir, Sheryl, das mußte sein. Ich hatte Angst, man könnte dich noch einmal zum Verhör abführen, und das hätte den ganzen Plan zunichte gemacht. Mich hat man nicht als ernstzunehmende Gefahr eingestuft, aber wenn du etwas gewußt hättest, hätten sie dich so lange bearbeitet, bis du es ihnen verraten hättest. Nein, es war besser, dich bis zum letzten Moment im unklaren zu lassen.«

Sheryl starrte Nabtaal mit mühsam unterdrückter Wut an, und ihre Hand ballte sich so stark um die Lampe, daß ihre Fingerknochen weiß hervortraten, aber sie mußte erkennen daß er recht hatte. Was allerdings noch lange nicht hieß, daß es ihr auch gefiel.

Er löste sich von der Wand und ging, die Lampe am ausgestreckten Arm vor sich haltend, tiefer in den Stollen hinein.

»Wir müssen weiter«, sagte er. »Ich werde dir unterwegs alles erklären.«

Richtig, erinnerte sie sich. Er hatte etwas von einem ersten Teil gesagt, den sie geschafft hatten. Und wo es einen ersten Teil gab, gab es aller Wahrscheinlichkeit nach auch einen zweiten.

Sie kam nicht mehr dazu, ihn danach zu fragen. Er hatte die Biegung erreicht, und als sie neben ihn trat und den Stollenabschnitt sah, der sich vor ihnen erstreckte – mit seiner ovalen Form, seinen organischen Rundungen und den regelmäßigen rippenähnlichen Gebilden an den Wänden –, überkam sie endgültig das Gefühl, sich wieder in den Byranium-Minen auf Hadrians Mond zu befinden.

»Das ist ein Gespensterstollen!« hauchte sie ungläubig. Auf Hadrians Mond hatte es solche Stollen gegeben, und durch einen davon war ihnen die Flucht aus der Minensektion gelungen. Nie und nimmer hätte sie es jedoch für möglich gehalten, auf einer anderen Welt auf einen solchen zu treffen – schon gar nicht auf diesem Asteroiden.

»Richtig«, bestätigte Nabtaal. Der Anblick des gewundenen Stollens, der unwillkürlich den unangenehmen Eindruck vermittelte, sich in einem organischen Schlund zu befinden, der sich jeden Moment zu bewegen und zuzuziehen beginnen konnte, ließ auch ihn nicht unberührt, aber er schien ihn lange nicht so überraschend zu treffen wie sie. »Es könnte bedeuten, daß es auf diesem Asteroiden ebenfalls Byranium-Vorkommen gibt oder gab. Vielleicht ist das der Grund für den Aufstieg der *Sandara Star Company*, und dann wäre es nur logisch, warum man hier das Hauptquartier der Gesellschaft errichtet hat.« Er hob die Schultern. »Es ist aber auch möglich, daß die Vorkommen bereits vor Urzeiten von denen, die diese rätselhaften Stollen angelegt haben, ausgebeutet worden sind. Für das, was wir vorhaben, ist das allerdings zweitrangig.«

Sheryl schüttelte den Kopf. Sie konnte das alles kaum begreifen. Nur eines begriff sie mit kristallklarer Deutlichkeit: Nabtaal würde ihr verdammt viel zu erklären haben!

Er sah auf seinen elektronischen Kompaß und deutete nach vorne.

»Komm«, drängte er. »Wir haben noch einen langen Weg vor uns.«

»Wohin, Nabtaal?«

Er lächelte sein unsicheres, leicht schüchternes Lächeln.

»Um was es sich dabei genau handelt, kann ich dir nicht sagen«, antwortete er. »Aber ich weiß, wie wir dorthin kommen. Und daß wir dort die Antwort auf alle offenen Fragen erhalten werden.«

»In meinem Schädel gibt es im Moment nur offene Fragen«, gestand sie hilflos.

»Du wirst es schon verstehen, wenn ich dir alles erklärt habe.«

Sie machten sich auf den Weg und drangen tiefer in den Stollen ein.

»Fang an!« forderte sie.

Er holte tief Luft.

»Zuallererst«, begann Nabtaal, tief Luft holend. »Sagt dir der Name Daily Lama etwas?«

Cedric, Maylor und Kara-Sek benötigten fast eine geschlagene halbe Stunde, ehe sie Wamsler endlich gefunden hatten. Beinahe wären sie nur ein paar Meter an ihm vorbeigelaufen, ohne ihn zu entdecken, doch glücklicherweise verfügte der Raummarschall einerseits über ein unüberhörbares Organ, dessen Volumen dem seines mächtigen Bauches in nichts nachstand, und zum anderen hatte er eine ausgeprägte Vorliebe, bei jeder sich bietenden Gelegenheit ein paar Witze aus seinem schier unerschöpflichen Repertoire zum Besten zu geben. Beides waren Dinge, die Winston Woodrov Wamsler, wie sein vollständiger Name lautete, schon bei jedem Raumkadetten zu einem festen Begriff machte. Die Legenden sowohl über seine Raumschlachten wie auch über seine Sauftouren durch – wenn man dem Hörensagen trauen durfte – nahezu sämtlichen Raumhafenbars dieser Galaxis, bei denen es selten einen friedlichen Ausgang gegeben haben sollte, waren so zahlreich, daß ein einzelnes Menschenleben, selbst wenn es wie in seinem Fall nun schon gute siebzig Jahre währte, bei weitem nicht ausgereicht haben konnte, nur für die Hälfte dessen verantwortlich zu sein, was ihm nachgesagt wurde. Doch diese wilden Jahre lagen mittlerweile einige Zeit zurück. Seit seiner Beförderung zum Raummarschall arbeitete er im Flottenhauptquartier. Was ihn allerdings nicht davon abhielt, Gelegenheiten wie diese zu nutzen, unter Beweis zu stellen, wieviel Durchhaltevermögen er immer noch im Trinken und Witzeerzählen hatte. Und die Befehlshaber, mit denen er in trauter Runde zusammensaß, schienen das ausgiebig zu genießen, wie ihr brüllendes Gelächter bewies.

Cedric suchte sich zusammen mit seinen Begleitern einen Platz in der Nähe des Raummarschalls. Ab und zu drangen ein paar Fetzen seiner Erzählungen zu ihnen herüber, doch die Pointen wurden meist durch das Lachen der Zuhörer überlagert. Cedric bedauerte es nicht. Er war nicht in der Stimmung, über irgend etwas zu lachen, sondern hing zumeist seinen eigenen, trüben Gedanken nach. Sie drehten sich nicht selten um Sheryl. Der Energiemeiler, der die Überwachungsanlagen des Gefangenentrakts versorgte, war mit Sicherheit nicht zufällig hochgegangen, und Cedric ging davon aus, daß ihr großer Unbekannter dafür verantwortlich war. Das Ziel dieser Aktion konnte eigentlich nur eines sein: die Befreiung von Sheryl und Nabtaal. Oder ging er da von falschen Voraussetzungen aus? Gab es vielleicht etwas, das ebenfalls im Überwachungsbereich lag und viel wichtiger war?

In der nächsten Stunde hatte er genügend Zeit, sich darüber den Kopf zu zermartern, denn es geschah das, was ihm am allerwenigsten gefiel: gar nichts!

»Wer weiß, wie lange das noch dauert«, sagte Maylor. Er trank den Drink, den er sich hatte kommen lassen, aus und stieg unruhig von einem Bein aufs andere. »Äh, du hast doch nichts dagegen, wenn ich mich mal kurz zurückziehe? Ich verspüre ein allzu menschliches Bedürfnis.«

»Soll ich etwa nein sagen?« fragte Cedric ironisch. »Hau ruhig ab. Aber beeil dich. Wer weiß, wann man den Raummarschall abholt.«

»Wer weiß, ob man es überhaupt tut«, entgegnete Maylor. Er wollte gehen und wurde von Cedric zurückgehalten.

»Laß mir für alle Fälle die Zugriffscard hier«, verlangte Cedric. »Man kann nie wissen.«

Maylor überreichte sie ihm unauffällig und ließ ihn dann allein.

Cedric winkte die Bedienung heran und ließ sich ebenfalls einen Drink bringen. Bislang hatte er darauf verzichtet, doch das Warten zerrte an seinen Nerven. Ein kleiner Schluck würde bestimmt guttun. Insgeheim beneidete er Kara-Sek. Der Yoyodyne saß geduldig mit derart ausdrucksloser Miene da, als wäre es ihm völlig gleichgültig, ob er vielleicht noch weitere Stunden untätig dasitzen müßte.

»Macht dich die Warterei nicht nervös?« fragte er in dessen Richtung.

Kara-Sek hob kurz den Kopf.

»Wenn man weiß, daß es zum Sturm kommt, sollte man die Ruhe davor genießen und versuchen, aus ihr Kraft zu schöpfen, solange es möglich ist«, antwortete er.

Cedric kniff die Mundwinkel zusammen. Das hatte man davon, wenn man einen Yoyodynen derartige Dinge fragte. Er hätte sich gleich denken können, was für eine Art Antwort er von Kara-Sek bekommen würde. Je länger er jedoch über dessen Worte nachdachte, desto mehr hatte er das Gefühl, daß es sich nicht einfach nur um eine dahergebetete Floskel aus dem yoyodynischen Ehrenkodex handelte, sondern vielmehr um einen persönlichen, gutgemeinten Rat. Und das wäre eine ganz neue Seite an Kara-Sek.

Die Bedienung brachte ihm den bestellten Drink, doch er kam nicht mehr dazu, davon zu trinken. Der Redefluß des Raummarschalls war versiegt, wie Cedric feststellte, und als er den Kopf wandte, erkannte er den Grund dafür. Zwei weißuniformierte Bedienstete waren dezent an Wamsler herangetreten, und einer davon hatte sich zu ihm herabgebeugt und flüsterte ihm etwas zu. Wamsler reagierte erst mit Erstaunen, dann nickte er und erhob sich von seinem Platz.

Seiner Gestik, mit der er sich von seinen Zuhörern verabschiedete, war deutlich anzusehen, daß er es bedauerte, die Unterhaltung nicht weiter fortzusetzen, aber leider riefe die Pflicht.

Zusammen mit den zwei Bediensteten verließ er seinen Platz, und Cedric glaubte in ihnen die beiden Männer wiederzuerkennen, die gestern abend im Casino bereits Admiral McCluskey abgeholt hatten. Kaum hatte er diesen Gedanken zu Ende gedacht, richtete er sich nahezu kerzengrade auf.

... die bereits McCluskey abgeholt hatten! wiederholte er tonlos. Und heute, nachdem das geschehen war, trug der Admiral plötzlich einen Byranium-Anhänger und schien sich nicht mehr daran erinnern zu können – mehr noch, es nicht einmal zu *wollen* –, daß er ihnen zweimal begegnet war. Das war es! Was immer man mit ihm angestellt hatte, es stand nun auch Wamsler bevor.

Er sah die drei davongehen und schaute sich hektisch nach Maylor um, ohne ihn zu entdecken.

»Verdammt«, fluchte er unterdrückt. »Immer, wenn man ihn braucht, ist er nicht da. Das war die zwei Jahre auf Hadrians Mond schon genauso.«

Er wies Kara-Sek an, hierzubleiben, auf Maylor zu warten und ihm zu erzählen, daß Wamsler abgeholt worden war und er sich an dessen Fersen geheftet hatte. Sie sollten nach Möglichkeit hier auf seine Rückkehr warten. Er würde versuchen, so schnell wie möglich zurückzukommen oder ihnen in anderer Form eine Nachricht zukommen lassen. Und in Gedanken fügte er hinzu: sofern ich dazu in der Lage sein werde.

Die drei Männer waren bereits beinahe aus seiner Sicht verschwunden, und er mußte sich sputen, um sie nicht endgültig aus den Augen zu verlieren. Andererseits hatte es auch sein Gutes, daß der Abstand zwischen ihnen so groß war. Die beiden Bediensteten schauten sich ein paarmal um, wie um sich zu vergewissern, daß ihnen niemand folgte, und Cedric konnte jedesmal unauffällig hinter einer Menschengruppe oder einem anderen Hindernis Deckung suchen, so daß ihre Blicke ihn nie trafen.

Sie strebten einem Ausgang zu, der aus der Halle heraus- und in die Besucherzone hereinführte, die jetzt nahezu menschenleer war. Nur hier und da gingen ein paar Angestellte durch die Korridore. Er wurde immer schwieriger, den dreien zu folgen, ohne dabei entdeckt zu werden – besonders dann, wenn man ein prächtiges Holo-Kostüm trug.

Cedric suchte Deckung in einer Nische, überzeugte sich, daß niemand in der Nähe war, und berührte dann mit den Fingern den Steuerchip unter dem Kragen seines Kostüms. Der nachtschwarze Sternenhimmel auf der Oberfläche des Stoffs verblaßte im selben Moment und machte einem strahlenden Weiß Platz, das dem der Personal-Uniformen genau entsprach. Es war buchstäblich ein Unterschied wie Tag und Nacht. Und zur Krönung der Tarnung erschien auf seiner Brust das Symbol der Sternenstadt und darüber sogar ein kleiner grünlicher Fleck, der der Brosche glich, wie sie von den Bediensteten getragen wurde. Sie hatten es vorhin in ihrem Quartier mit ein wenig technischer Improvisation geschafft, die entsprechenden Daten in den Steuerchip einzuprogrammieren – mit dem Erfolg, daß man ihm jetzt schon direkt gegenüberstehen und sehr genau hinsehen mußte, um die angebliche Uniform als Fälschung auszumachen. Und soviel Zeit gedachte Cedric niemandem zu geben.

Er nahm den Anhänger ab, das letzte Element, daß ihn noch als Gast der Sternengala auswies, und nachdem er ihn in einer Jackentasche verstaut hatte, löste er sich aus der Nische und eilte den anderen hinterher. Sein neues Outfit gab ihm ein Gefühl der Sicherheit. Mehrfach kreuzten Bedienstete seinen Weg, aber sie hielten ihn für einen der ihren und schenkten ihm keine weitere Beachtung.

Der Raummarschall und seine beiden Begleiter hatten einigen Vorsprung gewonnen, aber bald hatte Cedric sie wieder eingeholt. Er verharrte hinter einer Gangbiegung, als er sah, wie die drei vor ihm eine kleine offene Halle betraten, in der mehrere Fahrstuhlschotts mündeten. Vor einem davon blieben sie stehen.

»Das muß ein Fehler sein«, hörte Cedric Wamsler sagen, als sich vor ihnen das Kabinenschott öffnete. »Sie haben mir in der Halle gesagt, daß Sandara mich in ihren Privatgemächern erwartet. Aber dieser Aufzug hier führt doch zu den Produktionsstätten.«

»Das hat schon seine Richtigkeit«, erwiderte einer der Bediensteten. »Nur eine kleine Änderung in der Planung.«

Wamsler reagierte mit Unmut.

»Ich lasse mich von Ihnen doch nicht an der Nase herumführen!« rief er. »Was soll ich in den Produktionsstätten? Sandara wird mich dort wohl kaum empfangen, oder?«

»Nein, das wird sie sicherlich nicht. Aber Ihnen wird kaum etwas anderes übrigbleiben, als uns zu begleiten.«

»Was . . . was soll das heißen?« polterte der Raummarschall. Er sah sich hilfesuchend um, aber außer ihnen befand sich niemand in der Halle, den er um Unterstützung hätte bitten können, und Cedric, der vorsichtig hinter seiner Deckung hervorlugte, bemerkte er nicht.

»Ganz einfach«, antwortete der Bedienstete. *»Das!«*

Cedric sah, wie der Mann seinen Arm auf Wamsler zustieß, und dann hörte er das unverkennbare Zischen eines Injektors.

Der Raummarschall machte eine Bewegung, als wolle er um sich schlagen, doch noch bevor er richtig ausholen konnte, erschlaffte sein Körper. Die beiden Männer fingen ihn auf, bevor er zu Boden stürzen konnte, was ihnen angesichts seines immensen Gewichts einige Schwierigkeiten machte, und schleiften ihn in die Kabine. Das Schott schloß sich, und einen Moment später verkündete die Außenanzeige, daß sich der Fahrstuhl in Gang gesetzt hatte.

Cedric verließ seine Deckung. Obwohl er damit gerechnet hatte, daß dem Raummarschall nichts Gutes bevorstand, hatte ihn die Plötzlichkeit der Aktion doch überrascht. Vor dem geschlossenen Schott blieb er verdrossen stehen. Genau so etwas hatte er insgeheim befürchtet, als er die Verfolgung aufgenommen hatte. Von hier aus hatte er keine Möglichkeit, festzustellen, in welcher Etage die Kabine hielt. Und er konnte schlecht Dutzende, wenn nicht gar Hunderte von Stockwerken abfahren und nachfragen, ob man zufällig zwei Bedienstete mit einem ausgeknockten Raummarschall hatte vorbeikommen sehen.

Es sei denn, dachte er mit einem Fünkchen Hoffnung, der Steuerungsautomatik reichte die Angabe, noch einmal dieselbe Etage wie bei der letzten Fahrt aufzusuchen! Er mußte es eben versuchen.

Er hob den Arm, um das Sensorfeld, mit dem man die Kabine rufen konnte, zu berühren, als sich ihm von hinten eine Hand auf die Schulter legte.

»Ganz ruhig!« raunte ihm eine Stimme ins Ohr. »Keinen Laut!«

Cedric erstarrte, doch nicht nur aus dem Erschrecken heraus, ertappt worden zu sein – obwohl das allein schon schlimm genug gewesen wäre –, nein, vielmehr deshalb, weil ihm die Stimme in seinem Rücken so vertraut war, daß er sie unter Tausenden herausgehört hätte.

Es war Nabtaals Stimme!

Synfile 8

Doppelgänger

Behutsam drehte Cedric sich herum. Derjenige, der hinter ihm stand, war tatsächlich der Freischärler.

»Nabtaal?« flüsterte Cedric wie vom Donner gerührt. »Wie kommst du denn hierher? Und wie bist du zu der weißen Bediensteten-Uniform gekommen?«

»Ich bin nicht Nabtaal«, sagte Nabtaal.

»Wie bitte?«

»Ich bin nicht Nabtaal«, wiederholte Cedrics Gegenüber. Er lächelte unsicher. »Das heißt, irgendwie bin ich es doch. Aber ich bin nicht der, den du unter dem Namen Nabtaal kennengelernt hast.«

Cedric hatte das Gefühl, überhaupt nichts mehr zu verstehen. Der Freischärler war zweifelsohne Nabtaal. Er hatte dasselbe Gesicht, dieselbe Stimme und dasselbe unsichere, etwas schüchterne Lächeln. Schön und gut, die Haare waren vielleicht kürzer und gepflegter, als er es von ihrer Flucht her in Erinnerung hatte, und den zerschlissenen Gefangenenoverall trug Nabtaal natürlich ebenfalls nicht mehr, aber das alles änderte nichts an der Identität desjenigen, der da vor ihm stand.

»Tut mir leid«, sagte Cedric. »Ich glaube, da komme ich nicht mit.«

»Ich bin Nabtaals Bruder!« klärte ihn der andere auf. »Sein Zwillingsbruder.«

Cedric benötigte einen Augenblick, diese Nachricht zu verdauen.

»Nabtaal hat einen Bruder?« waren die ersten Worte, die er wieder herausbekam. »Er hat auf Hadrians Mond nie etwas davon erwähnt.«

»Ich weiß nicht genau, wie die Verhältnisse auf Hadrians Mond waren«, entgegnete der Freischärler. »Aber angenommen, du hättest einen Bruder – hättest du dort jemandem etwas davon erzählt?«

Cedric mußte eingestehen, daß er das wohl nicht getan hätte. Aus dem ganz einfachen Grund, weil auf dem Minenplaneten nichts von Belang gewesen war, was mit dem früheren Leben der Gefangenen zu tun gehabt hatte.

»Dann bist du derjenige, der uns die Nachrichten geschickt hat!« rief Cedric und deutete mit dem Zeigefinger auf Nabtaals Brust. »Deswegen hast du deinen Bruder in der dritten Nachricht Bedam genannt.«

»Habe ich das?« fragte der Freischärler. Er hob die Schultern. »Das ist mir gar nicht bewußt gewesen. Aber du hast recht. Ich habe euch die Nachrichten geschickt. Ach ja, mein Name ist übrigens Adam.«

Adam und Bedam Nabtaal, dachte Cedric verdrossen. Wenn die Situation nicht so ernst gewesen wäre, hätte er wahrscheinlich laut aufgelacht. Er fragte sich, ob es womöglich auch noch einen Cedam gab, unterließ es aber, danach zu fragen. Es gab Wichtigeres.

»Wozu die ganze Geheimniskrämerei?« fragte er statt dessen. »Warum hast du nicht sofort persönlichen Kontakt zu uns aufgenommen?«

»Das wäre zu gefährlich gewesen. Ich brauchte Zeit, um alles in Ruhe vorzubereiten.«

»Die Sprengung des Meilers.«

»Unter anderem«, bestätigte Nabtaal. »Als Bediensteter habe ich zwar freien Zugang zu den meisten Anlagen, aber ich mußte trotzdem möglichst vorsichtig sein. Immerhin habe ich über die Gästeliste sofort erfahren, wann ihr auf *Star City* angekommen seid, und insofern konnte ich verhindern, daß ihr irgendwelche

Dummheiten anstellt, nur weil ihr die Sache überstürzen wollt.«

»Aber das ...« Cedric runzelte die Stirn. Einen Augenblick! Woher wußte Nabtaal – Nabtaal II, wie er ihn für sich in Gedanken nannte (obwohl er, da er Adam hieß, nach dem Alphabet strenggenommen Nabtaal I hätte sein müssen) – überhaupt, unter welchen Namen sie hierher gekommen waren. Sie hatten die ID-Cards mit ihrer neuen Identität erst auf *St. Petersburg Zwei* erhalten. Und zwar vom Daily Lama! »Aber das würde ja bedeuten, daß du ...?«

»Ganz recht«, bestätigte Nabtaal II, der Cedrics Gedanken zu erahnen schien. »Ich bin ein Mitarbeiter des Daily Lamas!«

Cedric starrte den Freischärler ungläubig an.

»Du bist ein Mitarbeiter des ...«, begann er zu wiederholen und schüttelte den Kopf. »Aber ... du bist ein Freischärler. Was kümmert es jemanden wie dich, wenn die Führungsspitze des Sarday'kinschen Imperiums von einer galaktischen Verschwörung bedroht wird?«

Er hob die Schultern und lächelte das für ihn und seinen Bruder so typische Lächeln.

»Nenn es meinetwegen den Glauben an eine bessere Welt«, sagte er. »Oder den Wunsch, wenn man schon nicht in der Lage ist, eine solche herbeizuführen, wenigstens eine schlechtere zu verhindern. Ihr Sarday'kin seid zwar beileibe keine Unschuldslämmer, ganz im Gegenteil sogar, aber wenn die Verschwörung Erfolg hätte, würden noch viel schlimmere Zeiten heraufziehen. Nicht nur für euch, sondern für sämtliche Fraktionen. Und wenn man es so sieht, handle ich durchaus im Interesse der Freischärler.« Und wie um jeden Zweifel auszuräumen, daß er wirklich für den Daily Lama tätig war, wiederholte er eine von dessen Weisheiten, die Cedric noch deutlich im Bewußtsein war: »Und außerdem – *ist es nicht egal, ob eine Katze schwarz oder weiß ist? Hauptsache, sie fängt Mäuse?*«

Er sah, daß er Cedric ins Grübeln gebracht hatte, und drückte auf den Sensor des Fahrstuhls. Sekunden später war die Kabine da.

»Ich erkläre dir später mehr«, sagte Nabtaal II. »Sobald wir

Zeit dazu haben. Wir müssen dorthin, wohin man den Raummarschall bringt. Wo ist überhaupt dein Begleiter?«

»Der ... äh ... war gerade verhindert, als Wamsler abgeholt wurde.«

»Uns bleibt keine Zeit, ihn zu holen. Wir müssen allein weiter.«

Zusammen mit Cedric betrat er die Kabine und gab der Steuerungsautomatik ein Stockwerk an. Der Fahrstuhl setzte sich in Bewegung.

»Du weißt, wohin man Wamsler gebracht hat?« fragte Cedric.

»Nur ungefähr. Ich habe die Etage, nicht mehr. Eine Möglichkeit, die angeblichen Produktionsstätten zu betreten, hatte ich bislang nicht gehabt. Der Bereich unterliegt der höchsten Überwachungsstufe. Erst jetzt, da der Meiler ausgefallen ist, gibt es die Möglichkeit, sich die Sache mit eigenen Augen anzusehen. Jedenfalls hoffe ich das. Dem Hauptcomputer zufolge sind die Hallen groß und ziemlich unübersichtlich.«

Cedric zog unwillig die Augenbrauen herab. Irgend etwas an dieser Auskunft gefiel ihm nicht, und im nächsten Moment wußte er, was es war. Er packte Nabtaal II an der Schulter und zwang ihn, ihm in die Augen zu sehen.

»He«, rief er grimmig, »ich denke, du hast den Energiemeiler hochgejagt, um Sheryl und deinen Bruder zu befreien! Oder ging es dir nur darum, den Raummarschall zu verfolgen?«

»Um beides«, sagte Nabtaal II. »Beruhige dich. Sheryl und Nabtaal sind in diesem Augenblick bereits in Freiheit.«

»Wo sind sie?«

»Sie sind auf den Weg dorthin, wo während der angeblichen Kurskorrektur die Energiemengen hingeleitet wurden.«

Cedric ließ den Freischärler wieder los. Ganz schlüssig erschien ihm das nicht, aber er glaubte zu spüren, daß der Freischärler die Wahrheit sagte.

Die Kabine kam zum Halten, und als sich die Schotthälften öffneten, erstreckte sich vor ihnen eine Halle, die in ihrer Größe den Festsaal noch übertraf. Überall waren teils hausgroße Maschinenkomplexe aufgebaut, deren Funktion sich Cedric weitestgehend entzog. Ein leichtes Brummen lag in der Luft, aber ansonsten deutete nichts darauf hin, daß die Anlage derzeit in Betrieb war. Von Wamsler und den beiden Bediensteten war nichts zu sehen, aber als sie tiefer in die Halle eindrangen, entdeckten sie die drei weit voraus. Es hatten sich mittlerweile noch zwei weitere Bedienstete dazugesellt, und um den bewußtlosen Wamsler besser transportieren zu können, hatte man ihn auf eine Antigrav-Trage gelegt. Mit ihr steuerten die Bediensteten den gegenüberliegenden Teil der Halle an.

»Was hat man mit Wamsler vor?« flüsterte Cedric.

»Was mit ihm genau geschieht, weiß ich nicht, aber ich bin mir sicher, daß man ihn genauso umdrehen wird wie all die anderen, die man in den letzten Jahren hierher gebracht hat.«

»Wie Admiral McCluskey!«

»Richtig. Ihn hat es gestern erwischt. Er war der vorletzte, und vor ihm hat es schon unzählige andere erwischt.«

Cedric und Nabtaal folgten der Gruppe, stets bestrebt, die Maschinenkomplexe als Deckung zu nutzen. Cedric ahnte, daß sie etwas mit der Verarbeitung oder Manipulation von Byranium zu tun haben mußten, als sie an einer geöffneten Seitenhalle vorbeikamen, in der bis unter die Decke Transportcontainer von der Größe eines Beibootes gestapelt waren. Es waren Container mit Mehrfachversieglung, die dem Transport von besonders gefährlichen Stoffen dienten.

Und sie besaßen – wie Cedric auf den zweiten Blick feststellte und mit einem grimmigen Zusammenpressen seiner Lippen quittierte – die Kennung der Minenstation auf Hadrians Mond!

Es waren die Container, die bei dem Überfall erbeutet worden waren. Die PFENNIGFUCHSER mußte sie hier abgeliefert haben. Kein Wunder, daß dieser Bereich sonst so überstreng überwacht wurde. Was man hier fand, hätte ausgereicht, Sandara der Überfälle zu überführen. Doch das war nicht das einzige, was Cedric entdeckte. Ein Stück weiter, am Ende eines langgestreckten Fertigungskomplexes, kamen sie an einem anderen großen Transportcontainer vorbei.

Und in ihm – Tausende und Abertausende solcher Schmuckstücke, wie sie den Gästen der Sternengala überreicht worden waren!

Aus einer Eingebung heraus ergriff er eine Handvoll davon und stopfte sie sich in die Taschen.

»Was hast du damit vor?« fragte Nabtaal II.

»Das weiß ich noch nicht«, antwortete er. »Aber vielleicht sind sie uns noch nütze. Wir haben eine Möglichkeit gefunden, sie funktionsuntüchtig zu machen.«

»Funktionsuntüchtig?«

»Ja, um zu verhindern, daß sie ihren hypnotischen Einfluß ausüben.«

»Was für einen hypnotischen Einfluß?« fragte Nabtaal.

Cedrics Blick traf die kleine Brosche auf der Brust von Nabtaals weißer Uniform. Konnte es sein, fragte er sich, daß der Freischärler zwar festgestellt hatte, wohin die Energien während des Kursmanövers geleitet worden waren – vermutlich genau wie sie über die Daten im Hauptcomputersystem –, aber nichts von der Ohnmacht gemerkt hatte?

»Eine Frage«, entgegnete Cedric. »Hattest du heute irgendwann zufällig einen kleinen Schwächeanfall? Nichts, worüber es sich näher nachzudenken lohnte, eben nur ein kleiner Schwächeanfall, wie er jedem mal passieren kann.«

Der Freischärler sah Cedric verblüfft an.

»Ja, aber was ...?«

»Ich erzähle dir später mehr«, unterbrach Cedric, der nicht ohne eine gewisse Befriedigung zur Kenntnis nahm, daß Nabtaal II bei weitem noch nicht alles wußte, was hier geschah. »Sobald wir Zeit dazu haben.«

Die Gelegenheit dazu ergab sich bald. Die Männer vor ihnen hatten ihr Ziel erreicht. Es handelte sich um ein Podest am Ende der Halle, auf der eine kompliziert aussehende Anlage montiert war. In ihrem Mittelpunkt befand sich eine Liege, die entfernt an diejenigen erinnerte, wie sie in Medo-Stationen benutzt wurden. Die Bediensteten hievten den Raummarschall darauf und schnallten seine Arme und Beine fest.

Der Anblick der Anlage entlockte Cedric einen geflüsterten Fluch. Selbst wenn er nicht wußte, um was es sich dabei handelte, kannte er sich in den von den verschiedenen Fraktionen benutzten Techniken gut genug aus, um auf den ersten Blick zu erkennen, daß die Geräte nicht aus dem technischen Repertoire der Sarday'kin oder Cybertechs stammten.

Es war Phagon-Technik!

Nabtaal II hatte das offenbar ebenfalls erkannt. Auf seinem schmalen Gesicht zeigte sich ein angewiderter Zug. Die Fraktion der Phagon war von den Angehörigen aller anderen Machtgruppen ebenso verachtet wie gefürchtet. Nicht zu Unrecht. Aus ihrer Hexenküche stammten beispielsweise die *Humsz*-Züchtungen. Sie hatten sich der genetischen Forschung mit Haut und Haaren verschrieben, was durchaus wörtlich zu nehmen war, denn sie schreckten dabei auch vor Manipulationen ihrer eigenen Körper nicht zurück. Es gab kaum einen einzigen Phagon, der nicht über mehrere gengezüchtete Zusatzorgane verfügte oder andere körperliche Veränderungen vorgenommen hatte. Wo sie ihre Finger im Spiel hatten, ging es garantiert um verbrecherische Geschäfte der übelsten Art.

Die vier Bediensteten tauschten noch ein paar kurze Worte miteinander, dann ließen sie den Raummarschall auf der Liege zurück und gingen auf demselben Weg zurück. Cedric und Nabtaal II zogen sich schnell hinter die nächste größere Maschine zurück und warteten, bis die Männer an ihnen vorbeigegangen waren. Langsam wagten sie sich wieder hervor.

Cedric spielte mit dem Gedanken, zu Wamsler zu schleichen und zu versuchen, ihn wieder wachzubekommen. Doch was hätte ihnen das genützt? Nabtaal hatte eine bessere Idee. Er deutete zu den Balustraden hoch, die sich in mehreren Etagen rings um die gesamte Halle zogen.

»Darüber kommen wir näher an die Anlage ran«, sagte er.

Cedric nickte zustimmend. Sie erklommen die Balustrade und suchten sich einen geeigneten Platz schräg oberhalb der phagonischen Anlage. Hier waren sie vor einer Entdeckung weitaus sicherer als unten am Boden, wo jederzeit jemand in ihrem Rücken hätte auftauchen können. Zudem hatten sie einen hervorragenden Überblick und konnten sich notfalls rechtzeitig zurückziehen, falls jemand auf die Idee kam, zu ihnen heraufzusteigen.

Einige Minuten verstrichen, ohne daß etwas geschah, endlich ergab sich die Gelegenheit, auf die so drängenden Fragen zurückzukommen. Und die drängendste:

»Wie geht es Sheryl?« flüsterte Cedric. »Ist sie in Ordnung?«

»Ja, das nehme ich schon an«, erwiderte Nabtaal zögernd.

»Was soll das heißen? Du mußt sie doch gesehen haben!« Er sah, wie der Freischärler den Kopf schüttelte.

»Woher weißt du dann, daß die beiden ausgebrochen und unterwegs sind? Dazu mußt du doch irgendeinen Kontakt mit ihnen gehabt haben.«

»Das ist richtig«, sagte Nabtaal. »Und es ist eine ganz besondere Art von Kontakt«, formulierte er. Er schien zu zögern, Cedric die volle Wahrheit zu sagen.

Doch dieser war nicht gewillt, sich so einfach abspeisen zu lassen.

»Was für eine Art von Kontakt?« hakte er nach, und sein Ton machte klar, daß er sich – ob sie nun auf derselben Seite standen oder nicht – nicht länger mit Ausflüchten zufriedengeben würde.

»Bedam und ich, wir sind Telepathen«, eröffnete Nabtaal II.

Cedric hatte das Gefühl, von einem Raumschiff gestreift worden zu sein.

»Ihr seid .... Telepathen?«

»Ja«, bestätigte Nabtaal II schlicht. »Aber es ist nicht so, daß wir jedermanns Gedanken lesen könnten wie andere. Wir können lediglich untereinander eine Verbindung herstellen. Aber es erfordert jedesmal große Anstrengung, das zu tun. Auf diesem Weg konnte ich meinem Bruder die nötigen Anweisungen für die Flucht geben, und deshalb weiß ich, daß es den beiden den Umständen entsprechend gutgeht.«

Cedric fühlte, daß die Zeit der Überraschungen damit noch lange nicht vorbei war.

»Ist Nabtaal ...?« begann er gedehnt, um sich sofort zu verbessern: »Äh, ich meine, dein Bruder – arbeitet er etwa ebenfalls für den Daily Lama?«

»Ja, wir beide sind Mitarbeiter seiner Ermittlungsgruppe.«
Cedric atmete tief durch.

»Ich glaube, es ist an der Zeit, daß du mir einiges erklärst.«

Nabtaal II sah kurz zu Wamsler herab, der immer noch allein auf der Liege lag, ohne daß sich jemand in seiner Nähe hatte blicken lassen, und dann begann er zu erzählen. Im Gegensatz zu seinem Bruder, den Cedric meist als Plaudertasche erlebt hatte, war Adam durchaus in der Lage, die Informationen auf das Wesentliche zu reduzieren. Er berichtete, wie es dazu gekommen war, daß sein Bruder und er sich vor rund zwei Jahren der Ermittlungsgruppe des Daily Lamas angeschlossen hatten. Cedrics ehemaliger Ausbilder hatte schon lange den Verdacht, daß Sandara beziehungsweise ihre *Star Company* etwas mit der galaktischen Verschwörung zu tun hätte, ohne jedoch konkrete Beweise dafür sammeln zu können. Vor rund einem Jahr war es dann gelungen, Nabtaal II als Bediensteten auf der Sternenstadt einzuschleusen. Eine Zeitlang hatte er nur in unbedeutenden Dienstleistungsabschnitten arbeiten können, aber es war ihm immerhin gelungen, herauszufinden, daß sich hier, wenn doch nicht die Zentrale, so zumindest eine wichtige Schnittstelle der Verschwörer befinden mußte, denn die sarday'kinschen Befehlshaber, die diese Sache unterstützten, ließen sich verdächtig oft auf der Sternenstadt blicken. Und dann war Nabtaal II an eine Information herangekommen, die in den Plänen des Daily Lamas fortan die zentrale Rolle gespielt hatte: Es wurde ein Überfall auf die Byranium-Minen von Hadrians Mond geplant, und wie es aussah, sollte er der letzte sein, den die Verschwörer noch brauchten, um ihre Ziele zu vollenden.

Von da an war sein Bruder Bedam ins Spiel gekommen. Der Daily Lama hatte es so gedreht, daß er in die Byranium-Minen verbannt wurde, um vor Ort herauszufinden, von wem und auf welche Weise der Überfall durchgeführt wurde, denn zuvor hatte es nie einen einzigen Zeugen gegeben. Die Möglichkeit, die Aktion vom Raum aus mitzuverfolgen, hatte nicht bestanden, da der im Orbit um Hadrians Mond stationierte Killer-Satellit jedes unautorisierte Raumschiff vernichtet hätte. Wie Nabtaal II erklärte, hatte Cedrics Anwesenheit in den

Byranium-Minen in den Plänen des Daily Lamas durchaus eine Rolle gespielt, und es war kein Zufall gewesen, daß Bedam ausgerechnet seiner Sektion zugeteilt worden war. Nach Einschätzung des Daily Lamas hatte er zusammen mit Cedric die größten Aussichten, den Überfall lebend zu überstehen.

Cedric wußte nicht, ob er sich geschmeichelt oder mißbraucht fühlen sollte. Er kam sich vor wie jemand, den man die ganze Zeit über an der Nase herumgeführt hatte. Und zwar so vollständig, daß er nie geahnt hatte, was um ihn herum wirklich vorging.

Und nun bekam mit einemmal alles einen Sinn: daß im entscheidenden Moment die Luftaustauschanlage ihres Stollens beschädigt gewesen war, so daß man ihre Sektion nicht mit Giftgas hatte fluten können, warum Nabtaal immer dann, wenn es darauf ankam, verblüffende Fähigkeiten unter Beweis gestellt hatte, zum Beispiel die Instandsetzung eines abgerissenen Robot-Strahlerarms, oder warum er sich so hervorragend mit sarday'kinscher Technik auskannte.

»Halt!« rief Cedric und dämpfte seine Stimme schnell, als er merkte, wie laut er gewesen war. Wenn unten jemand gewesen wäre, wären sie mit Sicherheit entdeckt worden. Aber Wamsler war noch immer allein. »Was ist mit Duncan? Ist er auch ein Agent des Daily Lama gewesen?«

Das war eine berechtigte Frage. Er hatte den scheinbar geistesgestörten Cybertech lange Zeit im Verdacht gehabt, viel mehr zu wissen, als er nach außen hin vorgab. Zu oft hatte er ihnen auf schier unglaubliche Weise weitergeholfen. Und er hatte auf *St. Petersburg Zwei* mit seinem Interview dafür gesorgt, daß ihnen die Verschwörer fortan keine ruhige Minute gelassen und zumindest Sheryl und Nabtaal schließlich auch erwischt hatten. »Nein«, antwortete Nabtaal II, der bewies, daß er über alle Geschehnisse während der Flucht genauestens informiert war. Augenscheinlich über seinen Bruder. »Es war wohl einfach so, daß er dadurch, daß er dem Byranium so lange Jahre ausgesetzt war, auf irgendeine Art und Weise in der Lage war, Bedams Gedanken anzuzapfen oder zu erspüren. Mein Bruder ist der Meinung, daß Duncan auf irgendeine Art und Weise seine Gedanken angezapft hat. Für ihn war es vermutlich nur ein Spiel, daß er dann das, was Bedam gedacht hat, ausgeführt oder nachgeplappert hat.«

Cedric hatte Mühe, all diese neuen Informationen zu verdauen. Er war von Anfang an nur eine Spielfigur auf dem Spielfeld des Daily Lamas gewesen. Sein ehemaliger Ausbilder hatte alles vorausgesehen, und als er ihnen auf *St. Petersburg Zwei* verwehrt hatte, ihn zu begleiten, hatte er vermutlich bereits gewußt, daß sie sich auf eigene Faust nach *Star City* begeben würden.

Und ob er es gewußt hatte! dachte Cedric und erinnerte sich an die Worte, mit denen sich der Daily Lama am Raumhafen von ihnen verabschiedet hatte: Ich bin sicher, ihr werdet genau das tun, was ich von euch erwarte, hatte er gesagt – und sie hatten genau das getan. Es war eine Erkenntnis, die schmerzte. Hatte sein ehemaliger Ausbilder kein Vertrauen gehabt, um sie in die Dinge einzuweihen?

»Wie viele seiner Leute hat der Daily Lama insgesamt hier?« fragte er, um seine Gedanken zu näherliegenden Problemen zurückzuzwingen.

Nabtaal II machte ein Gesicht, als hätte er einen schlechten Scherz gehört.

»Nur meinen Bruder und mich«, sagte er, und nach einer kurzen Pause fügte er hinzu: »So, und nun rück zur Abwechslung mal mit deinen Erkenntnissen raus. Was ist das mit dem hypnotischen Einfluß der Schmuckstücke, über die du vorhin etwas gesagt hast?«

Cedric erklärte es ihm.

»Also sieh zu«, endete er und deutete auf die Brosche auf Nabtaals Uniform, »daß du das Ding bei nächster Gelegenheit los wirst.«

Von unten erklangen Schritte, und als Cedric und Nabtaal II vorsichtig ihre Köpfe hoben und über die Balustrade sahen, erkannten sie, daß zwei Gestalten die Halle betreten hatten.

Phagon – wie an ihren übergroßen, wie von schwarzer, ledriger Haut überzogenen Köpfen und den Armen, die noch über ein paar Gelenke und Finger mehr zu verfügen schienen, unschwer zu erkennen waren. Sie zogen eine Antigrav-Bahre hinter sich her, und darauf befand sich ein beleibter Mann, der ein genau identisches Ebenbild des Raummarschalls war. Mit dem einzigen Unterschied, daß er eine geringfügig andere Uniform trug.

»Ein Gen-Clon!« flüsterte Cedric Nabtaal II zu. »Sie haben einen Gen-Clon von Wamsler hergestellt!«

Das setzte voraus, daß man bereits in der Vergangenheit dem Raummarschall Gewebe entnommen haben mußte – was nicht weiter schwer war, da winzigste Stücke, zum Beispiel Haare oder Fingernagelstücke, genügten –, anhand dessen man den Clon gezüchtet hatte. Cedric wußte, daß es bereits in der Vergangenheit Versuche gegeben hatte, Staatsmänner durch Gen-Clone zu ersetzen, doch meist waren sie daran gescheitert, daß der Doppelgänger zwar äußerlich durch nichts vom Original zu unterscheiden war, aber weder über dessen Erfahrungen noch Erinnerungen verfügte. Ein Problem, das man in diesem Fall, wie es schien, gelöst hatte.

Die Phagon plazierten die zweite Liege neben der mit dem echten Wamsler, stülpten beiden eine Art Helm über den Kopf und verbanden ihre Körper mit einer Reihe kompliziert aussehender Geräte. Als sie die Anlage einschalteten, zeigte sich, warum die Bediensteten den Raummarschall festgeschnallt hatten. Sein Körper zuckte konvulsivisch, als würde er sich gegen das wehren wollen, was ihm angetan wurde. Doch er hatte keine Chance.

»Sie transferieren seinen Gedächtnisinhalt«, ließ Nabtaal II sich leise hören.

Cedric war zum gleichen Schluß gekommen.

Irgendwann erstarben Wamslers Zuckungen, und nach einer Reihe weiterer Schaltungen entfernten die Phagon schließlich die Helme und anderen Apparaturen. Cedric war kaum überrascht, als der Gen-Clon die Augen aufschlug, sich von der Liege erhob und aufstand. Dabei bewegte er sich mit haargenau denselben Charakteristika, wie auch der echte Raummarschall es getan hatte. Die beiden Phagon begutachteten ihr Werk und schienen mit dem Resultat zufrieden zu sein.

»Begib dich in den zentralen Kontrollraum«, sagte einer der Phagon zu dem Gen-Clon. Er war das erste Mal, daß einer von ihnen ein Wort sprach. »Sandara erwartet dich dort.«

Der Gen-Clon nickte und setzte sich gehorsam in Bewegung. Er schien genau zu wissen, in welche Richtung er sich wenden mußte. Offenbar hatte man ihm die entsprechenden Informationen gleich mit eingepflanzt. Nachdem der Doppelgänger verschwunden war, erschienen zwei breitschultrige Wachen bei der Anlage. Die Phagon mußten sie gerufen haben, als Cedrics Aufmerksamkeit dem weggehenden Clon gegolten hatte.

»Bringt ihn zu den anderen«, hörte Cedric die knarrende Stimme des Phagons.

Die beiden Muskelprotze taten, wie ihnen geboten worden war, und besonders pfleglich gingen sie nicht mit Wamsler um. Der Raummarschall schien mittlerweile das Bewußtsein wiedererlangt zu haben, aber er lallte nur unzusammenhängende Worte, und sein Blick war stumpf und leer.

»Das geschieht mit allen Opfern«, sagte Nabtaal II. »Man bringt sie dorthin, wo man auch Sheryl und Bedam gefangengehalten hat. Manche sind schon seit Jahren da und fristen ihr Leben als lallende Idioten.«

»Warum bringt man sie dann nicht einfach um? Wozu die Quälerei?« fragte Cedric, doch im Prinzip wußte er die Antwort darauf bereits. Man brauchte sie als lebende »Ersatzteillager«, denen man jederzeit originales Gen-Material entnehmen konnte, um weitere Clons zu züchten, falls mit dem ersten irgend etwas nicht in Ordnung sein sollte. Ein perverser Gedanke – aber er paßte so recht zu den Phagon.

Die beiden Angehörigen dieser Fraktion schickten sich an, die Halle zu verlassen.

»Ich glaube, wir haben genug gesehen«, flüsterte Nabtaal. »Wir sollten zusehen, daß wir von hier verschwinden.«

»Du hast recht.« Cedric zog die Byranium-Anhänger, die er eingesteckt hatte, hervor und drückte sie dem überraschten Nabtaal II in die Hände. »Hier, nimm das, und bring es zu Maylor und Kara-Sek. Sie sollen sie unbrauchbar machen und einen Weg finden, sie gegen die anderer Gäste auszutauschen.

Mit jedem Träger haben wir einen Verbündeten mehr, wenn Sandara ihre große Überraschung steigen läßt.«

»Und du? Was hast du vor«

Cedric deutete zu den beiden Phagon, die soeben durch einen offenen Durchgang in eine Nebenhalle verschwanden.

»Ich werde die beiden im Auge behalten.«

Er trennte sich von Nabtaal, und während der Freischärler sich dorthin wandte, woher sie gekommen waren, nutzte Cedric einen anderen Abstieg und kam in der Nähe des Durchgangs zur Nebenhalle herunter. Die beiden Phagon vor ihm schienen nicht einmal den Hauch einer Furcht zu haben, verfolgt werden zu können. Sie bewegten sich, als wären sie hier unten vollkommen sicher.

Cedric blieb ihnen beständig auf den Fersen, und in ihrem Schlepptau gelangte er in eine Halle, in der schier unglaublich große Mengen Byranium gelagert waren. Cedric schien es unverantwortlich zu sein, derart viel dieses tückischen Materials auf so engem Raum zusammenzubringen, doch dann begriff er, warum man sich keine Sorgen machen mußte, daß es zu einer verheerenden Spontan-Reaktion kam. Dieses Byranium hier war offensichtlich ähnlich manipuliert wie das in den Schmuckstücken und Broschen, und in dieser Form war es zu solchen Ausbrüchen nicht fähig.

In diesem Raum endete eine Art Förderschiene, die in einen Stollen eintauchte und auf dessen Gleitfeld ein beständiger Strom von kleinen Containern in die Halle und aus ihr heraus transportiert wurden. Die Verladearbeiten geschahen vollautomatisch, und emsige Robotarme waren dabei, die ankommenden Container von dem Gleitfeld herunterzunehmen und diejenigen, die dazu bestimmt waren, die Halle zu verlassen, darauf zu laden.

Es gab auch mit Sitzen ausgestattete Plattformen, die zur Beförderung von Personen dienten. Die beiden Phagon forderten einen davon an, und als er vor ihnen erschien, nahmen sie darauf Platz und ließen sich in den Stollen tragen, dorthin, wo auch das Material hingeliefert wurde. Cedric sprang ein paar Ladungen hinter ihnen auf einen nach oben hin offenen Container, der nur halb mit irgendwelchen Kisten beladen war. Es war eine Einladung, der man nicht widerstehen konnte.

Kurz darauf tauchte der Container in den Stollen ein, und zu Cedrics Überraschung endeten die künstlichen Wandverkleidungen nach vielleicht fünfzig oder hundert Metern und machten dem schwarzen Asteroidengestein Platz. Kein Zweifel, das Transportfeld führte aus den künstlichen Gefilden der Sternenstadt hinaus. Und Cedric glaubte zu ahnen, wohin. Was er jedoch nicht im geringsten vorausahnte, war die Tatsache, daß sich der Tunnel kurze Zeit später noch einmal in seiner Struktur veränderte – und zwar zu einem Gespensterstollen!

Cedric reagierte mit derselben Fassungslosigkeit darauf, wie Sheryl es vor ihm an anderer Stelle getan hatte. Hinzu kam, daß dieser Stollen von den Ausmaßen her alles übertraf, was er auf Hadrians Mond gesehen und selbst durchschritten hatte. Dort waren die Gänge vielleicht sechs oder sieben Meter breit gewesen. Hier waren es gute dreißig.

Cedric sah, daß sich das Gleitband mit seiner Fracht einer hellerleuchteten Halle näherte, die ihr Licht weit in den Gespensterstollen hineinschickte. Es war eine riesige, domartige Halle, die, das war auf den ersten Blick ersichtlich, von denselben unbekannten Wesen errichtet sein mußte wie die Stollen selbst, von denen etliche aus mehreren Richtungen in die Halle einmündeten. Eine Seite war mit modernen Elementen ausgekleidet, wie sie auch in den Gebäudeteilen von *Star City* zu sehen waren, und es gab einen Fahrstuhl, der in die Kuppeldecke hinaufführte. Cedric begriff, daß dieser die Verbindung zu der Kommandozentrale darstellen mußte, die direkt über dieser Halle lag.

Denn daran, daß dieser Ort derjenige war, an den die immensen Energiemengen geleitet worden waren, gab es für ihn nicht den geringsten Zweifel. Davon kündeten nicht nur die dicken Leitungsstränge, die überall über den Boden liefen, die Dutzenden von Phagon, die zu sehen waren, oder die gigantischen technischen Aufbauten, nein, mehr noch tat es der Anblick dessen, was sich im Mittelpunkt dieses unterirdischen Domes befand.

Cedric sprang von dem Container, bevor dieser in den offenen Raum hineinfuhr, suchte Deckung an der Wandung und schlich sich hinter einen Stapel von Geräten, wie sie ringsum vor den Wänden der Halle abgestellt waren. Vorsichtig hob er den Kopf und sah zu dem riesigen Gebilde empor. Es sah aus wie eine mächtige, organisch emporwachsende Säule, auf deren Spitze sich ein kugelförmiges Gebilde befand, das, von einem Antigravitationsschirm gehalten, in der Luft schwebte und sich genau im Zentrum der Halle befand. Und diese Kugel, die gut und gerne fünfzig Meter durchmaß und aus nichts anderem bestand als grünlich schimmerndem Byranium!

Cedric hielt unwillkürlich den Atem an. Nun wußte er endlich, wofür die Verschwörer diese immensen Mengen von Byranium gebraucht hatten. Nicht allein zur Finanzierung ihrer Pläne oder die Anfertigung der manipulierten Schmuckstücke, sondern für dieses ... Ding.

Es war eine Anlage, die in ihrer Gesamtheit so fremdartig war, daß selbst die Phagon sie nicht errichtet haben konnten. Sie mußte von denselben unbekannten Erbauern errichtet worden sein, die einst auch die Gespensterstollen angelegt hatten.

Cedric hörte ein Rascheln hinter sich. Seine Hand zuckte blitzschnell zur Waffe, während er sich herumwarf, doch es war kein Phagon, der hinter ihm aufgetaucht war.

Ganz im Gegenteil. Die beiden, die hinter ihm aufgetaucht waren, waren alles andere als eine Bedrohung. Der eine glich dem Freischärler, von dem er sich vor Minuten getrennt hatte, auf geradezu verblüffende Weise, wenn man von seinem unordentlichen Haar und seiner zerschlissenen Gefangenenuniform absah. Nabtaal! Bedam, um genau zu sein. Und die zweite Gestalt mit ihrem chromfarbenen Haar hätte er selbst dann binnen eines Sekundenbruchteils erkannt, wenn ihr Gesicht ihm nicht tagelang durch den Kopf geweht wäre, wieder und immer wieder.

Sheryl!

Sie kam auf ihn zu, und er war über die Heftigkeit überrascht, mit der sie ihm in die Arme fiel.

»Ich wußte, daß du kommen würdest«, hörte er ihre Stimme

ganz nah an seinem Ohr. »Ich habe keine Sekunde daran gezweifelt! Nicht eine einzige.«

Fast hilflos nahm er die Bezeugungen ihrer Zuneigung entgegen. Es erschien ihm äußerst unpassend an einem Ort wie diesem. Leider war ihre Wiedersehensfreude nur von kurzer Dauer, ehe sie abrupt unterbrochen wurde. Für einen kurzen Augenblick hatte ihre Aufmerksamkeit nachgelassen, und als er den Kopf wieder hob, blickte er geradewegs in die Mündungen eines halben Dutzend Strahlgewehre, die auf sie gerichtet waren. Jetzt merkte auch Sheryl, die ihren Kopf an seiner Brust geborgen hatte, daß etwas nicht stimmte, und sie wurde bleich, als sie sah, wie plötzlich sich ihre Lage geändert hatte. In Cedrics Hand, die den Strahler hielt, zuckte es, doch es blieb ein Zucken. Jeder Versuch einer Gegenwehr hätte sie alle das Leben gekostet.

»Versuch es erst gar nicht«, knarrte die Stimme von einem der Phagon, die ihre verformten Finger am Drücker hatten, und es klang, als wünschte er sich nichts sehnlicher, als daß Cedric es doch tat.

Aber Cedric tat nichts dergleichen. Er wußte, wann er verspielt hatte. Selbst wenn es so kurz vor dem Ziel war.

Er ließ seinen Strahler fallen, ebenso wie Sheryl und Nabtaal, und hob langsam die Arme.

Synfile 9

Finale

Man brachte Cedric, Sheryl und Nabtaal aus der domartigen Halle in den Kommandotrakt der Sternenstadt, wo sie in einen Raum geführt wurden. Dort saß Sandara mit einer illustren Runde von ungefähr zwanzig Leuten um einen großen Konferenztisch zusammen, und Cedric war sich sicher, daß er damit den Haupträdelsführern der Verschwörung gegenüberstand. Cedric erkannte Sartorius Wosch, aber es waren auch Gen-Clone wie Admiral McCluskey oder Raummarschall Wamsler dabei, dessen ›Gedächtnistransfer‹ er gerade noch selbst beigewohnt hatte.

Wenn er erwartet hatte, daß Sandara wütend wäre oder die Fassung verlor, so sah er sich getäuscht. Sie strahlte dieselbe Unnahbarkeit und Souveränität aus wie in dem Augenblick, da er ihr im Casino zum erstenmal persönlich begegnet war.

»Da haben wir ja die beiden entflohenen Gefangenen«, stellte sie mit einem Blick auf Sheryl und Nabtaal fest. Dann blieben ihre Augen auf Cedric ruhen. »Und wen haben wir da?«

»Das ist noch einer derjenigen, die uns seit dem Überfall auf Hadrians Mond soviel Schwierigkeiten machen«, rief Sartorius Wosch.

Sandara reagierte mit einem knappen Nicken.

»Dann hätten wir jetzt ja fast alle beisammen«, stellte sie fest. »Was ist mit den anderen?« Ihr Finger zeigte auf Cedric. »Du bist doch nicht allein hierhergekommen!«

Cedric kniff die Lippen zusammen, als Zeichen, daß sie lange auf eine Antwort warten konnte. Viel nützte es nicht. Admiral McCluskey – besser gesagt, sein Gen-Clon – ergriff das Wort und berichtete, daß Cedric mit zwei Begleitern, einem Sarday'kin und einem Yoyodynen, hier war, und er sie noch am Abend auf der Sternengala zusammen gesehen hätte.

»Warten Sie«, bot er der Juwelenkönigin an. »Ich werde meinem Sicherheitsbeauftragen Bescheid sagen, daß er sie suchen und verhaften soll. Er kennt die beiden ebenfalls und ist mir treu ergeben.«

Er wartete Sandaras zustimmendes Nicken ab, ehe er aufstand und über einen Kommunikator Kontakt zu Burns aufnahm, um ihm die entsprechenden Anweisungen zu geben. Sandara hielt sich in der Folgezeit erst gar nicht lange damit auf, sie ausfragen zu wollen.

»Wozu sollte ich es mir jetzt unnötig schwer machen?« fragte sie lakonisch. »In weniger als einer halben Stunde werde ich alles von euch erfahren, was ich wissen will. Und ganz besonders interessiert es mich natürlich, wer euer Auftraggeber ist. Er wird das erste Problem sein, das ich nach der Vollendung unseres Planes beseitigen werde. Er hat unserer Sache in der Vergangenheit so manch empfindlichen Schlag versetzt.« Sartorius Wosch nickte zustimmend, als sie das sagte.

»Von uns werden Sie nichts erfahren!« rief Sheryl leidenschaftlich. Es war nicht mehr als ein Ausdruck ihrer Hilflosigkeit. Schließlich hatte sie am eigenen Leib erfahren, wie schnell dieser Vorsatz zum Bröckeln und Einstürzen gebracht werden konnte. »Und wenn Sie uns noch so sehr foltern.«

»Das wird nicht einmal nötig sein«, erwiderte Sandara sanft. Sie schien zu wissen, daß sie Sheryl damit am meisten reizen konnte. »Weil ihr es mir nämlich freiwillig erzählen werdet.« Sie lächelte. »Nun, *ganz* freiwillig sicherlich nicht, aber davon werdet ihr selbst nichts merken. Ihr werdet weiterhin glauben, Herr eurer eigenen Entscheidungen zu sein. Genau wie alle anderen Leute auf *Star City*.« Sie lächelte. »Das heißt, natürlich außer mir und den Faktoren, die hier am Tisch sitzen.«

»Und den Phagon«, ergänzte Cedric.

»Ja«, sagte sie. »Die Phagon sind unsere Geschäftspartner in dieser Angelegenheit. Sie erst haben es möglich gemacht, daß wir das wahre Potential dieser uralten Anlage, die ihr bereits gesehen habt, ausschöpfen können. Er ist wirklich schier unglaublich, welche Möglichkeiten sie bietet.«

»Selbst wenn es Ihnen gelingt, alle hier Anwesenden unter Ihre Kontrolle zu bringen«, rief Cedric, »und wenn Sie noch so viele Befehlshaber durch Gen-Clone austauschen, Ihr Plan ist viel zu wahnwitzig, als daß er Erfolg haben könnte.«

Sie schüttelte nachsichtig den Kopf.

»Oh, da mache ich mir keine Sorgen. Es sind oft gerade die wahnwitzigsten Pläne, die den größten Erfolg haben. Außerdem ist das hier erst der Anfang. Es geht mir nicht darum, diesen armseligen Haufen von Befehlshabern in meiner Gewalt zu haben. Es geht um jedermann in diesem Spiralarm der Galaxis. Die Anlage hat eine nahezu unbegrenzte Reichweite, und sobald wir die manipulierten Anhänger in Umlauf gebracht haben, wird es bald niemanden mehr geben, der sich unserem Willen widersetzen kann.«

Erst jetzt begriff Cedric das wahre Ausmaß der Verschwörung, die Sandara und ihre Mittäter planten. Und wenn sie Erfolg hatten, würde in dem Gebiet des ehemaligen Großen Imperiums bald jeder freie Wille erlöschen. Es war ein Plan, wie er teuflischer nicht hätte sein können.

»Wozu dann überhaupt die Gen-Clone?« fragte er.

»Sie waren uns zur Durchsetzung unserer Interessen mehr als behilflich. Aber sie sind weit mehr als das. Sie gehören zu der zukünftigen Führungsschicht unseres neuen Imperiums und werden in der Lage sein, jedem Träger eines Byranium-Schmuckstücks Befehle zu erteilen. Und sie sind uns absolut treu ergeben. Man könnte sich gar keine besseren Stellvertreter vorstellen.«

Es schien ihr Freude zu bereiten, ihnen das zu erzählen, und zu beobachten, wie sie zunehmend erbleichten. Sandara gestattete ihnen, in einer Ecke des Raumes Platz zu nehmen, streng bewacht von mehreren bewaffneten Bediensteten, die die Phagon abgelöst hatten und jede ihrer Bewegungen mit Argwohn verfolgten.

Cedrics Hoffnung, daß Maylor etwas tun könnte, um diesem Wahnsinn ein Ende zu bereiten, erfüllte sich nicht. Nur ein paar Minuten nachdem Burns seinen Auftrag erhalten hatte, betrat er zusammen mit einigen anderen Wachen den Raum und brachte nicht nur Maylor, sondern auch Nabtaal II mit. Cedric hatte bis zuletzt gehofft, daß Bedam es irgendwie schaffen würde, seinen Bruder zu warnen, aber anscheinend hatte seine Konzentration dafür nicht ausgereicht, oder er hatte es schlichtweg vergessen.

Leider hatte Cedric ihn im Herzen ihres Feindes schlecht daran erinnern können, doch seine telepathischen Fähigkeiten zu nutzen.

»Bitte sehr«, sagte er zu Sandara gewandt, und an seinen glänzenden Augen war abzulesen, wie stolz er darauf war, diese Mission für sie erledigt haben zu dürfen. »Die beiden haben verdächtig miteinander getuschelt, als wir sie im Festsaal gefunden haben. Da habe ich mir gedacht, daß ich den anderen gleich mitbringe.«

Sandaras Blick pendelte kurz zwischen Adam und Bedam Nabtaal hin und her, und allein die Ähnlichkeit der beiden schien ihr genügend zu sagen.

»Sieh an«, sagte sie an denjenigen der beiden Zwillingsbrüder gewandt, der sich in Burns' Gewahrsam befand. »Das dürfte der Maulwurf sein, von dem wir seit einiger Zeit vermuten, daß es ihn hier auf der Sternenstadt gibt.«

Auf einen Wink von ihr führte man ihn und Maylor zu den anderen und ließ sie ebenfalls Platz nehmen.

»Ich habe diesem verdammten Idioten gesagt, was hier gespielt wird«, rief Maylor ungehalten, und es war keine Frage, daß er Burns meinte. »Aber er ist viel zu verbohrt, um es zu kapieren!«

»Ihnen hätte ich die Geschichte nicht einmal dann geglaubt, wenn sie nur einen Bruchteil so unglaubwürdig gewesen wäre«, erwiderte er, und auf seinem Gesicht lag die Zufriedenheit, daß er es ihnen endlich so richtig hatte zeigen können. Etwas, das er wahrscheinlich schon seit der ersten Begegnung mit ihnen hatte tun wollen.

»Sehr gut gemacht, äh ... wie war doch gleich Ihr Name?« wandte Sandara sich persönlich an den Sicherheitsmann.

»Burns«, half er ihr aus.

»Burns, ja, richtig. Sie scheinen wirklich ein Mann zu sein, auf den man sich hundertprozentig verlassen kann. Es könnte sein, daß es für jemanden wie Sie noch eine große Zukunft gibt.« Sie ließ ihn sich im Glanz ihres Lobes einen Augenblick lang sonnen, dann fügte sie fragend hinzu. »Wo ist überhaupt der Yoyodyne?«

»Den haben wir noch nicht erwischt«, sagte Burns. »Er befand sich nicht bei den anderen. Ich dachte mir, ich bringe die zwei erst mal hierher, bevor ich mich um ihn kümmere. Ich habe schon so eine Ahnung, wo er sich befindet. Wahrscheinlich im Quartier der beiden.«

»Gut.« Sandara entließ ihn mit einem gnädigen Nicken. »Kümmern Sie sich darum!«

Zusammen mit den anderen Wachen verließ Burns den Raum. In den nächsten Minuten hatte Sandara genügend mit einigen hereinkommenden Meldungen zu tun, die im wesentlichen besagten, daß alles für den Höhepunkt des Festes bereit war – auch die prähistorische Anlage in der unterirdischen Halle –, und Maylor nutzte die Gelegenheit, um Cedric flüsternd zu informieren, wie es ihnen ergangen war. Nabtaal II war in der Festhalle zu ihnen gestoßen, und da sie nicht minder über sein Erscheinen überrascht gewesen waren, war einige Zeit vergangen, ehe er sie endlich von allem überzeugt hatte. (»Das Nabtaal-Duo! Na, bravo, das ist so ziemlich der schlechteste Witz, den ich je gehört habe!« – waren die ersten Worte gewesen, mit denen Maylor in seiner typischen Art darauf reagiert hatte.) Sie hatten Kara-Sek gerade zusammen mit den Anhängern in die Kabine zurückgebracht, um sie ähnlich zu entschärfen wie die anderen, als sie sich plötzlich von Burns und den anderen Wachen umringt gesehen hatten. Und diese hatten sie ohne Umschweife hierher geführt.

Minuten später gab Sandara das Zeichen zum Aufbruch.

»Es ist an der Zeit, den so lange vorbereiteten Triumph zu vollenden. Wie viele Jahre haben wir darauf hingearbeitet.« Die huldvollen Worte waren an diejenigen gerichtet, die um den Konferenztisch herum saßen. Zumindest an die von ihnen, die keine Gen-Clone waren, denn diese waren nichts anderes als stumpfsinnige Befehlsempfänger, die wahrscheinlich ebenso emotionslos reagiert hätten, wenn man ihnen gesagt hätte, daß ihr Hosenstall offenstand. »Und auch ihr werdet das Vorrecht haben, diesem großen Augenblick beizuwohnen«, fügte sie an Cedric und die anderen hinzu.

Sie verließen den Raum und wurden unter strengster Bewachung wieder hinunter in den unterirdischen Felsendom mit der strahlenden Byranium-Kugel gebracht. Dort verfrachtete man sie in eine Ecke, wo sie den Ereignissen beiwohnen konnten, ohne Schaden anzurichten. Der Gedanke an Flucht oder eine Überrumplungsaktion verbot sich von selbst. Ständig waren mindestens ein halbes Dutzend Strahlgewehre auf sie gerichtet. Den Bediensteten der Sternenstadt, die sie bewachten, war anzusehen, wie sie die fremdartige Umgebung und auch die Anwesenheit der Phagon beunruhigte, und ihre Blicke streiften verstohlen umher, doch es waren trainierte Leute, die Sandara treu ergeben waren. Sie waren zu keinem Augenblick so abgelenkt, daß ein Angriff auf sie Aussicht auf Erfolg gehabt hätte. Das einzige, was Cedric und seinen Begleitern eine solche Aktion eingebracht hätte, wäre ein schneller Tod gewesen.

Insgeheim fragte er sich, ob das angesichts einer geistig versklavten Zukunft nicht die angenehmere Alternative gewesen wäre.

Sandara besprach sich mit den Phagon und ihren eigenen Technikern, und dann setzte sie sich in dem modern ausgebauten Teil der Halle auf einen Platz, um den herum verschiedene Übertragungsgeräte aufgebaut waren. Cedric begriff, daß dies der Platz war, von dem aus sie bereits vorhin zur Eröffnung der Sternengala zu den Gästen gesprochen hatte. Über einen Videoschirm vor ihr erhielt sie ein Bild aus der Halle. Die Festlichkeiten dort waren in vollem Gang, fröhlicher und ausgelassener denn je. Cedric dachte düster daran, daß es die letzten Minuten waren, die diese Menschen in gedanklicher Freiheit würden verleben können.

Auf einen Fingerzeig Sandaras hin wurde die Übertragung eröffnet. Über den Videoschirm war zu sehen, wie im Festsaal sämtliche Aktivitäten erstarben und sich alle Köpfe zur Hallendecke wandten. Dort mußte abermals eine holografische Projektion der Juwelenkönigin erschienen sein.

»Liebe Freunde und Gäste der Sternengala«, begann Sandara zu sprechen. »Der Zeitpunkt, da sich unser diesjähriges Fest seinem Höhepunkt nähert, ist nun gekommen.« Sie hielt kurz inne. »Ich habe Ihnen versprochen, daß es dieses Mal eine ganz besondere Überraschung geben wird, und ich bin mir sicher, daß Sie sie bis an Ihr Lebensende nicht vergessen . . .«

»Das ist eine Falle!« brüllte Maylor – in der Hoffnung, daß seine Worte laut genug waren, um bis in den Festsaal übertragen zu werden. »Nehmt die Anhänger ab und werft sie weg, solange euch noch Zeit dazu bleibt.« Und wie um zu demonstrieren, was er damit meinte, tat er dasselbe mit seinem eigenen.

Cedric fürchtete, die Wachen würden Maylor einfach erschießen, aber sie hielten sich zurück. Sandara reagierte auf die Störung nur mit einem überlegenen Blick in seine Richtung, und diese kurze Geste, die in der Festhalle sicherlich ganz anders gedeutet werden würde, sagte Maylor, daß er sich ihretwegen die Seele aus dem Leib schreien könnte, ohne daß ihn jemand der Gäste würde hören können.

Sandara fuhr fort mit ihrer Rede. Noch ein paar schöne Worte – und Cedric hatte den Eindruck, als zögere sie es absichtlich etwas hinaus –, dann gab sie einem der Phagon ein Zeichen, während sie gleichzeitig mit erhobener Stimme sprach:

»Nun denn – hier ist sie, meine diesjährige Überraschung!«

Der Boden begann selbst hier, unter dem Fundament der Sternenstadt, zu vibrieren, als über ihnen sämtliche Energiemeiler anliefen. Es dauerte nur Sekunden, dann begann die gigantische Kugel aus Byranium von innen heraus zu leuchten. Grünlicher Lichtschein erfüllte die Halle, dazu etwas, das wie ein sonores Brummen klang. Und noch etwas anderes geschah. Der säulenähnliche Sockel begann sich zu bewegen, dehnte sich aus und zog sich wieder zusammen, in einem sich beständig wiederholenden Rhythmus. Es schien fast so, als wäre das so organisch aussehende Gestein endgültig lebendig geworden und hätte mit einem Male zu *atmen* angefangen.

Cedric wartete darauf, was weiter geschah, ebenso wie seine Gefährten, doch offensichtlich war das alles gewesen. Es gab keinen großen Knall, kein Feuerwerk, keine Fanfaren – nur Sandaras vor Ironie triefende Stimme.

»Und damit begrüße ich Sie, werte Freunde und Gäste, als neue Untertanen meines Reiches«, sagte sie in die Aufnahmegeräte. »Eines Reiches, das das untergegangene alte Imperium an Größe und Stärke noch bei weitem übertreffen wird.«

Wenn Cedric damit gerechnet hatte, daß sich in der Festhalle Empörung oder Aufregung breitmachen würde, so hatte er sich getäuscht. Man reagierte mit derselben Unbewegtheit, als hätte Sandara lediglich ein paar weitere, belanglose Floskeln dahergesagt.

»Und zum Zeichen Ihres Einverständnisses klatschen Sie jetzt alle dreimal in die Hände«, fügte sie hinzu, und das Unglaubliche geschah. Jedermann in der Festhalle hob seine Hände und klatschte kurz hintereinander dreimal, und selbst die Wachen, die Cedric und seine Gefährten bewachten, beteiligten sich daran. Doch der Moment kam viel zu überraschend, als daß er darauf hätte reagieren können, und einen Augenblick später standen sie ihnen mit derselben Wachsamkeit gegenüber wie zuvor. »Feiern Sie weiter und genießen Sie das Fest«, redete Sandara weiter. »Sie werden früh genug weitere Anweisungen erhalten.«

Damit war die Übertragung beendet. Auf dem Videoschirm war zu sehen, wie die Aktivitäten in der Festhalle wieder einsetzten, doch im Gegensatz zu vorher wirkte das ausgelassene Treiben seltsam unecht, so als würden alle nur so tun, als ob sie fröhlich wären. Es war ein bezeichnendes Bild dessen, was diesen Spiralarm der Galaxis erwartete.

Sandara schien es nicht zu stören. Im Gegenteil. Mit zufriedener Miene erhob sie sich aus dem Stuhl und tauschte mit den Faktoren, die sie unterstützt hatten, einen triumphierenden Blick.

»Wir haben es geschafft!« rief Wosch. »Wir haben es endlich geschafft.«

»Richtig, das haben wir«, bestätigte Sandara, und ihr Gesicht wurde wieder ernst und sachlich. »Es gibt da nur ein kleines Problem.«

»Ein Problem?« fragte Wosch. »Was für ein Problem?«

»Oh, es ist kein Problem, das mich beträfe«, sagte Sandara. »Es ist etwas, das in erster Linie euch angeht. Ich habe nämlich keine Verwendung mehr für euch!«

Kaum hatte sie die Worte ausgesprochen, fanden sich die Faktoren plötzlich von Wachen umringt wieder. Keiner von ihnen hatte daran gedacht, eine Waffe bei sich zu tragen, und so waren sie schnell überwältigt, zumal Männer wie Wosch nicht sonderlich im Kampf geübt waren. Ihr Gebiet war die Schreibtischstrategie.

»Bringt sie in den Gefangenentrakt!« trug Sandara den Wachen auf. »Ich werde mich später um sie kümmern. Vielleicht habe ich für den einen oder anderen ja noch eine Verwendung, wenn er erst ebenfalls eines unserer netten Schmuckstücke trägt.«

Die Männer wurden abgeführt, und alles Protestieren half ihnen nicht. Wosch versuchte, sich auf Sandara zu stürzen, aber ein Hieb mit dem Strahlerkolben machte seine Absicht zunichte. Bewußtlos wurde er hinausgeschleift.

Sandara wandte sich Cedric und den anderen zu. Ein Problem hatte sie erledigt, jetzt widmete sie sich dem nächsten. Zielstrebig war sie, das mußte man ihr lassen.

»So, und nun zu euch. Ich werde jetzt jedem von euch einen dieser hübschen Anhänger umlegen lassen, und dann . . .« Sie wurde unterbrochen, als ein Mann zu ihr trat und ihr etwas zuflüsterte. Sie nickte. »Gut, lassen Sie ihn den Yoyodynen herbringen. Dann haben wir alle Schnüffler beisammen.«

Cedric ahnte, was das bedeutete, und diese Ahnung wurde kurz darauf bestätigt. Als der Aufzug sich in die Halle senkte, entstiegen ihm Burns und die Wachen, die er bereits vorhin bei sich gehabt hatte. Sie alle trugen Schmuckanhänger um ihren Hals, und daß sie der fremdartigen Anlage, der sie hier begegneten, kaum Aufmerksamkeit schenkten, überzeugte Cedric, daß auch sie unter dem Einfluß der Hypno-Strahlung standen. Sie führten Kara-Sek herein, und Burns gab ihm auf den letzten Metern in ihre Richtung einen deftigen Stoß, der seine gesamte Verachtung ausdrückte.

»Wir haben ihm im Quartier der drei gefunden«, erstattete Burns Sandara Bericht. »Und er hat sich gerade daran zu schaffen gemacht.« Auf einen Wink von ihm brachte eine der Wachen einen metallischen Koffer und stellte ihn vor Sandara auf den Boden.

Es war der Koffer mit dem Byranium-Brocken, wie Cedric erkannte.

»Sehr gut, Burns«, lobte Sandara, doch diesmal strahlte Burns nicht über beide Ohren, sondern nahm das Lob fast teilnahmslos zur Kenntnis. »Und nachdem Sie soviel für mich getan haben, dürfen Sie noch eine andere wichtige Aufgabe für mich übernehmen.« Sie deutete zu einem Behälter, in dem sich Dutzende der Schmuckstücke befanden, wie sie alle Gäste trugen. »Legen Sie jedem der Gefangenen einen davon um. Aber vorsichtig. Ich könnte mir vorstellen, daß sie zu jeder Verzweiflungstat fähig sind.«

Sie kamen nicht dazu, etwas derartiges zu versuchen. Die Wachen, die sie in Schach hielten, beäugten jede ihre Bewegungen mit Argusaugen, und wenn Cedric den Gedanken, sich auf Burns zu stürzen, sobald dieser vor ihm stand und ihm den Strahler aus dem Halfter zu reißen, auch dutzendmal im Kopf durchspielte, die auf ihn gerichteten Waffen ließen ihm keine Chance dazu, als der Sicherheitsmann vor ihn trat und ihm den Anhänger um den Hals legte.

Und dann gab es noch etwas, das ihn davon abhielt. Während Burns das tat, zwinkerte er Cedric plötzlich zu, ganz kurz nur, so daß es niemand außer ihm sehen konnte, aber es war unübersehbar. Cedric dachte im ersten Moment, es sei eine höhnische Geste, aber als er das Schmuckstück um seinen Hals hängen hatte und keinerlei Beeinträchtigung seines Bewußtseins spürte, begriff er, was geschehen war.

Burns hatte ihm einen inakativierten Anhänger gegeben. Und

zwar im vollsten Bewußtsein dessen, was er da tat. Das bewies nicht zuletzt das Augenzwinkern, das er auch Maylor zuwarf, während er ihm ein Schmuckstück umlegte. Cedric ließ die letzten Sekunden noch einmal vor seinem inneren Auge abrollen und wurde sich gewahr, daß Burns, als er neben den Behälter getreten war – und zwar so, daß er Sandara den Rücken zugewandt hatte, damit sie nicht erkennen konnte, was er da tat – die Anhänger gar nicht daraus entnommen hatte, sondern einer seiner Anzugtaschen, was er allerdings mit einer geschickten Bewegung kaschiert hatte.

Kaum hatte er dem letzten von ihnen – Bedam – das Schmuckstück umgelegt, suchte er noch einmal Blickkontakt mit Cedric, der unmerklich nickte.

»Jetzt!« schrie Burns, wirbelte herum und eröffnete das Feuer auf die Wachen, die sie in Schach gehalten hatten, und im gleichen Augenblick sprang Cedric nach vorne und warf sich auf den ihm nächsten Mann. Es gelang ihm, ihn niederzuschlagen und ihm die Waffe zu entreißen, und einen Lidschlag später war er auch schon dabei, Burns Unterstützung zu geben, der Sandara und die Phagon mit weiteren Salven in Deckung zurücktrieb.

Übergangslos herrschte komplettes Chaos innerhalb des Felsendomes. Auch Cedrics Gefährten hatten sich auf die Wachen gestürzt und entwendeten ihnen die Waffen. Doch bald hatten ihre Gegner hinter irgendwelchen Aufbauten Schutz gesucht, und ihre Gegenwehr nahm langsam zu, so daß Cedric und seine Begleiter selbst gezwungen waren, hinter einem Kistenstapel Deckung zu suchen.

»Burns!« rief Cedric durch den Lärm, als er sah, daß der Sicherheitsmann neben ihm in die Hocke gegangen war. »Wie kommt es, daß ausgerechnet Sie unser rettender Engel sind?«

»Bedanken Sie sich bei Ihrem Freund«, gab Burns zurück. »Ich habe ihm vielleicht etwas besser zugehört, als er geglaubt hat. Und Ihr Freund, dieser Yoyo, hat mir dann den Rest erzählt. Ich will nicht unbedingt sagen, daß ich ihm geglaubt hätte – welchem Yoyo kann man schon trauen? –, aber ich habe das, was er gesagt hat, zumindest in Erwägung gezogen.

Und als ich ihn dann hierhergebracht und gesehen habe, was los war, wußte ich, was zu tun war!«

»Warum sind Sie der Hypno-Strahlung nicht erlegen?«

»Ihr Yoyo hat mich überredet, meinen Anhänger gegen einen derjenigen auszutauschen, die er dabei hatte. Und die anderen hat er mir ebenfalls übergeben. Das waren diejenigen, die ich Ihnen dann umgehängt habe.«

Über ihren Köpfen schlug eine Salve ein und zwang sie tiefer in Deckung. Kaum ließ das Feuer etwas nach, jagte Cedric einen Feuerstoß zu ihren Gegnern hinüber, ohne viel auszurichten. Es hatte sich eine Art Pattstellung ergeben. Sie beide hatten sichere Stellungen bezogen, in denen sie für die anderen nicht zu erwischen waren.

»Feuert auf die Byranium-Kugel!« rief Cedric und begann mit gutem Beispiel voranzugehen.

Doch die Lichtbahn seines Lasers glitt wirkungslos an der Kugel ab, und auch das unterstützende Feuer seiner Gefährten vermochte nichts auszurichten. Als nächstes versuchte Cedric es mit den Energieleitungen, doch auch die waren zusätzlich gepanzert. Sie hätten erheblich größere Geschütze benötigt, sie zu zerstören.

»Geben Sie auf!« schallte Sandaras Stimme zu ihnen herüber. »Sie haben keine Chance. In wenigen Augenblicken wird Verstärkung hier sein.«

Cedric glaubte ihr das unbesehen. Er biß sich auf die Lippen, bis es schmerzte. Irgend etwas mußte er doch tun können! Sein Blick fiel auf den Koffer mit dem Byranium, der vor ihnen auf offener Fläche lag, und dann wußte er, was zu tun war. Wenn sie eine Chance hatten, dann diese.

»Gebt mir Feuerschutz!« schrie er, und während seine Gefährten die gegnerischen Stellungen unter Dauerbeschuß nahmen, verließ er die Deckung und hechtete zu dem Koffer. Links und rechts von ihm schlugen ein paar gleißende Garben in den Boden, aber er kümmerte sich nicht darum, sondern öffnete die Verschlüsse des Koffers mit fliegenden Fingern, nahm den Brocken heraus, dessen Unruhe so überwältigend war, daß Cedric befürchtete, im nächsten Augenblick selbst Opfer einer

Spontan-Reaktion zu werden, und schleuderte ihn in Richtung der leuchtenden Byranium-Kugel.

Seine Kraft hätte nicht ausgereicht, den kiloschweren Brocken tatsächlich bis dort emporzukatapultieren, aber das war auch nicht nötig. Kaum war der Brocken auch nur in die Nähe der großen Kugel gekommen, zuckten Tentakel aus ihm hervor, stießen auf den leuchtenden Ball zu, aus dem gleichzeitig ähnliche Auswüchse herausschnellten, und als beide sich trafen, gab es einen Entladungsblitz, der Cedric sekundenlang blendete, und urzeitliches Grollen rollte durch den Raum.

In es hinein mischten sich Schreie wie in größter Not, und als Cedric wieder einigermaßen in der Lage war, etwas zu erkennen, sah er im grünlichen Licht, das über ihm geradezu zu explodieren schien, wie die Wachen, die gerade noch auf sie geschossen hatten, wie betäubt umhertorkelten. Die Spontan-Reaktion, durch den Brocken in dem Koffer in Gang gesetzt, hatte die hypnotische Beeinflussung unterbrochen. Doch die Schreie stammten nicht von ihnen, sondern von den Gen-Clonen.

Plötzlich veränderten sie sich auf furchterregende Weise. Teile ihres Körpers begannen zu zerfließen, während sich andere Gliedmaßen gleichzeitig wie Luftballons aufblähten und zerplatzten. Die geklonten Körper waren nicht mehr in der Lage, ihre Form zu halten, und auch dafür müßte das blitzende Crescendo verantwortlich sein, das den unterirdischen Dom mit grünlichen Blitzen füllte.

Cedric ahnte, daß es innerhalb der gesamten Sternenstadt ähnlich aussehen mußte. Die einzigen, die noch zu normalem Handeln in der Lage waren, waren die Phagon, doch die waren von der unerwarteten Wendung der Ereignisse viel zu sehr überrumpelt, um noch Gegenwehr zu leisten. Statt dessen suchten sie ihr Heil in der Flucht.

Er sah, daß auch Sandara von diesem Prozeß betroffen war. Ihr sonst so makelloses Gesicht war zu einer grauenvollen Grimasse zerflossen, und sie floh auf den Aufzug zu der Kommandozentrale zu. Cedric war von ihrer Veränderung viel zu sehr berührt, als daß er imstande gewesen wäre, auf sie zu schießen.

Er eilte ihr hinterher zum Fahrstuhl, und als er ihn erreichte, waren Sheryl und Maylor plötzlich neben ihm. Sie fuhren hoch zur Kommandozentrale, kamen an Dutzenden, zu jeder vernünftigen Reaktion nicht mehr fähigen Menschen vorbei und fanden Sandara schließlich in einem Kontrollraum.

Beziehungsweise: Sie fanden das, was von Sandara noch übrig war. Ihr Körper war bis zur Unkenntlichkeit zerflossen oder aufgeplatzt, und daraus kroch ein Phagon, der die Körpermaße eines Kindes hatte.

Cedric erkannte, daß Sandara – die echte Sandara – vermutlich schon lange tot war. Womit sie es zu tun gehabt hatten, war nichts weiter als ein Phagon gewesen, der sich in einer genetischen, gezüchteten Körperhülle bewegt hatte, die der Juwelenkönigin bis ins kleinste Detail glich.

»Glaubt nicht, daß ihr gewonnen hättet!« rief er mit seiner knarrenden Stimme, aus der unverhohlene Bosheit sprach. »Selbst wenn ihr verhindert habt, daß unser Plan Erfolg hat, niemand von euch wird überleben!«

Er deutete mit seinem kleinen Arm auf einen Bildschirm, auf dem Ortungsergebnisse des Systems, in dem dieser Asteroid lag, überspielt wurden. Deutlich waren die Ortungsbilder zu erkennen, mit denen mehrere Raumschiffe aus dem Hyperraum fielen und Kurs auf *Star City* nahmen. Cedric wußte die schematischen Rasterbilder gut genug zu deuten, um zu wissen, daß es sich um schwere Kreuzer handelte.

Phagonische Schlachtschiffe! Natürlich, es war nur logisch, daß sie jetzt, da die Verschwörung scheinbar Erfolg gehabt hatte, hierherkamen, um an dem Triumph teilzuhaben.

»Sieben, acht«, zählte Maylor die Ortungsreflexe mit. »Das ist eine ganze Menge Zeug, das da auf uns zukommt.«

Der kleine Phagon hatte sich aus seiner Hülle befreit und näherte sich einem Pult. Sheryl streckte ihn mit einem Schockerschuß nieder, ehe er Dummheiten anstellen konnte.

»Was sollen wir tun?« rief sie.

Cedric spielte alle Gedanken durch. Die Kreuzer, die sich im Orbit des Asteroiden befanden, würden ihnen keine große Hilfe sein. Die Angreifer waren ihnen an Feuerkraft weit überlegen.

»Da!« rief Sheryl plötzlich und deutete erregt auf den Bildschirm.

»Seht doch!«

Es waren weitere Ortungsreflexe, die plötzlich zu sehen waren, und zwar mehr als ein ganzes Dutzend. Sie strebten auf die anderen Schiffe in spitzem Winkel zu.

»Das sind Sarday'kin!« rief Maylor. »Das sind unsere Leute!«

Cedric sah es ebenfalls, und er hatte keinen Zweifel, wer dafür verantwortlich war, daß diese Flotte gerade im rechten Augenblick aufgetaucht war.

Es kam zu keiner Raumschlacht. Die Phagon-Schiffe erklärten, nachdem sie ihre Unterlegenheit eingesehen hatten und es für sie keine Möglichkeit gab, wieder in den Hyperraum zu entwischen, ihre Kapitulation.

Minuten später hatten sie zum erstenmal Bildkontakt mit dem Führungsschiff der so unerwartet eingetroffenen Sarday'kin-Flotte, und auf dem Bildschirm zeigte sich niemand anderes als der Daily Lama.

»Gratuliere«, sagte er, und auf seinem kahlköpfigen Gesicht zeigte sich die sparsame Andeutung eines Lächelns. »Wie ich sehe, haben Sie dort unten alles im Griff.«

»Das ist vielleicht etwas übertrieben«, sagte Cedric, »aber das Gröbste haben wir erledigt.« Und er konnte sich nicht verkneifen hinzuzufügen: »Genau, wie Sie es von Anfang an geplant haben.«

»Wenn es etwas gibt, das ich liebe, dann ist es ein guter Plan«, erwiderte der Daily Lama.

»Sie hätten uns wenigstens einweihen können, was für eine Rolle wir darin spielen.«

»Vielleicht«, gab der Daily Lama zu. *»Aber ist es letztendlich nicht egal, ob . . .«*

»Nein, Sir!« unterbrach Cedric.

»Erzählen Sie mir jetzt bitte nichts von Katzen. Ich bin mir sicher, wann immer mir in den nächsten Monaten ein katzenähnliches Geschöpf über den Weg läuft, drehe ich ihm eigenhändig den Hals um!«

Er spürte, wie Sheryl neben ihn getreten war und sich sanft an ihn schmiegte. Ihre Blicke trafen sich.

»Anwesende natürlich ausgenommen«, fügte er lächelnd hinzu.

ENDE